# 诗经别裁

扬之水 著

中華書局

**图书在版编目(CIP)数据**

诗经别裁/扬之水著. —北京:中华书局,2012.2
(2023.6 重印)
ISBN 978-7-101-08222-7

Ⅰ.诗… Ⅱ.扬… Ⅲ.①古体诗-中国-春秋时代②诗经-注释 Ⅳ.I222.2

中国版本图书馆 CIP 数据核字(2011)第 191723 号

---

| | |
|---|---|
| **书　　名** | 诗经别裁 |
| **著　　者** | 扬之水 |
| **责任编辑** | 马　燕 |
| **责任印制** | 陈丽娜 |
| **出版发行** | 中华书局 |
| | (北京市丰台区太平桥西里 38 号　100073) |
| | http://www.zhbc.com.cn |
| | E-mail:zhbc@zhbc.com.cn |
| **印　　刷** | 三河市中晟雅豪印务有限公司 |
| **版　　次** | 2012 年 2 月第 1 版 |
| | 2023 年 6 月第 6 次印刷 |
| **规　　格** | 开本 787×1092 毫米　1/32 |
| | 印张 9　插页 16　字数 100 千字 |
| **印　　数** | 18001-22000 册 |
| **国际书号** | ISBN 978-7-101-08222-7 |
| **定　　价** | 48.00 元 |

---

# 目　录

# 前　言

## 一

说起"诗三百",我们今天总把它看成是"纯文学",不过当时却不然。后世所说的文学,以及官僚,文人,民间,这些概念那时候都还没有。《论语·先进》中说到的孔门四学,曰德行,曰言语,曰政事,曰文学,此所谓"文学",包括《诗》,也包括《书》和《易》,大致是指流传于当时的文献典籍而言。而《诗》不仅是美的文辞,而且是美的声乐,故它既是文典,而又可以作为"乐语",作为"声教",为时人所诵习。

如此意义之文学,《诗》自然不是出自"里巷歌谣",《雅》《颂》不是,《风》也不是。《诗》的时代,是封建宗法社会的时代,——这里说到的"封建",正是它的本来意义。在此意义的封建制下,以社会等级论,可以划分为贵族与非贵族,前者包括大夫与士,后者为庶民与奴隶。以居住地域论,可别作国人与野人,前者包括贵族、工商,后者为庶人。若依社会职能,则又可分别为二,即劳心者(贵族)与劳力者(非贵族),前者的社会职能为政治、军事、文学,后者为农、工、商与各种贱役。若更细论,则贵族中尚有层层等级,非贵族中又有层层等级。比如士,乃武士也,是低级之贵族,居于国中,他有统驭平民的权利,也有执干戈以卫社稷的义务,其地位则低于大夫,高于庶人,而仍属君子。至于奴隶与庶人,便都属于小人。这是从《左传》《国语》等东周文献中可以得到的认识。若上推至西周,等级的差别当更为严格,那么我们据以考察《诗》所包括的时代,即西周至春秋早期的五百年,也很适合。君子与小人的差别,《诗》中提到也有不少。如《小雅》之《采薇》:"四牡骙骙,君子所依,小人所腓。"《大东》:"周道如砥,其直如矢;君子所履,小人所视。"《角弓》:"君子有徽猷,小人与属。"此君子与小人对举,前者为贵族,后者则庶人之属。《采薇》中的小人君子,朱熹《诗集传》所以曰即"戍役"与"将帅";《大东》中的君子与小人,朱子所以曰"在位"与"下民";《角弓》,范处义《诗补传》因解作"若王果有是善道以动化于上,则小人相与连属于下"。又君子与庶民对举,则前者为劳心者,后者为劳力者。如《小雅·节南山》:

“弗躬弗亲,庶民弗信。弗问弗仕,勿罔君子。”如《大雅·卷阿》:“蔼蔼王多吉人,维君子命,媚于庶人。”“媚于庶人”,朱熹解作“顺爱于民也”。至于与“祀”同等重要的“戎”,它的主力原是贵族。在当时盛行的车战中,“小戎”之上的“君子”,几乎没有例外的是贵族。而庶人,于战事中只能做徒兵,充厮役。因此,《诗》中写到的从戎之君子,不会是士以下的庶人。而庶人与奴隶,那时候王可以把他随土田等物一起锡与受命者,他也可以被用来买卖交换,——“五夫”之价与“匹马束丝”等,见于西周金文。至于庶人的生活状况,其水平之低下,条件之恶劣,由现代考古发掘中所见,可以知道得很真切。《风》曰堂曰室,曰著曰闼,庶人无与焉。而代表了当时物质生活最高水平的锦帛,玉器,青铜器,更不属劳力者所有。所谓“礼不下庶人”,或者原因之一即在庶人本不具备履行礼仪的最起码的财力。物质生活极端贫困,又怎么可能有创造精神生活的余裕呢。《风》曰锦衣曰狐裘,曰兕觥曰佩玉,曰车曰马,《召南·采蘩》说到“公侯之宫”、“公侯之事”,《采蘋》说到“于以奠之,宗室牖下”,《邶风·泉水》有“出宿”“饮饯”之礼,《卫风·木瓜》有琼琚、琼瑶之类的酬答,固然都不是庶人的生活,而《卫风·考槃》,《陈风·衡门》,《曹风·蜉蝣》,《鄘风·君子偕老》,《郑风·叔于田》,《大叔于田》,《齐风·猗嗟》,《卢令》,《秦风·驷驖》,等等,《风》诗中的大部,情感意志与精神境界,月旦人物与观察生活的眼光,又何尝属于庶人与奴隶。即便《小雅·黍苗》,曰"我任我辇,我车我牛",乃庶人所事之贱役也,然而通观全诗情调,却实非贱役者言。何况"劳动"与"劳动者"与"劳动者的歌"原本不是一事。《召南·葛覃》写"劳动",却不是"劳动者"的生活,《豳风·七月》写"劳动者"的故事,但它并不是"劳动者的歌"。比如陶诗云"种豆南山下,草盛豆苗稀。晨兴理荒秽,戴月荷锄归",这是真正的"劳动"了,然而没有人会以为它反映了"劳动者"的生活。说诗者常常喜欢用后世的山歌、民谣与《诗》类比,其实无论创作意图、修辞手段抑或思想境界,二者都远不在一个层次。《诗》原是生长在一个从物质到精神都为宗法贵族体制所笼罩的社会,《雅》《颂》不论,《风》诗中的大部分作品,从内容到语言,原非可以"里巷歌谣"概之,因此很难用后世的概念,说它是"民间文学"。

然而《诗》的价值,却不在于它是民间作品与否而定其高下,而在于作为当时意义上的文学,它实在是最好。孔子爱《诗》,意或在此。春秋引

《诗》断章取义,大约也是由此而发生,这里不仅有“古训是式”的意思,作为美的文辞,它也为时人所喜。如此过程中,《诗》和许多诗句的意义也有了扩展。比如有的好句放在整首诗里,则须服从整首诗的意思,而句意不免受到限制。一旦断章取义,便因为它本身所具有的张力而可以有新的解释,亦即新的意义。折冲樽俎之间,宾主以《诗》代言,——或用《诗》中之事,或用《诗》中之意,或只取切于此际场景的《诗》中之辞,而双方心领神会。如此风雅,可以说是空前绝后。它未必是《诗》之幸,也未必是《诗》之不幸。但总不妨说,《诗》作为原始意义上的文学,是辉煌在断章取义的春秋时代。

## 二

从现存的先秦载籍来看,诗与文是并行发展的。诗的渊源或者应该更早,但却没有确实可信的材料流传下来。前人虽然从先秦文献中网罗钩稽古谣谚、古佚诗,作了不少辑佚的工作,但这些歌、谣的创作年代其实很难确定,因此未免真伪杂糅。何况这里还有一个区别,即诗必有韵,而有韵却未必即诗。或者说,有韵是诗的重要特征,然而却不是它的唯一特征。《书·尧典》曰“诗言志”，《诗大序》云“情动于中而形于言”，则有此志与情，方有诗的精神与旨趣。可以说，韵律是诗的形貌，情志方为诗的内质，在谣谚与诗之间，原当有这样一个分界。而先秦时代流传至今的比较可靠的诗歌作品便只有《诗经》和《楚辞》。

“诗三百”，都可以入乐，并且可以伴随着舞，《左传》中便有很多这样的记载；后来代表了南音的《楚辞》，也是如此。以后乐与舞都失传，自然很是可惜，不过从文学的角度来看，如果诗非依赖乐舞则不能完成它的美善，那么应该说这样的诗尚不是纯全之诗。诗，乐，舞，可以结合，而且结合之后达于谐美；诗，乐，舞，又可以分离，而且分离之后依然不失其独立之美善，这时候我们才可以说，三者都已臻于成熟。因此，《诗》的旋律虽已随风散入史的苍远，但无论如何它已经有了独立的诗的品质，即文字本身所具有的力和美，并由这样的文字而承载的意志与情感，则作为文学史中的诗，它并没有损失掉很多，只要我们时时记得，它有一个音乐的背景，它曾经是属于“乐语”的诗。

《诗》有《风》《雅》《颂》之分。《诗大序》云：“以一国之事，系一人之本，谓之风。言天下之事，形四方之风，谓之雅。雅者，正也，言王政之所由废兴也。政有小大，故有小雅焉，有大雅焉。颂者，美盛德之形容，以其成功告于神明者也。”此说未必能够与诗完全相合，所谓“政有小大”，也未免令人疑惑，但作为一个大略的分别，或者尚有可取之处。当然乐调很可能是划分类别的重要因素，只是我们已经无法知道。以内容论，大致可以说，《风》多写个人，《雅》《颂》多关国事；《风》更多的是追求理想的人生，《雅》《颂》则重在建立一个理想的社会，即前者是抒写情意，后者是讲道理。抒写情意固然最易引起人心之感动，而道理讲得好，清朗透彻的智思，同样感发志意，令人移情，何况二者之间并没有一个截然的分别。如果说早期记事之文的简洁很大程度是由于书写材料的限制，而并非出于文学的自觉，那么到了《诗》时代，追求凝练便已出自诗心，尤其二《雅》中的政论诗，常常是把诗的意旨锻炼为精粹的格言，这些诗句也果然有着格言式的警世的力量。

诗的创作时代，已经无法一一考订，但仍可有一个粗略的划分，即《周颂》在先，《大雅》次之，《小雅》又次之，《风》则最后。当然各部之间也还有交叉有重叠。

## 三

至两汉,才有诗经学的建立。《诗》有了"经"的名称,大致是在战国晚期。《礼记》有《经解》一篇,所称述的是《诗》《书》《乐》《易》《礼》《春秋》六种,《庄子·天运》也把这六种称作六经。但那时候还没有把"经"字直接加在"诗"下,"诗"与"经"连称作为书名,大概要到南宋。

两汉《诗经》学是包括在两汉经学里的。西汉鲁、齐、韩三家立于学官,东汉毛、郑一派取而代之,《诗》的传播讲授从此便不离政治教化。三家诗既立于学官,它与政治的关系自然是密不可分。或曰三家偏重于作诗之意,毛则多主采诗、编诗之意,而从三家诗所存的部分来看,它以讲故事的方式说诗,似乎更接近春秋战国时代赋诗、引诗的风习,比毛诗近古。因为早已失却全貌,——鲁诗亡于西晋,齐诗亡于北魏,韩诗在唐代也已亡佚,所以不能够知道它的体系,但恐怕未若毛诗全备。毛诗终于存,三家终于废,这应该是一个非常重要的原因。

毛诗每一首诗的前面都有一个序,《关雎》一篇的序尤其长,既作《关雎》的题解又概论全诗,宋人把后者称作大序，前者称作小序，以后便一直沿用下来。诗序的作者，曰孔子，曰子夏，曰毛亨，曰卫宏，或曰子夏、毛亨、卫宏合作，至今也没有足以定谳的论据，但其源或者很古，尽管不必一定追溯到孔子或其弟子子夏。序说有信有疑，乃至疑多于信，尤其《风》诗之部。不过后世废序的一派提出的种种新说，很多意见似乎没有比诗序更觉可信，而诗序毕竟保存了关于《诗》的若干古老的认识，无论如何仍是读《诗》的一个很有意思的参照，即便我们在很多问题上全不同意它的说法。

平常说"毛传"，即指《毛诗故训传》。《汉书·艺文志》称"《毛诗故训传》三十卷"，正是它的本名，以后"故训"作"诂训"，乃是讹误，而积久相沿，成为通行的名称。毛传的作者，最早见载于《汉书·儒林传》，只称毛公，至陆玑《毛诗草木鸟兽虫鱼疏》，才有毛亨、毛苌大小毛公之说，所谓"毛亨作诂训传，以授赵国毛苌，时人谓亨为大毛公，苌为小毛公，以其所传，故名其诗曰'毛诗'"。若以早的记载为可信，那么把《毛诗故训传》的作者认作毛公似乎更觉可靠。

关于《毛诗故训传》名义，孔颖达《毛诗正义》、马瑞辰《毛诗传笺通释》都有阐发，不过仍是以"诂训传"为说，近人齐佩瑢《训诂学概论》中对此作了分辨。汉人训诂之作以称“训故”为多,称“故训”者止毛公一人,而用意原有不同。《诗·大雅·烝民》“古训是式”,毛传:“古,故。训,道。”郑笺:“故训,先王之遗典也。”“故训传”之“故训”,即由此取义。而所谓“传”,《毛诗正义》以为“传者,传通其义也”,马瑞辰以为是“并经文所未言者而引伸之”。不过《毛诗故训传》以一个“传”字标明作意,其实乃兼备训诂与传二体。然而由书名透露出来的消息,却表明毛公之初心本在于“传”,即欲藉此建立起一个说诗的体系,最终的成就在训诂,也许他并没有想到。《毛诗故训传》对字义的解释多很准确,也可以说它是最早的一部诗经辞典。如果没有这结实可靠的基础的工作,后人恐怕很难把《诗》读懂。至于配合序说的属于“传”之一体的引申发挥,则可信者少;关于“兴”义的解释,可从者似也不多。

毛传说诗的体系完成于郑玄所作的《毛诗传笺》。三家诗属于所谓“今文经”一派,毛诗属“古文经”一派,郑玄作笺,则在古文经的基础上,兼采今文说,对毛传训诂的部分作了许多补充,对传的部分更多有发挥。有了郑笺的推阐,毛诗才真正定为一尊。至唐代孔颖达《毛诗正义》,而对毛诗一系作了全面的整理、补充和研究,成为毛诗的定本。现在我们说到的《诗经》,便是毛诗。

## 四

宋人的思想最活跃,虽然唐人成伯玙作《毛诗指说》已对诗序有异议,但更多的疑古之说是由宋人提出来。罗大经《鹤林玉露》载其友人以《诗》三百五篇篇名连缀成文,作《陈子衿传》,其思颇隽,却是很正经地把《诗经》拿来开玩笑,这当然与《诗经》研究无关,却由此可见一时风气。

朱熹晚年定本《诗集传》,提出了废序的主张,可以算作诗经学史上的革命,不过序中所说"凡《诗》之所谓《风》者,多出于里巷歌谣之作",实在又开了一条讨论《诗经》的歧途,影响至今。《诗集传》最大的好处是简明扼要,通俗易懂,虽然字义的解释多本毛、郑,而以己意取舍于先儒者,有不少较毛、郑为优。这些特点最适宜教授,于是它由南宋末年起便成为官定的教科书,一直沿用到清。

宋人也还有遵古的一派,却也不很迂腐,范处义的《诗补传》,吕祖谦的《吕氏家塾读诗记》,严粲的《诗缉》,都以疏解平实见长,严氏且很有一些新见,可取者不少。

毛、郑重新受到特别的重视,要到清代。这是训诂考据的颠峰时代，一时大家、名家迭出，粗计亦无虑数十，其中胡承珙《毛诗后笺》，马瑞辰《毛诗传笺通释》，陈奂《诗毛氏传疏》最为著名，而解决字义中的疑难，又以马氏为长。

毛、郑建立的训诂考据即属于经学的一派，大致解决了后人读《诗》的文字障碍，但《诗》之文心文事，它却很少顾及。于是又有用艺术的眼光对《诗》作赏鉴批评的一派。如刘勰的《文心雕龙》，如钟嵘的《诗品》。朱熹的《诗集传》也很顾到这一面，而至明代蔚为大宗。清人视六经皆史，明人视六经皆文，《诗经》当然是六经中的上品。孙鑛的《批评诗经》，戴君恩的《读风臆评》，钟惺的《诗经》评点，是全把"经"看作美的文辞，而只在抉发文心上用力。清代牛运震《诗志》，王闿运《湘绮楼诗经评点》，则可以说是这一派的后劲。除评点外，以串解而寓赏鉴批评于其中者尚有不少，明为盛，清则多有继承。

两面都能兼顾者，似以清人钱澄之的《田间诗学》为上，虽然认真说起来仍是稍稍偏重于前者。徐元文为钱著作序，有一段话说得很透彻："夫读书者惟虚公而无所偏倚，乃有以得其至是至当。朱子之作《诗集传》，其意亦以为敛辑诸儒之说而非一人之独见也，惟其先有诋诃小序之见横于胸臆，故其所援引指摘，时有不能无疑者。后人说《诗》，若先有诋诃《集传》之见横于胸臆，则其所援引指摘不足以服人之心有甚于朱子者矣。我独善夫饮光先生（按钱字饮光）之诗学，非有意于攻《集传》也，凡以求其至是至当而已，于汉、唐、宋以来之说亦不主一人也。无所主，故无所攻矣。无所攻无所主，而后可以有所攻有所主也。其斯为饮光先生之诗学也。”钱著中自己的意见，不属赏鉴批评的一派，而常常能够曲尽物理，体贴人情，颇觉亲切有味，却是最难得的。

学《诗》以“多识鸟兽草木之名”，是孔子的名言。以陆玑《毛诗草木鸟兽虫鱼疏》为始，而有了《诗经》的博物学研究，可以算作训诂考据一派的分支罢，这一分支的力量却是不小，著作也多。令人爱读的有陆氏《疏》，宋人罗愿的《尔雅翼》，清人多隆阿的《毛诗多识》。陆《疏》最早，不仅所说多可据，而且极有情趣，文字又可爱。比如“薄言采芑”条：“芑，菜。似苦菜也。茎青白色，摘其叶，白汁出，肥可生食，亦可蒸为茹，青州谓之芑。西河雁门芑尤美，土人恋之不出塞。”又如“榛楛济济”条：“楛，其形似荆，而赤茎似蓍，上党人织以为斗筥箱器，又揉以为钗。故上党人调问妇人：欲买赭否？曰灶下自有黄土；问买钗否？曰山中自有楛。”

罗愿《尔雅翼》专意诠解《尔雅》中的动植物，而涉于《诗》者颇多。它的引证，说详也可，说杂也可，总之每一则都可以作故事读，自然于解《诗》之名物也很有助益。

比多隆阿《毛诗多识》更有名的其实是姚柄的《诗识名解》。不过姚氏过于信从圣人之训，只因孔子言及“鸟兽草木”而“虫鱼”从略，他便不谈虫鱼。《毛诗多识》则远较姚著为详，而最好是多言所见所历。比如“熠燿宵行”条，曰：“关左多草少竹，多山少泽，故惟有飞萤。形如叩头虫，大亦如之，黄白色双翼，长与身等，腹近尾下有光，飞如星流，有人两手拍击作声，便止于地。”萤火虫属鞘翅目，这一类昆虫多有“伪死性”，即每逢惊扰，不是走为上计，却是跌落在地佯作死状，多氏则正好把这一细节写得分明，尽管已算是题外话，却总是“多识”之有得。

近人所作，以陆文郁《诗草木今释》为好。陆著把古称今名一一贯通，很是明白晓畅，间或著一闲笔，虽然与《诗》无关，却自婉妙可喜，亦足解颐也。

# 五

五百年间“诗三百”，实在不能算多，但若看它是删选之后的精华，却也不算太少。五百年云和月，尘与土，虽然世有盛衰治乱，但由《诗》中表现出来的精神则是一贯。其中有所悲有所喜，有所爱有所恨，也有所信有所望，不过可以说，健全的心智，健全的情感，是贯穿始终的脉搏和灵魂。孔子取《诗》中之句以评《诗》之精神曰“思无邪”，真是最简练也最准确。《诗》中的男女之情，后来朱子多以“淫奔之辞”视之，其实婚姻乃人伦端始，蕃育人口，上古尤其重视，求“男女及时”，本来不违古礼。孔子“思无邪”之评早把它尽括在内，又何劳后人曲为之解。

只是“诗三百”已经是选本，司马迁说：“古者诗三千余篇，及至孔子，去其重，取可施于礼义，上采契后稷，中述殷周之盛，至幽厉之缺，始于衽席”，“三百五篇孔子皆弦歌之，以求合《韶》《武》《雅》《颂》之音”（《史记·孔子世家》）。虽然由“三千”删至“三百”的说法不很可信，乃至“诗三百”究竟是否成于孔子也有异议，但孔子总是作了细致的整理工作，选定的可以说都是永久的诗。

而所谓“别裁”，却兼有选与评的两层意思，实在口气太大。其实这本来是出版社老朋友的“命题作文”，但觉一个“别”字之下颇存宽容，既可以尽量表达一己之愿，又不必顾到各方面的平衡，因此虽然胆怯，依然用它作了书名。然而终究心存忐忑，因此不能不在这里更作说明。

请先为“别裁”正名。“别裁伪体亲风雅，转益多师是汝师”，语出杜甫《戏为六绝句》之末首。其言“别”，区别之谓；“裁”，裁而去之也。清人沈德潜作唐诗、明诗、清诗之“别裁系列”，即取义于此。但这里取得一个“别”字来，则只是用“另外”之意，犹区别于“本传”之“别传”，或曰于公共标准之外，“别”存一个自己的标准，说得更明确一点儿，便是“我所喜欢的”。至于“裁”，则连对象也换掉，——于《诗》，如何言“裁”？所“裁”者，古人之《诗》评而已，又以串联其说，而夹进一己之见，此所谓“别裁”，只是借字说话，其实与老杜无干，与“沈前辈”之“别裁”体例不合也。

当然喜欢之下仍然颇有分别。如喜其意，喜其情，喜其叙事，喜欢事与情中的思，又或者事与情中史的分子，也有的只是特别喜欢一首诗中的一句两句。而没有录在这里的，却又不能以“不喜欢”概之，一则因为刚刚完成一本《诗经名物新证》，故凡彼处谈及者，除《七月》一篇之外，此中一律未录。当然不是借此机会为推销作安排，唯一的考虑是避免重复和浪费。二则有不少非常喜欢的诗，在它面前却是格外踌躇。这踌躇的意思，不大好表达，举例说，比如《郑风·萚兮》："萚兮萚兮，风其吹女。叔兮伯兮，倡予和女。萚兮萚兮，风其漂女。叔兮伯兮，倡予要女。"《大雅·桑柔》："民之未戾，职盗为寇。凉曰不可，覆背善詈。虽曰匪予，既作尔歌。"《桑柔》在说着"既作尔歌"的时候，诗好像是有着裁定是非善恶的判决的力量；而在秋风剪断生意的一片悲凉中，《萚兮》说着"倡予和女"的时候，诗又是联系自然与人生的最为亲切的依凭。对着这样的诗，不免令人怀疑我们是否真正了解和理解了诗在当时人心目中的地位，是否还能够真正领悟诗所要告诉人们的东西。此际又不仅仅是心知其美而口不能言，便是连"知"也是朦胧的。因此我觉得需要为自己留下更多的思索的余地，又因此许多列在最初的一份选目中的诗，最后并没有录在这里。则它虽然题作"诗经别裁"，而"别裁"所含之"选"的意义，它其实是没有的。

说到注释，更是一件大费踌躇的事，总想不出应该注释到怎样的程度为宜，而这"宜"，究竟以谁为标准。后来这标准取了最为近便者,便是本人。以自己的读《诗》经历而言,最初读白文,多半于字义不得其解,于诗意不识其妙,于是想知道古人有什么样的意见,而最早的意见又是什么。如此稍稍涉猎之后,于各异其说的纷纭中才略略有一点儿会心。前面一节说到的几种著述,可以算作自己的一个基本书目罢,虽然实在不足为训,但以己度人,或者彼此的感觉不至于相差太远。因此在注释中便尽量多援古训,如毛传,如郑笺。虽然郑玄解诗常常逊于毛公,但有时也很有可喜。比如《邶风·终风》"寤言不寐,愿言则嚏",郑笺:"嚏,读当为不敢嚏咳之嚏。我其忧悼而不能寐,汝思我心如是,我则嚏也。今俗人嚏云:人道我。此古之遗语也。"此"古之遗语",乃至遗语中的一番意思,我们至今也还在用着。而在如此细微处竟也远远的可与诗人相通,岂不赖郑笺之力么。又朱熹的《诗集传》取用也多,正如前述,它有简明通俗之长。而朱子解诗也时有用情处。比如《小雅·隰桑》"心乎爱矣,遐不谓矣。中心藏之,何日忘之",朱熹曰:"言我中心诚爱君子,而既见之,则何不遂以告之?而但中心藏之,将使何日而忘之耶。《楚辞》所谓'思公子兮未敢言',意盖如此。爱之根于中者深,故发之迟而存之久也。"虽然于诗不必是达诂，却是于人情见得深透，而我们正要以此情此心读《诗》才好。三家之外，各家的意见则“裁”不胜裁，而这本书不是“集解”“集评”的体例，只好大半割爱。当然不见得顺我者取，逆我者弃，不过个人的好恶在其中的确占了分量，乃至于注释的繁与简，也多以己意断之，而这一切似乎都可以在“别裁”之“别”字下求得坦然。总之，古贤已远，衷怀幽渺，本不堪强作解人，更不必说一“亲风雅”，但总可略存一点心向往之的意思罢。

为省便计，书中最常用到的如《毛诗故训传》，《毛诗传笺》，《经典释文》，《毛诗正义》，均省作“毛传”，“郑笺”，“释文”，“孔疏”。又引用前人之说，仅举名姓，不录书名，而在书后附一引用书目，以备检索。谈《诗》的著作，所引之说，均见于原书中的各诗题下，故也不必很烦琐地一一注明卷数了。

## 六

遇安先生曾为这本书的写作提出不少很好的意见，只是那时候先生太忙，因此常常一起“细论文”的是文友止庵君，最后又承惠以长跋。同室砚友么书仪君也每有中肯的意见。若同春秋引《诗》

断章之例，那么正该赋《鹿鸣》之首章，意取“人之好我，示我周行”。

# 关　雎

关关雎鸠，在河之洲[①]。窈窕淑女[②]，君子好逑[③]。（一章）　参差荇菜[④]，左右流之[⑤]。窈窕淑女，寤寐求之。求之不得，寤寐思服[⑥]。悠哉悠哉[⑦]，辗转反侧。（二章）　参差荇菜，左右采之。窈窕淑女，琴瑟友之。参差荇菜，左右芼之[⑧]。窈窕淑女，钟鼓乐之[⑨]。（三章）

①关关，毛传："和声也。"雎鸠，鱼鹰。牛运震曰："只'关关'二字，分明写出两鸠来。先声后地，有情。若作'河洲雎鸠，其鸣关关'，意味便短。"

②毛传："窈窕，幽闲也。淑，善。"《九歌·山鬼》"子慕予兮善窈窕"，王逸注："窈窕，好貌。"

③君子，朱东润曰："据毛诗序，君子之作凡六篇，君子或以为大夫之美称，或以为卿、大夫、士之总称，或以为有盛德之称，或以为妇人称其丈夫之词。""就《诗》论《诗》，则君子二字，可以上赅天子、诸侯，下赅卿、大夫、士。""盛德之说，则为引申之义，大大之称，自为妻举其夫社会地位而言。"逑，毛传："匹也。"按好逑，犹言嘉耦。

④荇，毛传曰"接余"，其他异名尚有不少，李时珍云"俗呼荇丝菜，池人谓之莕公须，淮人谓之靥子菜，江东谓之金莲子"，等等。龙胆科，多年生草本，并根连水底，叶浮水上。自古供食用。陆玑曰："其白茎以苦酒（按即醋）浸之，肥美可案酒。"近

人陆文郁说:“河北安新近白洋淀一带旧有鬻者,称黄花儿菜,以茎及叶柄为小束,食时以水淘取其皮,醋油拌之,颇爽口。”

⑤流,毛传:“求也。”用《尔雅·释言》文。朱熹曰:“顺水之流而取之也。”

⑥思,语助词。《小雅·桑扈》“旨酒思柔”,二者句法相同。服,毛传:“思之也。”《庄子·田子方》“吾服女也甚忘”,郭象注:“‘服’者,思存之谓也。”

⑦朱熹曰:“悠,长也。”按悠哉悠哉,思念之深长也。

⑧芼,毛传:“择也。”

⑨钟鼓,金奏也,是盛礼用乐。王国维曰:“金奏之乐,天子诸侯用钟鼓;大夫士,鼓而已。”按此诗言“钟鼓乐之”,乃作身分语。由两周墓葬中乐器和礼器的组合情况来看,金石之乐的使用,的确等级分明,即便所谓“礼崩乐坏”的东周时期也不例外。中原地区虢、郑、三晋和周的墓葬,已发掘两千余座,出土编钟、编磬者,止限于个别葬制规格很高的墓,约占总数百分之一。从青铜乐钟的制作要求来看,这也是必然,——非“有力者”,实不能为。而这一切,与诗中所反映的社会风貌,恰相一致。

《关雎》是一首意思很单纯的诗。大概它第一好在音乐,此有孔子的评论为证,《论语·泰伯》:“师挚之始,《关雎》之乱,洋洋乎盈耳哉。”乱,便是音乐结束时候的合奏。它第二好在意思。《关雎》不是实写,而是虚拟。戴君恩说:“此诗只‘窈窕淑女,君子好逑’便尽了,却翻出未得时一段,写个牢骚忧受的光景;又翻出已得时一段,写个欢欣鼓舞的光景,无非描写‘君子好逑’一句耳。若认做实境,便是梦中说梦。”牛运震说:“辗转反侧,琴瑟钟鼓，都是空中设想，空处传情，解诗者以为实事，失之矣。”都是有得之见。《诗》写男女之情，多用虚拟，即所谓“思之境”，如《汉广》，如《月出》，如《泽陂》，等等，而《关雎》一篇最是恬静温和，而且有首有尾，尤其有一个完满的结局，作为乐歌，它被派作“乱”之用，正是很合适的。

然而不论作为乐还是作为歌，它都不平衍，不单调。贺贻孙曰：“‘求之不得，寤寐思服。悠哉悠哉，辗转反侧’，此四句乃诗中波澜，无此四句，则不独全诗平叠直叙无复曲折，抑且音节短促急弦紧调，何以被诸管弦乎。忽于‘窈窕淑女’前后四叠之间插此四句，遂觉满篇悠衍生动矣。”邓翔曰：“得此一折，文势便不平衍，下文‘友之’‘乐之’乃更沉至有味。‘悠哉悠哉’，叠二字句以为句，‘辗转反侧’，合四字句以为句，亦着意结构。文气到此一住，乐调亦到此一歇拍，下章乃再接前腔。”虽然“歇拍”、“前腔”云云，是以后人意揣度古人，但这样的推测并非没有道理。依此说，则《关雎》自然不属即口吟唱之作，而是经由一番思索安排的功夫“作”出来。其实也可以说，“诗三百”，莫不如是。

“关关雎鸠，在河之洲”，毛传：“兴也。”但如何是兴呢，却是一个太大的问题。若把古往今来关于“兴”的论述统统编辑起来，恐怕是篇幅甚巨的一部大书，则何敢轻易来谈。然而既读《诗》，兴的问题就没办法绕开，那么只好敷衍几句最平常的话。所谓“兴”，可以说是引起话题，或者说是由景引起情。这景与情的碰合多半是诗人当下的感悟，它可以是即目，也不妨是浮想；前者是实景，后者则是心象。但它仅仅是引起话题，一旦进入话题，便可以放过一边，因此“兴”中并不含直接的比喻，若然，则即为“比”。至于景与情或曰物与心的关连，即景物所以为感为悟者，当日于诗人虽是直接，但如旁人看则已是微妙，其实即在诗人自己，也未尝不是转瞬即逝难以捕捉；时过境迁，后人就更难找到确定的答案。何况《诗》的创作有前有后，创作在前者，有不少先已成了警句，其中自然包括带着兴义的句子，后作者现成拿过来，又融合了自己的一时之感，则同样的兴，依然可以有不同的含义。但也不妨以我们所能感知者来看。罗大经说：“杜少陵绝句云：‘迟日江山丽，春风花草香。泥融飞燕子，沙暖睡鸳鸯。’或谓此与儿童之属对何以异，余曰不然。上二句见两间莫非生意，下二句见万物莫不适性。于此而涵泳之，体认之，岂不足以感发吾心之真乐乎。”我们何妨以此心来看《诗》之兴。两间莫非生意，万物莫不适性，这是自然予人的最朴素也是最直接的感悟，因此它很可以成为看待人间事物的一个标准：或万物如此，人事亦然，于是喜悦，如“桃之夭夭，灼灼其华”（《周南·桃夭》），如“呦呦鹿鸣，食野之苹”（《小雅·鹿鸣》），如此诗之“关关雎鸠，在河之洲”；或万物如此，人事不然，于是悲怨，如“雄雉于飞，泄泄其羽”（《邶风·雄雉》），如“习习谷风，以阴以雨”（《邶风·谷风》），如“毖彼泉水，亦流于淇”（《邶风·泉水》）。《诗》中以纯粹的自然风物起倡的兴，大抵不出此意。总之，兴之特殊，即在于它于诗人是如此直接，而于他人则往往其意微渺，但我们若解得诗人原是把天地四时的瞬息变化，自然万物的死生消长，都看作生命的见证，人生的比照，那么兴的意义便很明白。它虽然质朴，但其中又何尝没有体认生命的深刻。

“钟鼓乐之”，是身分语，而最可含英咀华的则是“琴瑟友之”一句。朱熹曰：“‘友’者，亲爱之意也。”辅广申之曰：“以友为亲爱之意者，盖以兄友弟之友言也。”如此，《邶风·谷风》“宴尔新昏，如兄如弟”的形容正是这“友”字一个现成的注解。若将《郑风·女曰鸡鸣》《陈风·东门之池》《小雅·车舝》等篇合了来看，便知“琴瑟友之”并不是泛泛说来，君子之“好逑”便不但真的是知

“音”，且知情知趣，而且更是知心。春秋时代以歌诗为辞令，我们只认得当日外交之风雅，《关雎》写出好婚姻之一般，这日常情感生活中实在的谐美和欣欣之生意，却是那风雅最深厚的根源。那时候，《诗》不是装饰，不是点缀，不是只为修补生活中的残阙，而真正是“人生的日用品”（顾颉刚语），《关雎》便好像是人生与艺术合一的一个宣示，栩栩然翩翩然出现在文学史的黎明。

# 卷　耳

采采卷耳[1]，不盈顷筐[2]。嗟我怀人，寘彼周行[3]。(一章)　　陟彼崔嵬[4]，我马虺隤[5]。我姑酌彼金罍，维以不永怀[6]。(二章)　　陟彼高冈，我马玄黄[7]。我姑酌彼兕觥，维以不永伤。(三章)
陟彼砠矣[8]，我马瘏矣，我仆痡矣[9]，云何吁矣[10]。(四章)

①卷耳，即菊科植物中的苍耳，可食。陆玑云："可煮为茹，滑而少味。"苍耳的由采而至"为茹"，老杜有诗描绘得亲切，其《驱竖子摘苍耳》句云"江上秋已分，林(一作村)中瘴犹剧。畦丁告劳苦，无以供日夕。蓬莠独不焦，野蔬暗泉石。卷耳况疗风，童儿且时摘。侵星驱之去，烂熳任远适。放筐亭午际，洗剥相蒙羃。登床半生熟，下箸还小益。加点瓜薤间，依稀橘(一作木)奴迹"。所谓"蒙羃"，即洗其土，剥其毛，以筐盛而巾覆之。此悯农之作也，而由此可见上古遗风。

②顷筐，毛传："畚属，易盈之器也。"马瑞辰曰："顷筐盖即今筲箕之类，后高而前低，故曰顷筐。顷则前浅，故曰'易盈'"。

③朱熹曰："周行，大道也。托言方采卷耳，未满顷筐，而心适念其君子，故不能复采，而寘之大道之旁也。"

④崔嵬，毛传：土山之戴石者。《小雅·谷风》"维山崔嵬"，毛传："崔嵬，山巅也。"陈奂曰："崔嵬者，是山巅巉岩

之状。”

⑤虺隤，毛传：“病也。”

⑥毛传：“姑，且也。人君黄金罍。永，长也。”朱熹曰：“此又托言欲登此崔嵬之山，以望所怀之人而往从之，则马罢病而不能进，于是且酌金罍之酒，而欲其不至于长以为念也。”邓翔曰：“他事烦怀，酒可解；此‘永怀’，则非酒可解。明知不可解而解之，而曰‘我姑’云者，亦虚拟之辞。”焦琳曰：“既不能登高，而思饮酒，乃酒饮不到口，又思登高，而登高仍不能，而复思饮酒。今人心中有事，往往通夜无眠，其实心中有多少计较，总不过几个念头车轮辗转而已，最能将立坐不是真情传出。”按金罍与下言之兕觥，皆商周时代制作考究之酒具，且非日常习用之器，虽不必“人君黄金罍”，亦非庶人可用。

⑦玄黄，病貌。

⑧毛传：“石山戴土曰砠。”按戴土即覆土。

⑨朱熹曰：“瘏，马病不能进也。痡，人病不能行也。”

⑩吁，三家诗作“盱”。《尔雅·释诂》“盱，忧也”，郭璞注引诗作“云何盱矣”。曾运乾曰：“此‘吁’当为‘盱’之同声借字。《说文》：‘盱，张目也。’‘矣’同‘唉’，可作疑问词。”“云何常此张目远望乎？则亦长托诸怀想而已。《彼何人斯》‘壹者之来，云何其盱’，《都人士》‘我不见兮，云何盱矣’，皆言不得见而致其远望也。”王闿运曰：“三陟，二正二反，掉尾作结，以致丁宁，于文艺能使实者俱空。《离骚》曰‘陟升皇之赫羲（戏）兮，忽临睨乎（夫）旧乡；仆夫悲余马怀兮，蜷局顾而不行’，不独学此回斡，并用此词藻。”

近人说《卷耳》，喜欢把全诗所述分为二事：采卷耳，思妇也；越山陟冈，所怀之人也。若以为这是“话分两头”的手法，也不错，《诗》中正不乏相似的例子，如《魏风·陟岵》。但这样的理解，却出于一个不甚可靠的出发点，即以为妇人思夫，陟冈饮酒，乘马携仆，究竟伤于大义。这样的认识，乃是从后世的情况推测出来，当日的情形则未必。女子有所怀，原不妨饮酒出游，《诗》中也适有本证，如《鄘风·载驰》，如《邶风·泉水》，如《卫风·竹竿》。即便这都是思中之游，而终于“止乎礼义”，那么《卷耳》为什么不可以也是这样的思呢。其实诗起首所言“采采卷耳”，也并非实录，毛传所谓“忧者之兴也”，正是特别揭出这样的意思。《小雅·采绿》中的“终朝采绿，不盈一匊”，《载驰》中的“陟彼阿丘，言采其蝱”，《召南·草虫》之采蕨、采薇，《王风·采葛》之采葛、采萧、采艾，又何尝是纪实。这一类与人事相关连的“兴”，大约来源于最初的“赋”，即原本是赋写其事，但因某一首诗意思好，于是袭其意者多，此实事便成为具有特定意义的一种象征，而成为引起话题的“兴”。所谓“忧者之兴”，即兴在忧思，不在采集。采集乃是忧思之话题的一个“引言”。

与《竹竿》《泉水》不同，彼思至“驾言出游”便戛然而止，《载驰》《卷耳》则思之更远，于是更曲折，更深切。沈守正曰：“通章采卷耳以下都非实事，所以谓思之变境也。一室之中，无端而采物，忽焉而登高，忽焉而饮酒，忽焉而马病，忽焉而仆痡，俱意中妄成之，旋妄灭之，缭绕纷纭，息之弥以繁,夺之弥以生,光景卒之,念息而叹曰:云何吁矣。可见怀人之思自真,而境之所设皆假也。”此说最近诗情。“嗟我怀人”,乃一篇作意,“云何吁矣”却是全诗精神所在。“女子善怀”,《风》诗尤可见,——郑笺:“善,犹多也;怀,思也。”在《载驰》,它可以算是“知己知彼”之言;就“诗三百”而论,这“夫子自道”,也最是贴切。

# 樛　木

南有樛木[①]，葛藟累之[②]。乐只君子，福履绥之[③]。（一章）　　南有樛木，葛藟荒之[④]。乐只君子，福履将之[⑤]。（二章）　　南有樛木，葛藟萦之。乐只君子，福履成之[⑥]。（三章）

①毛传："南，南土也。木下曲曰樛。"樛木之樛，韩诗作朻，《说文·木部》："朻，高木也。"桂馥《说文义证》以为"朻""樛"二字之训互讹，"'樛'当云高木也"。按此说是。此"樛木"作"高木"解，亦于诗意为合。

②葛藟，葡萄科植物。苏颂曰："千岁藟，生泰山川谷，作藤生，蔓延木上，叶如葡萄而小，四月摘其茎，汁白而甘，五月开花，七月结实，八月采子，青黑微赤，冬惟凋叶，此即《诗》云'葛藟'者也。"朱熹曰："累，犹系也。"

③毛传："履，禄。绥，安也。"朱熹曰："只，语助辞。"

④荒，毛传曰"奄"，曾运乾曰："被之广也。"

⑤郑笺："将，犹扶助也。"

⑥毛传："萦，旋也。成，就也。"

前人解释此篇作意，多半不脱诗序之囿，即"《樛木》，后妃逮下也。言能逮下而无嫉妒之心焉"。但明人何楷却能别具只眼，他说诗乃"南国诸侯归心文王也”。“文王之德远及南方，如樛木之荫下，而凡弱小之国有所依归，如葛藟之得所系也，于是以‘福履’祝之。《书》曰文王‘诞膺天命，以抚方夏，大邦畏其力，小邦怀其德’，正此谓也”（按所引《书》见《武成》篇）。这是把《樛木》放在一个历史背景中来作解释，而对此诗言，若求确解，舍此大约没有更好的办法，何况此诗实牵系着周王室与南国的一段历史，且关涉到“周南”、“召南”这两个名称的一个历史来由。

周室之兴，第一步是征服西方，第二步则是东出，然后是对南土的经营。虽然时而干戈时而玉帛，但总是从克商以后就已经开始。南至江汉，封建诸姬，周之开南国，是一件经历很长久的事。主其事者，便是与周公并为周室股肱的召公。这也是《诗》中常常提到的史实，《大雅·召旻》“昔先王受命，有如召公，日辟国百里”，表述得最为明确。不过何楷把此事上推到文王，似乎过早，对南土的经营，比较可据的是在武王克商以后。王朝盛时开辟的这一片疆土，有通过分封制从天子处“受民受疆土”（大盂鼎铭）而立国的诸侯，有原来的方国首领，因慑于周王朝的政治军事力量而称臣，于是由天子册命而领土一方的诸侯。分封为诸侯者，系出王室，曰周南；册命为诸侯者，因为多出于召公的经营，故命之曰召南。如此，“二南”之称，正好表明了周与南土的这样一种历史关系。

“南有樛木，葛藟累之”，毛传曰“兴也”，辅广说：“此诗虽是兴体，然亦兼比意。”其实严格说来，这是“比”的用法。樛木是支撑，葛藟是攀缘，这是大自然中一种相存相依之谐和，因此它可以用来作西周封建之象喻，即比作一种维系家国的力量。葛藟之喻，《诗》中不止一次用到。如《大雅·旱麓》：“莫莫葛藟，施于条枚。岂弟君子，求福不回。”亦取葛藟攀缘延蔓而茂盛之象。然而《王风·葛藟》却说：“绵绵葛藟，在河之浒。终远兄弟，谓他人父。谓他人父，亦莫我顾。”原是依木而生，今却在河之浒、之涘、之漘，则葛藟之生非其地，失其所矣，因此用来比喻“周室道衰，弃其九族”（诗序）。总之，那时候，鸟兽虫鱼山川草木皆可以与人共语，而人对自然的亲切观察中，总是一种感悟生命的智慧。《诗》中的意象固然有所选择，但“形而下”者实可能远多于“形而上”者。密意深情，多半不离寻常日用之间，体物之心未尝不深细，不过总是就自然万物本来之象而言之，这也正是《诗》的质朴处和深厚处。至于努力为自然灌注道德的内核，则全是后人的心思，如同把《樛木》之意解作“后妃逮下”一样的好笑，这时候才真的感觉到《诗》的时代是一去不复返了。

"乐只君子",是《诗》中习见的颂祷之辞,《小雅·南山有台》"乐只君子,邦家之基",《采菽》"乐只君子,殿天子之邦",都是郑重的祈愿。刘玉汝说:"'乐只'犹言'乐哉'。""'乐只君子',称之也;'福履绥之',愿之也。称愿即颂祷,《风》《雅》不同。"

此诗三章,每章只换两个字。或曰累、荒、萦,绥、将、成,一意深一意,故每章的换字,实是诗意的递进。但另一种意见认为"诗亦有初浅后深,初缓后急者,然大率后章多是协韵"(吕祖谦);若《樛木》,则"首章道意已尽,后两章惟换韵耳"(孙鑛),所谓"三章一意,无浅深,无次序,惟易韵以致殷勤再三不能自已之意,盖《诗》之一体,咏歌之妙者也"(刘玉汝)。其实换字以求深化与易韵而致殷勤,乃当日诗人习用的章法,正是相辅而相成。

# 芣 苢

采采芣苢[①]，薄言采之。采采芣苢，薄言有之[②]。（一章）　采采芣苢，薄言掇之。采采芣苢，薄言捋之[③]。（二章）　采采芣苢，薄言袺之。采采芣苢，薄言襭之[④]。（三章）

①芣苢，车前科中的车前。陆玑曰其叶可鬻作茹。苏颂说它"春初生苗，叶布地如匙面，累年者长及尺余，如鼠尾。花甚细，青色微赤，结实如葶苈，赤黑色，五月五日采，阴干。今人五月采苗，七月、八月采实"，"然今人不复有啖者，其子入药最多"。

②毛传："薄，辞也。采，取也。""有，藏之也。"

③毛传："掇，拾也。捋，取也。"

④朱熹曰："袺，以衣贮之而执其衽也。襭，以衣贮之而扱其衽于带间也。"

《诗》言"采"者不一，"采"的后面，通常总有事、有情，如《唐风》之《采苓》，如《小雅》之《采菽》《采薇》《采绿》。唯独《芣苢》，"采"的本身，就是故事，也就是诗的全部。这里边没有个人的事件，如心绪，如遭遇，却是于寻常事物、寻常动作中写出一种境界，而予人一种平静阔远的感觉。钟惺所谓“此篇作者不添一事，读者不添一言，斯得之矣”，是抉得此诗之神。每一章中更换的几个字，虽为趁韵，却非凑韵，倒是因此而使诗有了姿态，有了流动之感。诗原本可以歌唱，那么《芣苢》若配了乐，调子一定是匀净、舒展、清澈、明亮的。如今止剩了歌辞，而依然没有失掉乐的韵致。

# 汉　广

南有乔木，不可休息[①]。汉有游女，不可求思[②]。汉之广矣，不可泳思。江之永矣，不可方思[③]。（一章）　翘翘错薪，言刈其楚[④]。之子于归[⑤]，言秣其马。汉之广矣，不可泳思。江之永矣，不可方思。（二章）　翘翘错薪，言刈其蒌[⑥]。之子于归，言秣其驹。汉之广矣，不可泳思。江之永矣，不可方思。（三章）

①息，韩诗作“思”。姚际恒曰：“乔，高也。借言乔木本可休而不可休，以况游女本可求而不可求。”

②毛传：“思，辞也。”朱熹曰：“江汉之俗，其女好游，汉魏以后犹然。”

③毛传：“潜行为泳。永，长。方，泭也。”按泭也作桴，即竹木筏。

④朱熹曰：“翘翘，秀起之貌。错，杂也。”楚，马鞭草科，落叶灌木或小乔木，南北皆有，又名荆，俗名荆梢。多隆阿曰：“荆为薪木，关左有二种，俱长条，高者七八尺，其一叶微圆，花紫色，枝条柔细，皮色赤黄，可编盛物器具者，俗名紫条；其一皮黑，叶碧，叶有歧杈，花紫，实黑者，俗名铁荆条。紫条为楛类，铁荆条即楚类。”

⑤《周南·桃夭》“之子于归”，朱熹曰：“妇人谓嫁曰归。”

⑥蒌，菊科，多年生草本。陆玑曰："蒌，蒌蒿也。其叶似艾，白色，长数寸，高丈余，好生水边及泽中，正月根芽生旁茎，正白，生食之，香而脆美，其叶又可蒸为茹。"桂馥曰："陆疏云'其叶似艾，白色'，余目验其叶青色，背乃白色，疏当云'背白色'，疑转写脱谬。"

《诗》中的女子，有一类是可以明白见出身分的，如"平王之孙，齐侯之子"（《召南·何彼襛矣》），如"东宫之妹，邢侯之姨"（《卫风·硕人》），乃至"宗室牖下"习礼的"有齐季女"（《召南·采蘋》）。如果"两姓之好"要求于女子的有所谓"公众的标准"，或曰"俗情之艳羡"（范家相说《硕人》），那么这是很重要的一条吧，所以她们在《诗》里都有一个在旁人看来一定是十分圆满的归宿，如《何彼襛矣》，如《桃夭》《硕人》所咏。但另有一类女子，则不然。若"有美一人，清扬婉兮"（《郑风·野有蔓草》），"有美一人，硕大且卷"（《陈风·泽陂》），既不及身分地位，也不论是否"宜其家室"（《桃夭》）、"宜尔子孙"（《周南·螽斯》），而纯是一片私心的慕恋。至于《汉广》，更干脆不把他私许的标准说出来，只道"汉有游女，不可求思"。《诗》中的这一类女子，我们是不知道伊之归宿的，我们只看到慕恋者在绵密的情思中建筑起一个实实在在的希望。

不过，即便作“空中语”，《诗》中也没有神奇幻丽之思。《汉广》中的“汉上游女”算是略存飘忽，三家说诗于是衍生出郑交甫遇神女的故事：郑交甫遵彼汉皋，台下遇二女，与言曰：愿请子之佩。二女与交甫，交甫受而怀之，超然而去。十步循探之，即亡矣。回顾二女，亦即亡矣。只是这样一来，便成了完全的神话，虽然此中的幻丽也很美，但离《汉广》则已经很远。

游女虽然不是神女，却是神女一样的可望而不可即。“不可求思”，不是怨恨也不是遗憾，万时华曰“‘不可求’，语意平平，着不得一毫意见，如言欲求之不得，则非诗人言；昔可求而今不然，则非游女”，是也。然而无怨无憾的“不可求思”，却正是诗情起处。戴君恩曰：“此篇正意只‘不可求思’自了，却生出‘汉之广矣’四句来，比拟咏叹，便觉精神百倍，情致无穷。”贺贻孙曰：“楚，薪中之翘翘者，郑笺云‘翘翘者刈之，以喻众女高洁，吾欲取其尤高洁者也’，此解得之。盖汉女惟不可求，此乃我所欲求也，故即以‘之子于归’接之，此时求且不可，安得便言于归，凭空结想，妙甚妙甚。至于愿秣其马，则其悦慕至矣，却不更添一语，但再以汉广、江永反复咏叹，以见其求之之诚且难而已。盖‘汉广’四句乃深情流连之语，非绝望之语也。”

“凭空结想”、“深情流连”，所见透彻。江永、汉广，全是为“不可求思”设景，则刈楚、刈蒌，秣马、秣驹，自然也都是为思而设事。“河汉清且浅，相去复几许。盈盈一水间，脉脉不得语”，《古诗十九首》之句由《汉广》脱胎，但《汉广》却没有如此之感伤。《诗》有悲愤，有怨怒，有哀愁，却没有感伤。这一微妙的区别，或许正是由时代不同而有的精神气象之异。而《汉广》也不是“今朝两相视，脉脉万重心”的无奈。实在说，这里并没有一个“两相视”，《汉广》没有，《关雎》《东门之池》《泽陂》《月出》，这样的一类诗中，都没有。这里似乎用得着“乐而不淫”、“哀而不伤”的意思，但它却与道德伦理无关，而只是一份热烈、持久、温暖着人生的精神质素。《诗》写男女，最好是这些依依的心怀，它不是一个故事一个结局的光明，而是生命中始终怀藏着的永远的光明。它由男女之思生发出来，却又超越男女之思，虽然不含隐喻，无所谓“美刺”，更非以微言大义为为政者说法，却以其本来具有的深厚，而笼罩了整个儿的人生。

# 采　蘋

于以采蘋[①]，南涧之滨。于以采藻[②]，于彼行潦[③]。（一章）　　于以盛之，维筐及筥[④]。于以湘之，维锜及釜[⑤]。（二章）　　于以奠之，宗室牖下[⑥]。谁其尸之，有齐季女[⑦]。（三章）

①蘋，又称四叶菜、田字草，蘋科，为生于浅水之多年生蕨类植物。

②藻，杉叶藻科，为多年生水生草本。按《礼记·昏义》言女子先嫁三月，教于宗室，教成，祭之，“牲用鱼，芼之以蘋藻”。鱼，俎实；蘋藻，羹菜。

③毛传：“行潦，流潦也。”《说文·水部》“潦，雨水也”，段玉裁注：“《召南》‘于彼行潦’，传曰：‘行潦，流潦也。’按传以‘流’释‘行’。服注《左传》乃云‘道路之水’；赵注《孟子》乃云‘道旁流潦’，以‘道’释‘行’，似非。潦，水流而聚焉，故曰行潦，不必在道旁也。”

④筐、筥皆竹器，方者为筐，圆者为筥。

⑤湘，毛传：“亨也。”按即烹。锜与釜均为炊饭之器，釜圜底无足，锜则器下有三足。

⑥宗室，毛传：“大宗之庙也。”大宗，即大夫之始祖。周代诸侯及大夫之传世亦为嫡长继承制。嫡子以外，皆为别子。别子始为大夫，继承别子之嫡子，世为大夫，则立庙以祀之，是为宗室。牖下，郑笺云“户牖间之前”，钱澄之曰：“古人庙堂南向，室在其北，户东牖西，皆南面，去牖近，故曰‘牖下’。所以不

于室中者，凡昏事为女行礼，皆设几筵于户外，取外成之义，故教成之祭亦于户外设奠也。”

⑦毛传：“尸，主。齐，敬。季，少也。”按若正祭，则在室中之奥，主妇助祭，《小雅·楚茨》所谓“君妇莫莫，为豆孔硕”是也。《采蘋》言设祭，而主之者为季女，又陈之于宗室牖下，皆非正祭所宜，是女子习礼之事也。

祭祀是商周时代的大事，在一个宗法社会里，它的政治意义之重大，这里不必去说。就祭祀的整个儿过程而言，固然肃穆而虔敬，但那气氛，更是亲切的，祭祀的时候所面对的鬼与神，或曰祖先与先祖，其实质朴如人；祖先神，实在也还是生人所扮。祭祀的主要内容，正不妨说，是人与鬼神共饮食，不过与平日相比，饮也，食也，乃格外认真，过程且格外漫长，格外有规矩。《小雅·楚茨》于此叙述最为详细，由末章的“既醉既饱，小大稽首”，正可以见出祭祀之后的宴乐同姓，乃是周人敦睦九族、保持宗族亲和力的一个重要方式。《史记·孔子世家》言“孔子为儿嬉戏，常陈俎豆，设礼容”，孔子或者果然有“圣人”的天分，但祭礼中的若干仪注，竟可以扮作儿童游戏，可知这严肃的政治活动中，原本有活泼泼的生活情趣。祭祀对女子来说，似乎更显得重要。《大雅·瞻卬》说“妇无公事，休其蚕织”，《小雅·斯干》说既做女儿，则

"无非无仪,惟酒食是议"。"公事"自以祭祀为大,"酒食"当然也推祭祀为要。《礼记·祭统》:"国君取夫人之辞曰:'请君之玉女与寡人共有敝邑,事宗庙社稷。'"事宗庙,即祭也,可知这是怎样大的一个题目,故女子所能参与的政治活动,最要紧的莫过于祭祀。于是未嫁之前,便先要作这样的预习,即毛传所谓"古之将嫁女者,必先礼之于宗室,牲用鱼,芼之以蘋藻"。

《采蘋》之叙事,不假修饰,乃至通篇不用一个形容之词,却是于平浅谐美中写出了烛照女子生命的一点精神之微光。采菜,烹煮,设祭,"事"之平平静静中浮漫着心的快乐和憧憬。"宜其室家"、"宜其家人",《桃夭》中的一唱三叹,是那一时代对女子一个最低的或者也是最高的要求,读《采蘋》,猜想着女儿自己或者竟也是如此希望着。"谁其尸之,有齐季女",末了一句轻微的赞叹,是诗中挑起遐思的一笔,本来是开端,却轻轻巧巧作成收束,"叙事"便于此际化为"抒情"。

# 燕　燕

燕燕于飞，差池其羽[1]。之子于归，远送于野[2]。瞻望弗及，泣涕如雨。（一章）　燕燕于飞，颉之颃之[3]。之子于归，远于将之。瞻望弗及，伫立以泣[4]。（二章）　燕燕于飞，下上其音。之子于归，远送于南[5]。瞻望弗及，实劳我心。（三章）

仲氏任只，其心塞渊。终温且惠，淑慎其身。先君之思，以勖寡人[6]。（四章）

①姚炳："燕燕，鳦鸟，本名燕燕，不名燕。以其双飞往来，遂以双声名之，若周周、蛩蛩、猩猩、狒狒之类，最古之书凡三见，而语适合此诗及《释鸟》文。""则旧以燕燕为两燕及曲为重言之说者，皆非也。"又"差池"，曰"当专以尾言，燕尾双歧如剪，故云'差池'耳"。按依此说，古称燕为燕燕，不必特指双燕。不过诗中之燕燕不妨仍指双燕，如"黄鸟于飞"（《召南·葛覃》），"仓庚于飞"（《豳风·东山》），皆非以一鸟为言。

②毛传："之子，去者也。归，归宗也。远送过礼。于，於也。郊外曰野。"陈奂曰："'于'训'於'者，释'于野'之于与'于归'之于不同义。'于归'，往归；'于野'，於野也。'於'犹'之'也。"

③飞而下曰颉，飞而上曰颃。颉颃，即顾盼翱翔。

④将，朱熹曰"送也"。伫立，毛传曰"久立也"。

⑤朱熹曰："'送于南'者，陈在卫南。"

⑥毛传："仲，戴妫字也。"范处义曰："先君，庄公也。寡人，庄姜自谓也。《周官》六行信于友为任（按《周礼·地官·大司徒》"六行：孝、友、睦、姻、任、恤。"郑注"任，信于友道"），庄姜谓仲氏于我相信如友，故曰'任只'，且称仲氏之德塞实而无伪，渊深而不流，温和惠顺，终始如一，既能自善自谨其身，又当不忘先君，有以助我，相诀之辞如此，冀仲氏不遐弃也。"但"先君之思"，也可以解作是戴妫对庄姜的临别赠言。

此诗作意，序称："卫庄姜送归妾也。"郑笺详之曰："庄姜无子，陈女戴妫生子名完，庄姜以为己子。庄公薨，完立，而州吁杀之，戴妫于是大归，庄姜远送之于野，作诗见己志。"其事见于《左传·隐公三年》和《隐公四年》。不过后来也还有一些不同的意见，如《列女传·母仪》篇曰此为定姜送子妇，王质《诗总闻》认为是国君送女弟适他国，又或曰这是咏薛女事（魏源），又或曰"恐系卫女嫁于南国，而其兄送之之诗"（崔述）。不过这些并不比序说更觉可信，何况末章所咏在如此解释下反倒没有了着落，则不如从序。王士禛曰："合本事观之，家国兴亡之感，伤逝怀旧之情，尽在阿堵中。《黍离》《麦秀》未足喻其悲也，宜为万古送别之祖。"《燕燕》诚为送别诗"导夫先路"，只是它实在太好，直令后来者再没有办法，《管锥编》举了"瞻望弗及，伫立以泣"一句，下列与此同一机杼的中外诸例,可以让我们作这样的比较。诗中的警句,单独抽出来,固然也好,但它的好,似乎仍在于有全诗厚重、质实的情思为依托。杜甫“轻燕受风斜”,体物工细之俊句也,似由“颉之颃之”得意;晏几道“落花人独立,微雨燕双飞”,较“燕燕于飞,差池其羽”更觉工巧婉丽,然而究竟嫌单薄。《燕燕》末章所叙,见性情,见境界,见一真挚诚笃而不拘拘于尔汝之私的和厚胸次。乔亿曰:“《燕燕》《雄雉》诗各四章,前三章缠绵悱恻,汉人犹能之;至后一章,万万不可企,盖性术所流者异矣。”

《燕燕》之叙事,也有一个虚与实的问题。孔疏曰诗“所陈皆诀别之后述其送之之事也”,则送别情景之种种,乃是追忆。焦琳更特以末章为说,“此言妫氏既去之后,念之而无时或已之情也”,“若以为称述戴妫之贤,纵极其佳,而意已尽于所言”,但若解得庄姜之情,乃是“妫氏虽去而姜氏目中时不绝妫氏之影,耳中时不绝妫氏之声,即戴妫之贤亦益生动,不但作评语断定其人品已也”。其实诗中所说的送别,究竟送别在何地,也很可疑。“远送于野”,郑笺:“妇人之礼,送迎不出门。今我送是子,乃至于野者,舒己愤,尽己情。”“妇人送迎不出门”,语出《左传·僖公二十二年》。贺贻孙曰:“妇人送迎不出门,此常礼也。庄姜处人伦极变，盖非常之情不复能以常礼自禁，故‘远送于野’，‘远于将之’，‘远送于南’，皆以言其变也。”而“远送于南”一句，姜炳璋解作“陈在卫南，庄姜在卫，心与俱南”，则“远送于南”，思中事也。那么“远送于野”，不也可以说是心与之俱，又何必如郑、如贺，曲为之说呢。甚至为此诗兴感的燕燕，也未必当日眼中所见。焦琳以为“物类岂干人事，而人之见物，则因其心所有事，见物有若何之情形”，“故此三章各首二句起兴，亦是言情，非口中之言，必待燕燕方能引起，更非心中之想，必待燕燕方有感触也”。此说很是。诗以燕燕起兴，其意只在燕燕如此，人何不然。而燕燕原是常见之鸟，其差池其羽，颉之颃之，下上其音之象，乃人人眼中心中可见可感，则它可以是天然凑泊的眼前景致，又何尝不可以是写情寄意所谓“拟容取心”的意中之象。

《诗》写送别，又有《秦风·渭阳》：

> 我送舅氏，曰至渭阳。何以赠之，路车乘黄。　　我送舅氏，悠悠我思。何以赠之，琼瑰玉佩。

“路车乘黄”、“琼瑰玉佩”，待之厚也，“曰至渭阳”、“悠悠我思”，更有一番绸缪郑重，实有其事，实有其情，亦情深意挚之作。然而这里却没有一个载情载思的兴象来开拓出意境，于是我们喜爱它的质直，而更喜爱《燕燕》实中有虚的深婉曲折、情思无限了。

# 击　鼓

击鼓其镗，踊跃用兵[1]。土国城漕，我独南行[2]。（一章）　　从孙子仲，平陈与宋[3]。不我以归，忧心有忡[4]。（二章）　　爰居爰处，爰丧其马。于以求之？于林之下[5]。（三章）　　死生契阔，与子成说。执子之手，与子偕老。（四章）　　于嗟阔兮，不我活兮。于嗟洵兮，不我信兮[6]。（五章）

①"击鼓其镗，踊跃用兵"，毛传："镗然，击鼓声也。使众皆踊跃用兵也。"朱熹曰："踊跃，坐、作，击刺之状也。"按踊跃之义，朱释甚确。坐与作，都是战术动作，《周礼·夏官·大司马》"中军以鼙令鼓，鼓人皆三鼓，司马振铎，群吏作旗，车徒皆作；鼓行，鸣镯，车徒皆行，及表乃止；三鼓，摝铎，群吏弊旗，车徒皆坐"是也。孙鑛曰："'踊跃'字，是借用，貌好兵，意飞动，煞有浓色。"

②毛传："漕，卫邑也。"朱熹曰："言卫国之民或役土功于国，或筑城于漕，而我独南行，有锋镝死亡之忧，危苦尤甚也。"

③孙子仲，毛传："谓公孙文仲也。"朱熹曰："时军帅也。""平，和也，合二国之好也。"

④范处义曰："国人谓从公孙文仲南行，既与陈宋有成，可以归而不归，使我忧心忡忡然而不释也。"

⑤爰，何处，哪里。郑笺："求不还者及亡其马者，当于山林之下。军行，必依山林，求其故处，近得之。"范处义曰："上二章

则为怨辞，下三章皆国人与室家相诀之辞，谓我此行未知于何处居处，于何所丧马，汝欲求我遗骸，当于山林求之，自分必死也。”

⑥钱澄之曰：“此承上章，言向以契阔为忧，今所忧者岂惟阔兮，且生还无望矣。复申之曰：洵哉，不得生还矣，昔日之成说不足信矣。”

诗有“本事”。序称：“《击鼓》，怨州吁也。卫州吁用兵暴乱，使公孙文仲将而平陈与宋，国人怨其勇而无礼也。”州吁事见《左传·隐公五年》《史记·卫世家》。诗点出人名、地名，与此大致相合，虽然后人考证起来，如姚际恒《诗经通论》，认为其中颇有出入，但这些参差似乎并不影响对诗的理解，因为它意不在讲史，而是在一个史的背景下讲自己的故事，有这么一个“不我以归”的从军背景也就足够，究竟帅军者为谁，征伐对象为谁，既无法确认无误，则不问也可。

欧阳修曰：“自‘爰居’以下三章，王肃以为卫人从军者与其室家诀别之辞，而毛氏无说，郑氏以为军中士伍相约誓之言。今以义考之，当以王肃之说为是。”“云我之是行未有归期，亦未知于何所居处，于何所丧其马，若求我与马，当于林下求之，盖为必败之计也。”严粲云：“钱氏曰：‘自知必死也，不言死，惟言丧马，盖婉辞。’士卒将行，知其必败，与其室家诀别曰：汝在家居处矣，我必死于是行，而丧其马矣。身死则马非我所有，唐人诗所谓'去时鞍马别人骑'也。汝若求我，其于林下乎。言死于林下也。"吕祖谦则引曾巩说："非独'爰居爰处'以下三章为从军者诀别之辞，一篇之意皆如此。"似以曾说为更切。姜炳璋曰："前二章与家人诀别而叙其故也；三章诀别而预欲收其尸也；末二章一反一正，诀别沉痛之辞也。"

"死生契阔，与子成说。执子之手，与子偕老"，是一篇最动人处。"说"，毛传"数也"，马其昶曰："数，计也，谓预有成计，犹言有成约也。""契阔"，各家的解释则颇不一致，《管锥编》中有集说。后世诗文用"契阔"一词，取义也很不相同，即便一人之作也是如此。杜甫"白首甘契阔"，用辛苦意也；而"如今契阔深"，却又作亲近解。不过此诗之"契阔"，似仍以解作一字一义为好。契训合，阔训离，"阔谓阔别，从军不复有生还之望也"（徐璈），故末章专就一"阔"字为说。"死生契阔"，一字一义，促其节也；"于嗟阔兮"，四字一义，迟其声也。汉乐府"念与君离别，气结不能言。各各重自爱，道远归还难"，正是此诗情景，然而诗之沉著厚实，彼不能到也。唐诗此类题材颇多名篇，如陈陶《陇西行》：

誓扫匈奴不顾身，五千貂锦丧胡尘。

可怜无定河边骨，犹是春闺梦里人。

起两句境象阔大，后两句则用巧思写出深深的哀悯。说《诗》者常常喜欢列举此诗，云末二句"即'不我信'意"。然而《陇西行》乃作局外人言，总觉得是哀悯之意写得好。而《击鼓》则是切身之恸，"执子之手，与子偕老"，缱绻叮咛，虽只在平易处著本色语，却字字惊心。其实这一篇诀别辞，又何止于悲怨中的儿女之情，更是无法把握自己命运的死生之际，于生的至深之依恋，可以说，这是不为一时一事所限的人生之悲慨罢。

# 雄　雉

雄雉于飞，泄泄其羽[1]。我之怀矣，自诒伊阻[2]。（一章）　雄雉于飞，下上其音[3]。展矣君子，实劳我心[4]。（二章）　瞻彼日月，悠悠我思。道之云远，曷云能来[5]。百尔君子，不知德行。不忮不求，何用不臧[6]。（三章）

①朱熹曰："泄泄，飞之缓也。"意即雄雉之飞舒缓自得。

②怀，思念也。诒，遗也。伊，犹其也。阻，《左传·宣公二年》引诗作"慼"，杜预注："言人多所怀恋，则自遗忧。"

③朱熹曰："下上其音，言其飞鸣自得也。"

④朱熹曰："展，诚也。言诚又言实，所以甚言此君子之劳我心也。"

⑤陆化熙："'瞻彼日月'二句，是言己之思随日月往来而俱长。'瞻'字紧关'思'字，盖眼见日月之升而沉，沉而复升，明而晦，晦而复明，而不见君子，此际千端万绪齐上心来，而不能自遣，我思岂不悠悠，不止思从役之久。'道之云远'二句，正是其思中想望迫切之情，非是不来已久，又恐远道为阻也。"

⑥马瑞辰引《说文》"忮，很也"，曰："忮与求相对成文，与'不刚不柔'句法相类。不忮，谓不很怒于人也；不求，谓不谄求于人也。"李光地曰："'百尔君子'犹言凡今之人也。今人多不知德行者，故处之为难。'不忮不求'，则与之无害无争，而可以免矣。"陈继揆曰："'忮'、'求'二字，世路风波，人情云雨，皆由

此而起，思妇念征夫之切，故于闺阁中想出一段居身涉世道理，立言何等深婉。”

“雄雉于飞，泄泄其羽”，“雄雉于飞，下上其音”，纯是兴的用法。李光地曰：“雄雉，无雌者也。言雉无雌雄之偶者，则反泄泄而安飞矣，人有夫妇之情，不能无怀。”羡无情而更觉有情之累，正是《小雅·苕之华》《桧风·隰有苌楚》那样的感慨，于是自然引出“自诒伊阻”的话题。怀也，劳也，思也，便都是“自诒伊阻”的注脚，所谓“人多所怀恋，则自遗忧”是也，《小雅·小明》“心之忧矣，自诒伊戚”，也是它的一个旁证。“瞻彼日月，悠悠我思”，解作思与时俱，已觉味长，钟惺曰“所谓忧来无方也”，则更觉味深。末章最引起议论，注释家并且因此为它平添许多情节，而此中实在不必有故事。“百尔君子，不知德行。不忮不求，何用不臧”，字面看来全是说理作从容语，其实仍从怀思一线牵来，正是“思之悬至处也”（沈守正）。焦琳曰：“‘不忮不求’，是想其生平；‘何用不臧’，是虑及意外。”“但求二语之精理，亦不为知诗，须细玩其语意。‘不忮不求’是相信语，是不敢相信语，是谅其无不臧，是虑其有不臧，笔意迷离，墨光闪忽，信矣，其劳心也。”揣度，祈望，低昂往复中全是一片善良心地，它与“君子于役，苟无饥渴”一样是生存之关切，也是一样的平易拙直，而思心不离君子左右的体贴，于“悠悠我思”又成一番推助，是所谓“到此诗情应更远”罢。姚际恒曰：朱子“‘谓妇人思其夫从役于外’，按此意于三章可通，于末章‘百尔君子’难通。”却是看得差了。

繁钦的《远戍劝戒诗》可与此诗末章作一对比：“肃将王事，集此扬土。凡我同盟，既文既武。郁郁桓桓，有规有距。务在和光，同尘共垢。各竟其心，为国蕃辅。暗暗行行，非法不语。可否相济，阙则云补。”名副其实一篇劝戒辞。反观《雄雉》，则劝戒而实非劝戒也，不必说闺阁口吻，只认得它在在关情，便觉得《诗》之为诗，真的是好。

# 谷　风

习习谷风，以阴以雨[1]。黾勉同心，不宜有怒[2]。采葑采菲，无以下体[3]。德音莫违，及尔同死[4]。（一章）　行道迟迟，中心有违[5]。不远伊迩，薄送我畿[6]。谁谓荼苦，其甘如荠[7]。宴尔新昏，如兄如弟[8]。（二章）　泾以渭浊，湜湜其沚。宴尔新昏，不我屑以。毋逝我梁，毋发我笱。我躬不阅，遑恤我后[9]。（三章）　就其深矣，方之舟之。就其浅矣，泳之游之。何有何亡，黾勉求之。凡民有丧，匍匐救之[10]。（四章）　不我能慉，反以我为仇。既阻我德，贾用不售[11]。昔育恐育鞫，及尔颠覆。既生既育，比予于毒[12]。（五章）
我有旨蓄，亦以御冬。宴尔新昏，以我御穷。有洸有溃，既诒我肄。不念昔者，伊余来塈[13]。（六章）

①毛传："兴也。习习，和舒貌。东风谓之谷风。"

②黾勉，勉力也，即所谓"我黾勉尽力于家事，与尔同心，尔不宜以暴怒加我如此也"（严粲）。焦琳曰："'不宜有怒'是骇怪之词。'有怒'即指见弃之事。"

③葑，蔓菁；菲，萝卜，均为十字花科。蔓菁根叶俱可食，并

鄘风·桑中 广西壮族自治区博物馆藏

唐风·绸缪 辽宁省博物馆藏

唐风·羔裘 辽宁省博物馆藏

唐风·羔裘局部 辽宁省博物馆藏

且采下一部分叶子来，根茎仍然可以生长。下体，毛传："根茎也。"闻一多云："'以'，犹及也。"采葑采菲，无以下体，这一比喻在当时一定很是通俗，与《诗》先后同时的著述如《左传》如《礼记》都曾取用，不过又各各加进了自己的意思，在诗，当是寓采叶留根之意。牟庭曰：考此诗本意，采葑采菲，无以下体，言"但可采食其叶，而无连取其根，若连根而取则尽利无余，后不可继，以喻夫妇之间，正可小有谪言，而不宜轻相弃绝"。

④莫违，即不改其初。及尔同死，即与子偕老。牛运震曰："'同死'较'偕老'字更痛切。"

⑤迟迟，毛传："舒行貌。"朱熹训"违"为"相背"，"言我之被弃，行于道路，迟迟不进。盖其足欲前而其心有所不忍，如相背然。"

⑥畿，毛传："门内也。"《白虎通·嫁娶》："出妇之义必送之，接以宾客之礼，君子绝愈于小人之交，《诗》云；'薄送我畿'。"这里记述的应是古礼。不过诗的本意却是责其夫不曾以礼相送，所谓"尔不屑远送我，尔何不近送我，即使薄送我于门内，虽不成乎送，亦尚见旧情"（焦琳），奈何其不一顾也。

⑦荼，苦菜。不过苦菜一族种类甚繁，名称颇多，大致说来，都可以算作菊科苦苣荬属的植物。茎和叶均可食，其味微苦。荠，今称荠菜，十字花科，其味甘。陆文郁曰："其种子水调成块，煮粥、作饼甚粘滑，其菜可作菹羹，或以为蔬。现京、津两地，认为时鲜，供包馅用。"朱熹曰："言荼虽甚苦，反甘如荠，以比己之见弃，其苦有甚于荼。"陆化熙："'谁谓'两句以彼此相形为比，与平常比体异，语意若云：如我今日所遭，乃真可谓苦耳。形容新昏之乐，正以形容己之太苦。"

⑧邓翔曰："新昏，人合也；兄弟，天合也。以人合上比天合，古人言之有序如此。"钱锺书曰：此"盖初民重'血族'之遗义也"。

⑨毛传："泾渭相入而清浊异。屑，絜也。逝，之也。"朱熹曰："梁，堰石障水而空其中，以通鱼之往来者也。笱，以竹为器，而承梁之空以取鱼者也。"吕祖谦曰："诗人多述土风，此卫诗而远引泾渭者，盖泾浊渭清天下所共知，如云海咸河淡也。"

欧阳修曰,“所谓鱼梁者,古人于营生之具尤所顾惜者,常不欲他人辄至其所”,《诗》所以屡见,如《小雅》中的《小弁》与《何人斯》。万时华曰:“‘无逝’四句,觉身所经历,处处难忘,旋又自叹自解。”按此章之意,李光地又有别解:“泾固以渭相形而浊,然当其止而为沚也,亦尝湜湜然其清矣,兴己盛年固遭爱遇,今乃以新昏而见弃,故复为新昏戒。逝,鱼游也;发,鱼跃也。无游于我之梁,无跃于我之笱,犹言无蹈我覆辙也。新昏虽宴,安知其不如今。盖度其夫之不常而难信,故又言苟非吾身之所历,岂暇为后人忧哉。”按此解与众说异,而并非全无道理,录备参酌。

⑩方,筏也。毛传:“舟,船也。有,谓富也;亡,谓贫也。”焦琳曰:“‘凡民’二语,非自夸睦邻,乃言世间情理合当如此,以证己之黾勉,万万无不到之处。”

⑪南宋陈晋有诗咏《谷风》,其一于“贾”字解释得最好:《毛诗·谷风》:“几年游泳与方舟,一旦同心友作雠。苦是人心多阻隔,满前珠玉不知收。”其下自注云:“阻我德者蔽于新昏,于我之善处皆不见也。‘贾用不售’者,贾者,卖也,谓复作意用心,铺陈其善,使之知之。求以感动其心,而蔽惑阻隔之深,虽贾之亦不售也,人心不可有所惑也如此。贾字尤是委曲求合之意,是亦可谓柔顺贞一者矣。”(《全宋诗》,册六九,页43789)

⑫毛传:“慉,养也。阻,难。育,长。鞫,穷也。”严粲解之曰:“我于汝家勤劳如此,汝既不能畜养我,而反以我为仇雠。其心既阻绝我之善,故虽勤劳如是而不见取,如卖物之不售。昔者生育男女,惟恐生育而贫穷,虑食指之众也,故与尔颠覆尽力以营家业,今既生育矣,乃反比我于毒螫,恶而弃之。此妇人有子而被弃也。”

⑬洸,武貌;溃,怒貌。诒,遗也。毛传:“肄,劳也。塈,息也。”陆化熙:“诒肄,非上治家勤劳事,乃责以分外难任之事。”“‘来塈’,来嫁止息时也。”严粲解之曰:“我有旨美之蓄菜,以御冬月乏无时也,至春蔬新美则不食矣。今子安尔之新昏,亦但以我御穷苦之时,至于富厚,则弃我矣。洸洸然武,溃溃然

怒,既遗我以暴而习以为常矣。曾不念我昔者之来息时也。怨其忘前日之共艰苦也。”陈仅曰:“《谷风》之妇,贤妇也,故其诗语哀愤而心郑重,怨而不失其正,结语‘不念昔者,伊余来塈’,人生到此,真觉不堪回首,然犹望其夫垂念旧情,回心于万一。”

《谷风》一篇题旨最明白,历来没有什么异议。不过《小雅》中也有一篇《谷风》,或曰与此是同一母题:

> 习习谷风,维风及雨。将恐将惧,维予与女。将安将乐,女转弃予。　　习习谷风,维风及颓。将恐将惧,寘予于怀。将安将乐,弃予如遗。　　习习谷风,维山崔嵬。无草不死,无木不萎。忘我大德,思我小怨。

顾颉刚认为,这“两首诗是极相类的。在艺术上,自然《小雅》的一首不及《邶风》一首曲折,或者可以假定《小雅》的一首是原有的,《邶风》的一首是经过文人润饰的”*。“诗是弃妇诗,但不必弃妇自己做;社会上这种事情多了,文学家不免就采取而描述之。从旧材料里做出新文章,是常有的事,母题相同是不容讳言的”。这首诗到底出自谁手似乎不必过多讨论,不过若说是弃妇自作恐怕更合理。《诗》中的女子之作其实都属上乘，何况《谷风》之女原是沉毅干练又极有识见。令人感兴趣的倒是对两首诗作更具体一点儿的比较。曰"母题相同"自然是对的，这里不妨把相传百里奚之妻的《琴歌》也一并引了来：

> 百里奚，初娶我时五羊皮。临当相别时烹乳鸡。今适富贵忘我为(又作：百里奚，母已死，葬南谿，坟以瓦，覆以柴。舂黄藜，搤伏鸡，西入秦，五羖皮。今日富贵捐我为)。

百里奚故事是个大团圆的结局，但这首《琴歌》却仍是《谷风》式的贫贱相依富贵相忘的怨诗主题。如此，这"母题相同"的后面很可能还会有一个共同的观念背景。《大戴礼·本命》篇云"妇有七去"、"三不去"。七去即后来的"七出"，三不去则是"有所取，无所归，不去；与更三年丧，不去；前贫贱，后富贵，不去"。《大戴礼》虽成书于汉代，但其中记述的多为先秦时期的古礼，即便当日没有如"七去"、"三不去"这样明确的条文，然而作为时人比较一致的观念则属可能。那么，这是"母题相同"之来源罢。尽管"七去"、"三不去"终究是站在男子的一面讲话，但总算为女子也留下申诉的余地。由这里我们正清清楚楚看到一个“可以怨”的观念背景。“将安将乐，弃予如遗”，“不念昔者，伊余来塈”，“今适富贵忘我为”，便不仅仅是怨，更是以义相责。《小雅》篇中，据“礼”力陈的意思更明显，在《邶风》，虽然也是通篇责以大义，而更多的是以情事缭绕其间，所谓“曲折”是也。不过认真说来也还不是“曲折”，它原是不避琐屑细微只要说个清楚明白。诗曰：“君子作歌，维以告哀”（《小雅・四月》），《谷风》之女作歌之际，或者竟是把它当作诉状的。

若论意象的选择，则两首诗都是以“习习谷风”发端，所以顾颉刚认为其“起兴也是一致的”*，其实正好是不一致。“习习谷风，以阴以雨”，是兴的用法，前面说《关雎》的时候已经举了它的例，即天地自然之理如此，人事偏不然，于是引出自己的故事，然而一旦进入话题，“谷风”的意象便不再影响下面的叙事。《小雅》篇中的“谷风”则不然，它通篇都是用作比喻，即所谓“比”。此诗也有它自己的故事，但在诗中已经把故事全化作情绪。“习习谷风，维风及雨”、“维风及颓”、“维山崔嵬”，是自始至终的比喻，或者可以说，情绪的表达更借助于“比”的发扬和渲染。从形式上说,“谷风”作为“比”,乃与诗中之情相生相依,是诗的不可分割的部分。

以音乐言,则是最可比较而又最说不清楚的问题,前人论述颇多,虽然不外推测之辞。如刘玉汝:“《风》《雅》皆有《谷风》篇,意者曲名同而音调异,用《风》之曲调则为《风》,用《雅》之曲调则为《雅》。”至于《邶风》的乐调,李光地又有一说,略云:邶、鄘、卫“三国皆卫事而互见,且《邶风》独多。盖自殷之末世,邶鄙之音盛行,以哀厉为美,延至于周,康叔武公之化,不能变也”。“凡卫诗之欲摅发其哀怨者,多托之邶声,故有事同而互见,音节不同故也”。邶、鄘、卫三地相连,原是殷之旧都,三监乱后,以卫封康叔,以后卫之子孙则并邶、鄘二国而兼有之,至《诗》的时代已经可以统称之卫,但采诗却仍别为三名,或曰是因其诗所得之地而存其国之旧,不过也许音调不同是更重要的原因。而托之于邶声的《谷风》,其音哀厉,竟是可能的罢。

＊此据俞平伯《论诗词曲杂著·读诗札记》所引顾颉刚札记手稿。顾颉刚在《从诗经中整理出歌谣的意见》(载《古史辨》第三册)一文中谈到两首《谷风》,曰:“他们的意义是一致的,怨恨是一致的,即起兴也是一致的。”

# 泉　水

毖彼泉水，亦流于淇[①]。有怀于卫，靡日不思。娈彼诸姬，聊与之谋[②]。（一章）　出宿于泲，饮饯于祢[③]。女子有行，远父母兄弟[④]。问我诸姑，遂及伯姊[⑤]。（二章）　出宿于干，饮饯于言[⑥]。载脂载舝，还车言迈。遄臻于卫，不瑕有害[⑦]。（三章）　我思肥泉，兹之永叹。思须与漕，我心悠悠。驾言出游，以写我忧[⑧]。（四章）

①毖，泉水涌出之貌。淇，水名，流经今河南汤阴、淇县等地。时邶、鄘、卫三国境地相连，故此诗云"亦流于淇"，《鄘风》云"送我乎淇之上矣"，《卫风》云"瞻彼淇奥"、"在彼淇梁"、"送子涉淇"、"淇水在右"，是三国皆言淇也。姜炳璋曰："一章'毖彼泉水，亦流于淇'，言水可以注淇，我不可以至卫，二句已蓄全篇之意。"刘玉汝曰："此篇所赋皆由感物而起，故所兴虽为一章之兴，而实一篇之兴。"

②娈，好貌。诸姬，同姓之女，即从嫁之诸娣。聊与之谋，焦琳曰："自讲说情理也，不是真个要谋作甚事。"

③泲、祢，毛传皆曰"地名"，应是卫国之郊。出宿、饮饯，即出行之时祖祭道神，饮酒于其侧。此为出嫁时候的情景。

④女子有行，谓出嫁。此曰"女了有行，远父母兄弟"，乃"不平之也，故问之也"（焦琳）。

⑤毛传:“父之姊妹称姑,先生曰姊。”严粲曰:“姊称伯姊犹兄称伯兄也。”

⑥毛传:“干、言,所适国郊也。”严粲曰:“泲、祢,干、言,非一时宿饯之地。泲、祢之下以‘女子有行’言之,则为嫁时曾宿饯之地也,干、言之下以‘遄臻于卫’言之,则为思归而欲宿饯之地也。言向由泲、祢宿饯而来嫁,今岂不可由干、言宿饯而归宁乎。”

⑦载脂,以脂油涂轴毂间,使之润滑。舝是车轴头的插销,用作固定车轮,车行,则把它插好。遄,速也。臻,至也。瑕,通何。贺贻孙曰:“载脂载舝,虚景实情,以为如是旋车则其至卫必疾矣。曰‘遄臻’者,不特欲归,又欲速归也。而又自商云:如此亦有何害乎。此亦不平之问也。”

⑧严粲曰:“肥泉,自卫而来所渡之水也,故思此而长叹。须与漕,自卫而来所经之邑也,故又悠悠然长思之,安得乘车出游于其地,而可以写除其忧乎。”钱澄之曰:“考须城在楚丘东南,漕通作曹,汉白马县,皆今滑县也。卫戴公渡河庐于此。意是诗之作,其于卫迁国之后乎。”

《诗》有很多写女儿,写出很美丽很善良的女儿。那是“吉士”、“君子”心中的光明,也是《诗》中的光明。这时候女儿真正是处在她所应处的位置上。然而命运对于这善良美丽的一群似乎最不公平,因此《诗》中的忧思之篇许多出自女子。《卷耳》《伯兮》,一类也;《氓》与《谷风》与《白华》,一类也;《载驰》《竹竿》《泉水》,一类也。其中的所思所感,差不多概括了女子生命中最系心于怀的事与情。

诗序曰："《泉水》，卫女思归也。嫁于诸侯，父母终，思归宁而不得，故作是诗以自见也。"郑笺："国君夫人，父母在则归宁，没则使大夫宁于兄弟。"刘玉汝曰："此诗始末皆述思归之意，无宁父母之词，故知其父母之已终，其思卫也，止思土地之美，亦无宁兄弟之意，盖知无归宁之义也。"那么这里更多的是思乡之情罢。至于所以有这样的"礼"，据说是因为"已嫁而反，兄弟弗与同席而坐，弗与同器而食"（《礼记》），亲没则无其主矣，然而对女子来说，如此该忍受怎样的痛苦。卫女究竟嫁往哪一国做了诸侯夫人，我们不能知道，但总之思乡之情随淇水而长，"毖彼泉水，亦流于淇"，"亦"字特见沉痛，万物如此，人何不然，正是最深的不平。孔广森曰："前章'泉水'，末章'肥泉'，是一泉也。传曰'所出同所归异为肥泉'，诸姑伯姊各嫁一方，所归异之象也，感其所出之同而托兴焉。淇水之在卫者也，泉虽异，归乎流而终入于卫；女子有行，遂与卫诀，曾泉水之不若，兹之永叹矣。"在《泉水》，并没有如旧解所谓"发乎情，止乎礼义"的意思，终于"止"，乃因无奈，或者说，是没办法掌握自已的命运，而"女子有行，远父母兄弟"，此中包含的又不止一个人的悲怨和永叹。

"女子有行，远父母兄弟"，《诗》中三见，除

《泉水》外,又见于《蝃蝀》和《竹竿》。《蝃蝀》作于出嫁之际,曰“女子有行,远父母兄弟”,好像是一种孤独无依的“不知命也”的忧惧。《竹竿》乃嫁后思归,曰“女子有行,远兄弟父母”,乃自伤不幸的语气。《泉水》则是临行将别时候的伤心语,然而又是追忆中的情景。“女子有行,远父母兄弟。问我诸姑,遂及伯姊”,严粲解作:“既以出适于人,则与父母兄弟相远,不复得至乡国之地矣。今父母终,唯姑姊尚存,问其安否,感亲之没而念骨肉之存者也。”依照这样的解释,“问我诸姑”之“问”便是存问之意,此或本《左传·文公二年》杜预注,但《左传》引此句,原是断章取义,杜注则依《传》作解,并不是贴近诗义来说,不甚可据。推敲诗意,似以另外的意见为好。马瑞辰曰:“此章出宿、饮饯是追溯其初嫁时所经,则问于姑姊亦追述其嫁时预知义不得归,问于姑姊之词。《列女传·齐孝孟姬传》载:孟姬嫁于齐,‘姑姊妹诫之门内曰:夙夜无愆尔之衿鞶,无忘父母之言。’是古者嫁女有姑姊妹诫送之礼,故得问于姑姊。所问者即上‘女子有行,远父母兄弟’也。”而邓翔以为:“诸姑伯姊嫁在卫女未嫁之先,姑姊嫁时,卫女曾必以此礼问之,女子远父母兄弟而来,父母终,即不得归宁,遍问姑姊,同有是永诀之情,已明逗不可归之义矣。”此两意似乎都可以包括在诗里边。那么这伤心不仅仅属于卫女，且更属于同为女身的“诸姑伯姊”。如此情景，真是很凄凉。而在卫女，因为是思归不得的追忆，感觉自然更为强烈。

前举《卫风·竹竿》，与《泉水》的情景颇为近似：

> 籊籊竹竿，以钓于淇。岂不尔思，远莫致之。　泉源在左，淇水在右。女子有行，远兄弟父母。　淇水在右，泉源在左。巧笑之瑳，佩玉之傩。　淇水滺滺，桧楫松舟。驾言出游，以写我忧。

贺贻孙评之曰：“诗中皆凭空设想，忽而至卫，忽而垂钓，忽而泉源，忽对淇水，忽而巧笑与波光相媚，忽而佩声与舟楫相闻，思力所结，恍若梦寐。”然而这却是一个凄艳的梦，并且更是一个忧伤的梦。序曰：“《竹竿》，卫女思归也。适异国，而不见答，思而能以礼者也。”则此意若曰卫女因婚姻不幸而思念旧日的意中人。所谓“能以礼者”，岂不就是“佩玉之傩”者。方玉润说此诗乃“无端而念旧”，见识似乎还不如诗序。以卫女的身分，于婚姻，大约更没有选择的可能，而且伊之婚姻，多半是政治联姻。《列女传》云许穆夫人未嫁之先，曾对傅母说："古者诸侯之有女子也，所以苞苴玩弄，系援于大国也。"因希望嫁到大国齐，以为卫国结援。若此说可靠，则女儿竟是有这样的自觉，岂不是更可悲么；当然关于"仁智"，关于"爱国"，又是别一个话题。魏源论《竹竿》："卫自渡河徙都以后，其河北故都胥沦戎狄，山河风景，举目苍凉，是以泉源、淇水，曩所游钓于斯，笑语于斯，舟楫于斯者，望克复以何时，思旧游兮不再，一篇之中，三致意焉。"但这是把《载驰》《泉水》《竹竿》统系于许穆夫人一身，而这并不是很可靠的。

# 静　女

静女其姝，俟我于城隅。爱而不见，搔首踟蹰[1]。（一章）　　静女其娈，贻我彤管。彤管有炜，说怿女美[2]。（二章）　　自牧归荑，洵美且异。匪女之为美，美人之贻[3]。（三章）

①毛传："姝，美色也。俟，待也。"朱熹曰："静者，闲雅之意。城隅，幽僻之处。不见者，期而不至也。"马瑞辰曰："《说文》：'隅，陬也。'《广雅》：'陬，角。'是城隅即城角也。""诗人盖设为与女相约之词。"按城角较城垣高且厚，故其下僻静，宜为期会之所也。

②娈，毛传曰"美色"；炜，"赤貌"。

③荑即尚未从茅草叶苞中秀出的嫩穗，亦可为食。苏辙《游景仁东园》句云"新春甫惊蛰，草木犹未知。……浊酒瀹浮蚁，嘉蔬荐柔荑"（《全宋诗》，册一五，页9902）是也。朱熹曰："牧，外野也。归，亦贻也。""言静女又赠我以荑，而其荑亦美且异，然非此荑之为美也，特以美人之所赠，故其物亦美耳。"

《静女》是一首很美的诗，意思并不深，却最有风人之致。但是因为诗里有了城隅，有了彤管，解诗者便附会出后宫，牵缠出女史，引伸出许多与诗毫不相干的故事。如果把历来解释《静女》的意见裒为一编，题作“《静女》外传”，或者竟是一件很有意思的事。

序称：“《静女》，刺时也。卫君无道，夫人无德。”朱熹反序，曰：“此淫奔期会之诗也。”吕祖谦遵序，曰：“此诗刺卫君无道，夫人无德，故述古贤君贤妃之相与。”林岊的说法则颇含幽默：“自其邪者而观之，则此诗皆相悦慕之辞也。自其正者而观之，则此诗乃礼法之意也。”明人韦调鼎说：“此民间男女相赠之辞。序以为刺时，欧阳公谓当时之人皆可刺，于本文尚有间矣。毛郑泥‘静’字，又不解‘彤管’之意，强附为宫壶女史之说。张横渠、吕东莱又曲为之解，皆以辞害意矣。郑、卫男女相谑之诗颇多，而拘拘指为刺其君上，何异痴人说梦也。”比后来清人的许多说法倒还明白得多。

关于《静女》的纷争一直持续着，“彤管”的文章且越做越大。不过借用清人蒋绍宗的所谓“读诗知柄”，则可以认为《静女》之“诗柄”不在“贻我彤管”，却在“爱而不见，搔首踟蹰”。诗写男女之情，自无疑义，却不必牵扯“女史”，也不必指为“民间”。后世所谓的“民间”与先秦之“民间”并非一个概念，或者干脆说，先秦尚不存在后世所说的那样一个“民间”。“曰‘静女’者，亦其人私相爱慕之辞耳"(刘始兴),适如《召南·野有死麕》之称"吉士"。"爱而不见"之"爱",或援三家诗,以为是"薆"、"僾"的假借字,即训作"隐蔽",但诗中似乎没有这样的曲折。《小雅·隰桑》"心乎爱矣,遐不谓矣",可以为此句作注。焦琳曰:"下云'不见',为待之尤久,而下二章追数从前之事,为更久更久。""待之久而不至,爱想其相约之时也。""彤管既静女所贻,则贻之之时,必有其言语,必有其笑貌,此亦明明易知者耳,然则此章所谓'美',即所谓'娈'也,即贻彤管时之言语笑貌之情态也。""待之久而不至,又想其最初始见相与通情之事也,当日游行郊外,适见伊人,在己尚未敢轻狂,在彼若早已会意,茅荑俯拾,于以将之,甚非始念之所敢望者,而竟如愿以相偿,故曰'洵美且异'也,今茅荑虽枯,不忍弃置,悦怿女美,彤管同珍,夫岂真荑之为美哉,以美人之贻,自有以异于他荑耳。"这一番串讲,虽稍稍嫌它把诗作成了"传奇",毕竟不乖情理。而马瑞辰以为诗乃"设为与女相约之词",也是一个很不错的意见。其实实中见虚不妨说是《风》诗中情爱之什的一个十分显明的特色,它因此一面是质实,一面又是空灵。李商隐诗"微生尽恋人间乐,只有襄王在梦中",此间原有一个非常美丽的意思,不过若化用其意,那么正好可以说,《诗》总是有本领把微生的人间乐,全作得一如襄王之梦中。说它是臻于生活与艺术的统一,那是后人总结出来的理论,而在当时,恐怕只是诗情的流泻。惟其如此,才更觉得这平朴与自然达到的完美,真是不可企及。

彤管,最古的解释是毛传,但却不及其物,而只讲一套"彤管之法":"古者后夫人必有女史彤管之法。史不记过,其罪杀之。后妃群妾以礼御于君所,女史书其日月,授之以环,以进退之。生子、月辰,则以金环退之。当御者以银环进之,著于左手。既御,著于右手。事无大小,记以成法。"或者真的是古之遗制罢,但《静女》却与这"彤管之法"无关。到了朱熹,只说"未详何物,盖相赠以结殷勤之意耳",真是老实话,而对于这首诗,如此理解也就足够。至于由"城隅"而生出的"古之人君,夫人媵妾散处后宫,城隅者,后宫幽闲之地也。女有静德,又处于幽闲而待进御,此有道之君所好也"(吕祖谦),种种匪夷所思,只好一一编入"外传"。

可与《静女》合观的,《诗》有《陈风·东门之杨》:

东门之杨,其叶牂牂。昏以为期,明星煌

煌。　　东门之杨，其叶肺肺。昏以为期，明星哲哲。

诗中有景无人，而分明有人，不过却没有“事件”，序所谓“昏姻失时，男女多违，亲迎，女犹有不至者”，则纯属生事。“此诗之美，在传出人未来而久待神情，原不必泥谁待谁也”（焦琳），而与《静女》相比，《东门之杨》可以说是由更多的空白成就了它的丰富，而由场景酝酿得来的一分明净的诗意，则使它清疏其外，又沉挚其内。热望中的等待，在《静女》，乃可见心之微澜；在《东门之杨》，却全化入一片天籁。“但明河影下，还看稀星数点”，清真词造境与此略似，不过好像因为点出一个“看”字而多了一重“看”的限制，反不如诗之意味深长了。

# 桑　中

爰采唐矣[1]，沬之乡矣。云谁之思，美孟姜矣。期我乎桑中，要我乎上宫，送我乎淇之上矣[2]。（一章）　爰采麦矣，沬之北矣。云谁之思，美孟弋矣。期我乎桑中，要我乎上宫，送我乎淇之上矣。（二章）　爰采葑矣，沬之东矣。云谁之思，美孟庸矣。期我乎桑中，要我乎上宫，送我乎淇之上矣。（三章）

①毛传："爰，於也。唐，蒙，菜名。"陈奂曰："'爰采唐矣'，'矣'为起下之词，'爰'与下文'云谁之思'之'云'并为发语之词。"

②毛传："沬，卫邑。姜，姓也。桑中、上宫，所期之地。淇，水名也。"郑笺："此思孟姜之爱厚己也，与我期于桑中，而要见我于上宫，其送我则于淇水之上。"朱熹曰："孟，长也。姜，齐女，言贵族也。桑中，上宫，淇上，又妹乡之中小地名也。要，犹迎也。"马瑞辰曰："桑中为地名，则上宫宜为室名。'孟子之滕，馆于上宫'，赵岐《章句》曰：'上宫，楼也。'古者宫、室通称，此上宫即楼耳。"

《桑中》之好在率真任情，这好，是它自己的。

它的“坏”，也在率真任情，然而所谓“坏”，只是被人读坏了。不过无论如何，“桑间濮上”，已经成了一个有特定意义的成语，而《桑中》原本是写男女幽会，没有什么话好说。历来经学家的争论多半集中在诗作者身上：或曰诗是淫者的自供，或曰原是第三者掉了淫者的口吻而作刺。总之，诗写了男女幽会，这后面就一定要有另外的一番意思。今天我们读诗，这些可以不问。《周南·关雎》《小雅·车舝》《陈风·东门之池》，都是端严庄重的情思，由对共同生活的期望和想像而臻于艺术的一面；而《桑中》的期望，则止于“既见”和“既见”的欢愉，且出之以率真任情。然而二者却没有高尚与卑下乃至雅正与不雅正、道德与不道德之分，即便站在《诗》的时代立论也是如此。“男女及时”的观念乃通行于当时，《诗》写其事者，正不少，何尝有刺。至于男女之思，则是“发乎情”的情之种种，当然是“思无邪”，而且也不必如论者所说，一定要把情欲作成多少隐喻与暗示。问题在于，《桑中》是纪事还是写思？诗写幽会，而幽会的地点没有定指，所会之人也不作定指，——沬之乡、沬之北、沬之东，明是虚拟，后来繁钦作《定情诗》，曰期之于山隅、山阳、山西、山北，正袭此意。而孟姜、孟弋、孟庸，托言贵族以代所思之人，虽所思是一而不是三，但诗人到底不欲把伊写得分明。采唐、采麦、采葑，曰其为意中之象可也，实不必与幽会相关。那么，与其说它是实有情事而隐约其辞，何如说这干脆就是思中的情事。姜炳璋曰："此为刺淫之诗于三'云'字可见。'云'是诗人云之也，云子谁思，思孟姜耳，且思其期我、要我、送我耳。下三句皆所思之境。""刺淫"云云可放过一边，这里说到"所思之境"却很好。陈继揆曰："'云谁之思'，一篇线索"，"须识'期我乎桑中'三句，皆思中想像其如此耳。若无此三句，便觉光景萧然。"说较姜氏更进一层。写思，而在《诗》中别开一生面，大约即在于诗之口吻辞气格外峻快，格外轻倩爽利，极见性情，而情境欲活。虽"所思之境"，而直如"亦既见止，亦既觏止，我心则说"。卢以纬《助语辞》："句中央着'乎'字，如'浴乎沂'之类，此'乎'字与'于'字、'夫'字相近，却有咏意。"咏，永也，长言也。所谓"有咏意"，即有歌咏之韵致。然"乎"既与"于"、"夫"用法相同，从语法的角度看来，自然是介词，"浴乎沂"，绍介方所耳。故为卢作注者以为此说不确。不过，若细谛"乎"在句中的语气，卢说其实不误。《桑中》之"乎"，正是一篇语气所在，韵致所在，可以说是如此用法中一个特别好的例子罢。

唐，古亦称菟丝，即旋花科兔丝子属中的兔丝子，最喜欢寄生于豆类植物，以藤子缠绕且又吸收其养料，而使所寄者长不好。不过在博物学者的笔下，兔丝子的形容却有一番“邪恶之美”。多隆阿：“旧说此草生于古道荒园，今多见于蓝草、豆类之上，延蔓颇盛，其苗初生依土，及其蔓缠草上，则根即断，因于草上生根茎，如细丝，亦黄色，开细白花，香清而微，结实如小豆，数颗粘连作簇，中有细子如粟，色苍黄，蒸熟捣烂为饼，食之益人，药称上品。”吴其浚：“兔丝，北地极多，尤喜生园圃，菜豆被其纠缚，辄卷曲就瘁。浮波羃歷，万缕金衣，既无根可寻，亦寸断复苏。初开白花作包，细瓣反卷，如石榴状，旋即结子，梂聚累累，人亦取其嫩蔓，油盐调食。《诗》云采唐，或即以此。”《桑中》言采食，自非纪实，乃是托兴，亦即假托其事，若论一点似有若无的寄意，大约止取兔丝子的缠绕依附之象；至采麦与采葑，则在于完其“采”意，可不作深求，——若说“采唐”之托兴于全诗尚有一点思想的或曰意思的连接，则“采麦”与“采葑”，便只是语言与音声的联系了。

# 考槃

考槃在涧[1]，硕人之宽。独寐寤言，永矢弗谖[2]。（一章） 考槃在阿，硕人之薖[3]。独寐寤歌，永矢弗过。（二章） 考槃在陆，硕人之轴。独寐寤宿，永矢弗告[4]。（三章）

①毛传："考，成。槃，乐也。山夹水曰涧。"

②郑笺："硕，大也。""寤，觉。永，长。矢，誓。谖，忘也。"

③阿，毛传："曲陵曰阿。"王先谦曰："谓山曲隈处也。"薖，毛传："宽大貌。"

④轴，毛传："进也。"范处义曰："卷也，犹言卷而怀之。"苏辙曰："涧也，阿也，陆也，皆非人之所乐也，今而成乐于是，必有所甚恶而不得已也。宽也，薖也，轴也，皆盘桓不行，从容自广之谓也。弗谖，既往之，戒不可忘也。弗过，不可复往也。弗告，不可复谏也。皆自誓以不仕之辞也。"

与《考槃》志意略略相近的，有《陈风·衡门》：

衡门之下，可以栖迟。泌之洋洋，可以乐饥。 岂其食鱼，必河之鲂。岂其取妻，必齐之姜。 岂其食鱼，必河之鲤。岂其取妻,必宋之子。

又有《魏风·十亩之间》:

十亩之间兮,桑者闲闲兮,行与子还兮。
十亩之外兮,桑者泄泄兮,行与子逝兮。

三首诗都颇有出世之思,但其间又略有分别。同样是隐逸,却不妨有儒者之隐与诗人之隐;如果说那时候还没有特特标立出来的儒家,那么也可以说,这里有出世与处世的区别,即以出世的态度写出世,还是以处世的态度写出世。“考槃在涧”,很显然的,不是“无何有之乡”、“广莫之野”,中有一位“硕人”“彷徨乎无为之侧,逍遥乎寝卧其下”。通观“诗三百”,似乎也并没有一个完全属于自己、而与社会无关的天地。《十亩之间》已算得是诗人之隐,但曰“行与子还兮”、“行与子逝兮”,也还仅仅是“招隐”,倘若说它只是想望,亦未尝不可。若《衡门》,则仿佛更多一点儿世俗情怀,虽然它句句是作旷达语。“岂其食鱼,必河之鲂。岂其取妻,必齐之姜”,后两句“颇暗示当时必有姬姓男子有恒娶姜子两姓的事实”(张光直《青铜挥麈》第八六条),诗则见得是退一步说,而陋巷曲肱清风明月又何尝是本怀。《考槃》,真的是“隐”了,然而“永矢弗谖”、“永矢弗过”、“永矢弗告”,斩钉截铁中,却分外见出顾恋,——若果然“此中有真意,欲辨已忘言”,原不必如此念念于忘与不忘。“独寐”也还罢了,偏又有“寤”,于是“言”也,“歌”也,则何尝真的是旷达,它与“心之忧矣,其谁知之;其谁知之,盖亦勿思”(《魏风·园有桃》),依然同一风调,倒是因为“在涧”“在阿”而更多了一层曲折。因此,《考槃》之隐,与其说是放逸,毋宁说是忧思深而栖托远,——仍是处世,而非忘情于世的出世。它有孤独的痛苦,却没有独立于世的清高。

因为对全诗的理解有不同,对诗中的词语,如考和槃,如薖和轴,如弗谖,弗过,弗告,也都有许多不同的解释。一说槃是器,考则训击,如此,是扣槃而歌了。而毛传训考为成,槃,朱熹曰“盘桓之意,言成其隐处之室也”,则是隐处之室成,歌以志之,正如《小雅·斯干》,新宫甫成,乃诵之祷之。虽然两诗的意思不同,风习却是一致,乃至叙事的层次亦颇近之,即说地,说人,说寝处,末则作祝。不过《斯干》是他人为之诵,为之祷,《考槃》乃是独自歌吟,是变诵祷为纯粹的“言志”了。

# 硕　人

硕人其颀，衣锦褧衣[①]。齐侯之子，卫侯之妻，东宫之妹，邢侯之姨，谭公为私[②]。（一章）　手如柔荑[③]，肤如凝脂[④]，领如蝤蛴[⑤]，齿如瓠犀[⑥]，螓首蛾眉[⑦]。巧笑倩兮，美目盼兮[⑧]。（二章）　硕人敖敖，说于农郊[⑨]。四牡有骄，朱幩镳镳[⑩]。翟茀以朝[⑪]。大夫夙退，无使君劳。（三章）　河水洋洋，北流活活。施罛濊濊，鳣鲔发发[⑫]。葭菼揭揭[⑬]。庶姜孽孽，庶士有朅[⑭]。（四章）

①毛传："颀，长貌。锦，文衣也。夫人德盛而尊，嫁则锦衣加褧襜。"按锦即以彩丝织成的有花纹的织品，故《秦风·终南》"锦衣狐裘"，毛传曰"锦衣，采衣也"。《郑风·丰》"衣锦褧衣，裳锦褧裳"，毛传："嫁者之服。"褧亦作颎或絅，即絅麻。《礼记·玉藻》"禅为絅"，郑注："絅有衣裳而无里。"是褧衣即絅麻织成的单衣，罩在锦衣之外，郑笺所谓"在涂之所服也"。又絅麻较葛、苎皆为粗，织作单衣罩于外，是在路御风尘也，而又微见内服，曰"褧衣"者，褧原有明义。

②朱熹曰："东宫，太子所居之宫，齐太子，得臣也。系太子言之者，明与同母，言所生之贵也。女子后生曰妹。妻之姊妹曰姨，姊妹之夫曰私。邢侯、谭公，皆庄姜姊妹之夫，互言之也。诸侯之女嫁于诸侯则尊同，故历言之。""谭公维私"，《汉鲁诗

镜》作“登公惟私”，则“谭”当是“登”的假借字。登公即邓公，邓侯为见于史籍的诸侯(罗福颐《汉鲁诗镜考释》；黄永武《从古镜说“娥眉”》)。按《汉鲁诗镜》系上世纪八十年代末发现于武汉。牛运震曰：“首二句一幅小像，后五句一篇小传。五句有次序，有转换。”

③柔荑即《邶风·静女》“自牧归荑”之荑。

④朱熹曰：“脂寒而凝者，亦言白也。”

⑤蝤蛴，即天牛之幼虫，乳白色，生存于树干中，穿木如钻。孔疏：“以在木中，白而长，故以比颈。”

⑥朱熹曰：“瓠犀，瓠中之子方正洁白而比次整齐也。”

⑦毛传：“螓首，颡广而方。”朱熹曰：“螓，如蝉而小，其额广而方正。蛾，蚕蛾也，其眉细而长曲。”按朱曰“其眉细而长曲”，不确。蛾指蚕蛾，眉指蚕蛾之触角。蚕蛾触角宽短弧曲，古之眉式以此为尚。唐人咏眉仍比喻为“桂叶”，亦蛾眉之遗意也。

⑧毛传：“倩，好口辅。盼，白黑分。”陈奂曰：“口辅即靥酺也。”按即笑含酒窝之貌。

⑨毛传：“敖敖，长貌。农郊，近郊。”郑笺曰“说”当作襚，“衣服曰襚，今俗语然。此言庄姜始来，更正衣服于卫近郊”。“说”，又或解作舍，释文：“说，本或作税，舍也。”按即休息。两义皆通。

⑩毛传：“骄，壮貌。幩，饰也。人君以朱缠镳扇汗，且以为饰。镳镳，盛貌。”按《说文·巾部》“幩，马缠镳扇汗也”，段注：“以朱幓缕缠马衔之上而垂之，可以因风扇汗，故谓之扇汗，亦名排沫。”按幓缕即裁剪为缕之帛，所谓“缠马衔之上”，即缠在马衔穿过镳之后的环上。马狂奔之际，口角处或汗沫交濡，悬幩则可遮之。《续汉书·舆服志》称皇太子诸侯王用“赤扇汗”，王公列侯用“绛扇汗”，卿以下用“缇扇汗”，皆下人君之“朱扇汗”一等。河北安平汉墓壁画中之车，于马之镳外绘出红色飘带状物，殆即幩也。王先谦曰：“重言‘镳镳’者，四牡皆有镳，连翩齐骋，故传云‘盛貌’，此实字虚诂之例，会意为训也。”

⑪毛传：“翟，翟车也，夫人以翟羽饰车。茀，蔽也。”孔疏：

“妇人乘车不露见，车之前后设障以自隐蔽，谓之茀。”钱澄之曰：“此章言庄姜始至国门，进止有礼，足以觇大国之威仪及夫人之庄重也。”

⑫毛传：“洋洋，盛大也。活活，流也。罛，鱼罟。濊，施之水中。”按罛、罟均为鱼网，然仍有分别。《淮南子·说山训》“好鱼者先具罟与罛”，高诱注：“罟，细网。”“罛，大网。《诗》曰‘施罛濊濊，鳣鲔泼泼’是也。”马瑞辰曰：“濊濊，盖施罛水中有碍水流之貌。”鳣、鲔，《淮南子·氾论训》高诱注：“鳣，大鱼，长丈余，细鳞，黄首白身，短头，口在腹下。鲔，大鱼，亦长丈余。”按鳣鲔似即鲟科之鲟鱼和鳇鱼。发发，释文引马融说：“鱼著网，尾发发然。”按即鱼在网中掉尾，俗云“拨剌”也。

⑬葭，芦。菼，荻。揭揭，毛传：“长也。”

⑭朱熹曰：“庶姜，谓侄娣。孽孽，盛饰也。庶士，谓媵臣。朅，武貌。”“言齐地广饶，而夫人之来，士女佼好，礼仪盛备如此，亦首章之意也。”

诗的作意，序称：“闵庄姜也。庄公惑于嬖妾，使骄上僭，庄姜贤而不答，终以无子，国人闵而忧之。”此说虽然不是全无根据，究竟离诗意太远。王先谦曰：“《左·隐三年传》：‘卫庄公娶于齐东宫得臣之妹，曰庄姜，美而无子，卫人所为赋《硕人》也。’此序义所本。但‘卫人’云云，谓当日曾为庄姜赋诗，非谓咏其无子。”“诗但言庄姜族戚之贵，容仪之美，车服之备，媵从之盛，其为初嫁时甚明。”此论与诗意大抵相合，可以信从。

《硕人》是《诗》中写女子写得最美的一篇，却又是最无情思的一篇，——有情思者，诗在心里，无情思者，诗在身外也。《鄘风·君子偕老》虽然同样是局外人之眼，但彼诗之作，原存深惜之意，著意仍在于“人”，故依然有情。《硕人》多用赋笔，而所赋为“事”，不为“人”。“硕人”，实非诗题也，正题当作“喜见庄姜自齐来归卫”。此外别无深心。若说这“事”中之“人”却写得分外的好，则伊也是在“事”中具见光采，而非同《关雎》《月出》《泽陂》，以可感而不可见之美熠燿于情思中。

兴、比、赋，赋为难。而《硕人》之赋，在在切于事情，处处见得赋之巧思。“巧笑倩兮，美目盼兮”，最是传神生色之笔。《周南·桃夭》“桃之夭夭”，夭，三家诗作媄。《说文·女部》：“媄，巧也。一曰女子笑貌。诗曰：‘桃之媄媄’。”桂馥《义证》：“‘巧’也者，俗作妖，《上林赋》‘妖冶娴都’，李善引《字书》‘妖，巧也’。”“一曰‘女子笑貌’者，本书无笑字，此即笑之本字。”王先谦曰：“《玉篇》‘媄，媚也’，与《说文》训为‘女子笑貌’合。”如此，则巧意为媄，为妖，为媚，是女笑如花也。《周南·桃夭》著一“夭”字，好像花也含笑，《硕人》则著一“巧”字，把花的冶艳与媚嵌在笑里。

“大夫夙退，无使君劳”，原是由“本事”中生发出来，而一片礼赞中忽然插入一句谐语，乃格外觉得风致嫣然。朱熹《诗集传》：“此言庄姜自齐来嫁，舍止近郊，乘是车马之盛，以入君之朝，国人乐得以为庄公之配，故谓诸大夫朝于君者宜早退，无使君劳于政事，不得与夫人相亲，而叹今之不然也。”末句仍是胶于序说，不必从，却难得诗意阐述得明白。焦琳曰：“心有绸缪燕婉之慕，而一时不得，故谓之劳，《集传》所谓‘不得与夫人相亲’，乃‘劳’字正解。”《管锥编》特拈出唐诗为说，曰此与白居易《长恨歌》“春宵苦短日高起，从此君王不早朝”、李商隐《富平少侯》“当关不报侵晨客，新得佳人字莫愁”，“貌异心同。新婚而退朝早，与新婚而视朝晚，如狙公朝暮赋芧，至竟无异也”。不过白、李真的是“刺”，卫人则纯是本着世间人情作推量语和体贴语，是“谑而不虐”也，二者乃貌似而心不同。

末章“河水洋洋，北流活活，施罛濊濊，鳣鲔发发”，看来全是写景，是飏开一笔的衬托、烘染，但就其中的寓意而言，仍然不离“本事”。范处义所谓“此章以河之流喻齐国之盛大，以施罟喻庄公求昏于齐，以鳣鲔喻庄姜来归于卫”是也。《齐风·敝笱》言齐子出嫁，有“敝笱在梁，其鱼鲂鳏；齐子归止，其从如云”，也用了设网求鱼之喻。《召南·何彼襛矣》咏王姬归于齐，曰“其钓维何，维丝伊缗；齐侯之子，平王之孙”，拟喻亦然。《陈风·衡门》提到婚姻之求，亦云“岂其食鱼，必河之鲂；岂其取妻，必齐之姜”。至于《邶风·新台》，则是刺卫宣公纳子之妻，诗曰“鱼网之设，鸿则离之”，仍是设网求鱼的意思，不过反用其意是谓女之归，实为“误入”。而《诗》中这类一比喻用在嫁娶，其著意之处，乃在所嫁一方的一个“求”字，却似乎不是在那“鱼”里藏了怎样的缠绵的情思。

# 氓

氓之蚩蚩[①]，抱布贸丝[②]。匪来贸丝，来即我谋。送子涉淇，至于顿丘[③]。匪我愆期，子无良媒。将子无怒，秋以为期[④]。（一章）　乘彼垝垣，以望复关[⑤]。不见复关，泣涕涟涟[⑥]。既见复关，载笑载言[⑦]。尔卜尔筮，体无咎言[⑧]。以尔车来，以我贿迁[⑨]。（二章）　桑之未落，其叶沃若。于嗟鸠兮，无食桑葚。于嗟女兮，无与士耽[⑩]。士之耽兮，犹可说也。女之耽兮，不可说也[⑪]。（三章）　桑之落矣，其黄而陨。自我徂尔，三岁食贫[⑫]。淇水汤汤，渐车帷裳。女也不爽，士贰其行。士也罔极，二三其德[⑬]。（四章）　三岁为妇，靡室劳矣。夙兴夜寐，靡有朝矣。言既遂矣，至于暴矣[⑭]。兄弟不知，咥其笑矣[⑮]。静言思之，躬自悼矣[⑯]。（五章）　及尔偕老，老使我怨[⑰]。淇则有岸，隰则有泮。总角之宴，言笑晏晏[⑱]。信誓旦旦，不思其反。反是不思，亦已焉哉[⑲]。（六章）

①毛传:"氓,民也。蚩蚩,敦厚之貌。"蚩蚩,释文引韩诗云:"美貌。"王先谦曰:"慧琳《音义》十五引韩诗作'蚩',《音义》七引作'嗤',并云'志意和悦貌也'。顾震福云:……《释名》'蚩,痴也',即毛所云敦厚貌。蚩蚩者,乃笑之痴也,毛、韩义异而可以互相发明。"

②毛传:"布,币也。"

③郑笺:"匪,非。即,就也。此民非来买丝,但来就我,欲与我谋为室家也。子者,男子之通称。言民诱己,己乃送之涉淇水,至此顿丘,定室家之谋,且为会期。"朱熹曰:"顿丘,地名。"

④毛传:"愆,过也。"郑笺:"良,善也。非我欲过子之期,子无善媒来告期时。将,请也。民欲为近期,故语之曰:请子无怒,秋以与子为期。"

⑤毛传:"垝,毁也。"王先谦曰:"复关,犹《易》言'重门'(按《易·系辞下》"重门击柝")。近郊之地,设关以稽出入、御非常,法制严密,故有重关,若《司关》疏所称'面置三关'者(按《司关》见《周礼·地官》),女所期之男子,居在复关,故望之。"

⑥郑笺:"用心专者怨必深。"

⑦郑笺:"则笑则言,喜之甚。"

⑧毛传:"龟曰卜,蓍曰筮。体,兆卦之体。"邓翔:"'尔卜'二句,满心满意,为'不思其反,老使我怨'作极力反纵之笔,岂知《易》不可占险,纵'体无咎言',亦鬼神特播弄之耳。"

⑨毛传:"贿,财。迁,徙也。"严粲曰:"遂罄其资以从之也。"

⑩朱熹曰:"沃若,润泽貌。鸠,鹘鸠也,似山雀而小,短尾,青黑色,多声,葚,桑实也。鸠食葚多则致醉。"按鹘鸠即斑鸠,性喜食浆果。熟透的桑葚略有酒味。又"沃若"之若,是比况之词而置于句末。《易·离卦》"出涕沃若",即出涕若沱;《书·洪范》"时雨若",意即若时雨降,等等,皆此类。

⑪"士之耽也"四句,郑笺:"说,解也。士有百行可以功过相除;至于妇人无外事,维以贞信为节。"钱锺书引斯大尔夫人言——"爱情于男只是生涯中一段插话,而于女则是生命之全

书”，谓此差可为“士耽”与“女耽”之第二义。

⑫朱熹曰：“陨，落。徂，往也。”

⑬毛传：“汤汤，水盛貌。”朱熹曰：“渐，渍也。帷裳，车饰，亦名童容，妇人之车则有之。爽，差。极，至也。”牛运震曰：“淇水渐车，与前淇水车来，关照有情，此归途所经也，写得景物萧条，正伤心独至处。”陈继揆曰：“淇水犹是，悲欢迥别。”而王先谦以为：“车，即复关之车，上文所云‘尔车’也。此妇更追溯来迎之时，秋水尚盛，已渡淇径往，帷裳皆湿，可谓冒险，而我不以此自阻也。以上皆‘不爽’之证。”按两说皆通，且各有胜处。又牛运震曰：“称之曰‘氓’，鄙之也；曰‘子’曰‘尔’，亲之也；曰‘士’，欲深斥之，而谬为贵之也。称谓变换，俱有用意处。”按诗中称谓之变换，确可玩味。不过“氓”非贬义，曰“氓”，乃追忆初识，仍有情也；曰“士”而深责之，则讽意寓焉。

⑭朱熹曰：“言我三岁为妇，尽心竭力，不以室家之务为劳，早起夜卧，无有朝旦之暇，与尔始相谋约之言既遂，而尔遽以暴力加我。”

⑮朱熹曰：“咥，笑貌。”“兄弟见我之归，不知其然，但咥然其笑而已。”钱锺书曰：“‘兄弟不知，咥其笑矣’，亦可与《孔雀东南飞》之‘阿母大拊掌，不图子自归’比勘，盖以私许始，以被弃终，初不自重，卒被人轻，旁观其事，诚足齿冷，与焦仲卿妻之遭逢姑恶，反躬无咎者不同，阿兄爱妹，视母氏怜女，亦复差减，是以彼见而惊，此闻则笑；‘不图’者，意计不及，深惜者也。‘不知’者，体会不深，漠置之也。”按此解兄之咥笑至切，但“初不自重”云云，却不尽然。总角言笑，既卜既筮，信誓旦旦，此中多少曲折，伊又何尝“不自重”；实在是“女也不爽，士贰其行”，诗之令人动容，岂不在是。

⑯邓翔曰：“六‘矣’字历落尽致。前四句二‘矣’字令人感叹，中二句二‘矣’字令人嗔怒，末四句二‘矣’字令人嗟戚，而末一‘矣’字，正一篇归结道理，故曰不可说。”按元人卢以纬《助语辞》“也，矣，焉”条，曰此“是句意结绝处。‘也’意平，‘矣’意直，‘焉’意扬；发声不同，意亦自别”，无名氏《冠解》云：“徐曰：‘矣’者，直疾。今试曰‘矣’，则出气直而疾……柳宗元

曰：‘决辞也’。”又按《诗》以虚字见情见意，例颇多，如《鄘风·君子偕老》以“也”字著风神，《齐风·猗嗟》以“兮”字寄情韵，都是。

⑰王先谦曰：“‘及尔偕老’，即复关从前信誓之词，此妇追述其前誓，而云今已见弃，尚何所言，徒使我老增哀怨耳。”

⑱毛传：“泮，陂也。总角，结发也。晏晏，和柔也。”郑笺：“泮，读为畔。畔，涯也。言淇与隰皆有崖岸以自拱持，今君子放恣心意，曾无所拘制。”王先谦曰：“诗即目为喻，言淇水之盛，尚有岸以为障，原隰之远，尚有畔以为域，今复关之心，略无拘忌，盖淇、隰之不足喻矣。”

⑲钱澄之曰：“反，背也。信誓旦旦，曾不思及其背誓也。谓世间男子皆然，以是有今之见背，亦初不之思耳。我之误矣，亦已焉哉。盖无所归怨之词也。”李诒经曰：“亦已焉哉，虽已结住，尚有无限未了之语在也。”

《氓》与《邶风·谷风》，都可以算作“弃妇词”，但这两位弃妇的“品格”大有不同。《谷风》之女，乃所谓“品格贞一”者，故历来博得经学家的同情。《氓》之女，则所谓“被诱失身”也，因此虽遭弃的身世与《谷风》同，而同情的一票却颇难得。如今自然不必再存迂腐之见。两诗都是写情、写怨，这情与怨乃各依附了自己的故事，或曰“境遇”，且凭借了这境遇而沉潜浮荡，于是它可以从那么邈远的地方，递送过来触手可温的情思。就诗的艺术而言，不好断然说它曾经怎样谋篇布局的功夫，但并不很长的篇幅里，讲一个曲曲折折的故事，而每一个情节都站在一个极妥帖的位置，论

"三百篇"之"赋",《氓》总可以归入上乘。

氓,毛传曰"民"。蚩蚩,毛曰"敦厚之貌",据韩诗义,则"蚩蚩"者,乃笑之痴也。毛、韩虽义异却不妨互相发明。"抱布贸丝",而"匪来贸丝,来即我谋",范处义曰:"从我贸丝,其意非为丝也,即欲谋我为室家耳。是时必有谋昏之言,诗之所不及,不然安得已有从之之意,遂送其去涉淇水之外,至于一成之顿丘。是时必有迫促之言,亦诗之所不及,不然安得遽有'无良媒'、'无我怒'、'秋以为期'之约。"邓翔曰:"'送子'二句,将落矣,'匪我'句忽又飏开,笔乃不直;藏过负约一段情事,此为省笔。'涉淇'而忽变卦,恐氓生怒,故又慰之、约之。"可知这里多用了省略之笔,而又省略得恰好,正是以说出来的,照应那未说出来的。刘义庆《幽明录》中有故事曰《买粉儿》,略云:"有人家甚富,止有一男,宠恣过常。游市,见一女子美丽,卖胡粉,爱之,无由自达,乃托买粉日往市,得粉便去。初无所言,积渐久,女深疑之。明日复来,问曰:'君买此粉,将欲何施?'答曰:'意相爱乐,不敢自达,然恒欲相见,故假此以观姿耳。'女怅然有感,遂相许以私。"后来《聊斋志异》的《阿绣》,开头儿也有相似的情节,乃买扇也。"匪来贸丝,来即我谋",此中自然藏了故事,虽然没有细节，但八个字已尽曲折，——时间的，还有起伏在时间中的喜嗔怨怒。

“乘彼垝垣”之乘，特有神。王先谦引《说文》“乘，覆也”，曰“凡物相覆谓之乘。《易·屯卦》郑注‘马牝牡曰乘’，是也。人在垣上，若覆之者，故亦曰乘”。其实“乘彼垝垣”，意思很清楚，而形象却模糊，但是此处偏偏正是需要这样的效果。王解乘为覆，并没有使形象变得清晰，却由这一注，而见得由“乘”字牵出的许多情味来。亦正如下面的“泣涕涟涟”，王应麟《诗考》引王逸注《楚辞》引诗作“波涕涟涟”，张慎仪曰此“波”乃讹字也，丁晏则以为是诗云涕下如流泉波涕。推敲起来，“波”字实可存，丁解亦好，好像因此而带出一点儿俏皮，而此节叙事本来是带着俏皮的，这也正是见出性情的地方。

“桑之未落，其叶沃若”，“桑之落矣，其黄而陨”，多解作女用来比喻自己色衰爱弛，但欧阳修说：“‘桑之沃若’，喻男情意盛时可爱；至‘黄而陨’，又喻男意易得衰落尔。”此解似较诸说为胜，如此，沃若、黄陨之喻，乃是扣合“士也罔极，二三其德”来说，而这也正是一个伤心故事的开端和终结。郑笺“用心专者怨必深”，最是觑得伤心处，而“女之耽兮，不可说也”，正好可以用着“爱情于女是生命之全书"的意思，——倒不是特意引来西人为我说法，只是于此格外感慨古今中外人情之相通。

# 伯　兮

伯兮朅兮，邦之桀兮[①]。伯也执殳，为王前驱[②]。（一章）　自伯之东，首如飞蓬[③]。岂无膏沐，谁适为容[④]。（二章）　其雨其雨，杲杲出日[⑤]。愿言思伯，甘心首疾[⑥]。（三章）　焉得谖草，言树之背[⑦]。愿言思伯，使我心痗[⑧]。（四章）

①毛传："朅，武貌。桀，特立也。"朱熹曰："桀，才过人也。"范处义曰："伯，叔，尊称，诗人多用之，如'叔兮伯兮，倡予和女'是也。此诗妇人之尊其夫，故以'伯兮'呼之。"

②毛传："殳，长丈二而无刃。"按殳即长柄的棍棒状兵器，故《周礼·司戈盾》郑注云"如杖"，《广雅·释器》则云"杖也"。时代属战国的曾侯乙墓曾出土殳类兵器，有带尖锋与不带尖锋两种，前者或即战车所建"五兵"之殳（见《周礼·司兵》，《考工记·总叙》及《冶民》《庐人》），后者其首颇类戈柲末端之镈，仅为一平顶铜套，此即《庐人》郑注所谓殳首"上镈也"。此种殳如《说文·殳部》所云，乃"以杖殊人"之器，段注："以杖殊人者，谓以杖隔远之。"是侍卫之士所执之器。《说文》"殳"下又称"旅贲以先驱"，而旅贲正是"夹王车而趋"的卫士，则诗中之伯，或亦旅贲之俦。当然也不必胶着，陆化熙曰："'为王前驱'，非必王真在行，以诸侯之命，供王之役，即'为王'也。执殳前驱，亦是妇人想见如此。"

③飞蓬，菊科植物。多隆阿曰："此草多生荒原，贴地作

丛。”“花藏叶内，色白而细，本小末大，秋枯之后，疾风吹断其本，飘扬转去，故古人象之以制车轮，而其枝茎歧出亦如不栉之发。”

④王先谦曰：“泽面曰膏，濯发曰沐。言非无膏沐之具，夫不在家，无意于容饰也。”按沐，亦称潘沐，即淘米水。《左传·哀公十四年》“遗之潘沐”，杜预注：“潘，米汁，可以沐头。”《史记·外戚世家》“丐沐沐我”，〈索隐〉：“沐，米潘也。”

⑤毛传：“杲杲然日复出矣。”按杲杲即日出明亮之貌。

⑥毛传：“甘，厌也。”焦循曰：“厌之训为饱为满。首疾，人所不满也，思之至于首疾，而亦不以为苦，不以为悔，若如是思之而始满意者，此毛义也。甘心至首疾而不悔，则思之不能已可知。”

⑦毛传：“谖草令人忘忧。背，北堂也。”按古居室之制，前堂后室，室两侧之夹厢，称作房，房中半以北曰北堂，北堂之北有北阶，北阶下有余地可树草，所谓“言树之背”，即此。

⑧毛传：“痗，病也。”。

“诗三百”，差不多篇篇有情，所谓“兴、观、群、怨”，不过也是说着“有情”二字罢。其实若以一部《论语》论“圣人”，则这位圣人实在还是性情中人，他的钟情于《诗》，正是很自然的。吕祖谦于《伯兮》篇下引范氏说：“居而相离则思，期而不至则忧，此人之情也。文王之遣戍役，周公之东征，其诗皆叙室家之情、男女之思以闵之，故民悦而忘死。圣人能通天下之志，是以能成天下之务。兵者，毒民于死地者也。孤人之子，寡人之妻，伤天地之和，致水旱之灾，故圣人重之，如不得已而行，则告以归期，念其勤劳，哀伤惨怛，不啻如在已。是以诗美之，则言其君上之闵恤；刺之，则录其室家之怨思，以为人情不出乎此也。”这一段议论或可视作“诗可以怨”的一条注解，而“圣人”云云，不如说他便是通达人情之士。虽然我们读诗用不着冠以大道理，但古人有如此认识，正不妨与他作一番交流。

室家思念从役之君子，是《诗》的重要话题之一，而话题之下，篇篇各见性情，且各把人情之一面写得透彻。《伯兮》则不仅是有情，其情且浓，且挚，而且全用不着借助神话之类的想像，只凭现实生活中的材料，已写出很实在的浪漫，而把一个“情”字发挥尽致。

三、四两章，最得后人称赏。“其雨其雨，杲杲出日。愿言思伯，甘心首疾”，郑笺：“人言‘其雨其雨’，而杲杲然日复出，犹我言‘伯且来，伯且来’，则复不来。愿，念也。我念思伯，心不能已，如人心嗜欲所贪，口味不能绝也，我忧思以生首疾。”所谓“如人心嗜欲所贪，口味不能绝”，未必是“甘心”之正解，——马瑞辰便说它“其义近迂”，不过以经学家之眼而能体味人情如此，亦可谓有“圣人”之心，何况“其雨其雨”之解乃如此有味，有情。

因为有了这一首诗，人间果然就有了忘忧之

草，于是萱草冒得谖草之名。其实诗里本来没有那么一株可以忘忧的谖草，惟其本无，方由这“焉得”二字写出盘旋萦绕的沉挚之思，方有了诗情的蕴藉曲折。贺贻孙曰：“思伯而苦则首疾矣。首疾岂心所甘，然置伯不思则又不能，故宁‘甘心首疾’耳。‘愿言’，即‘甘心’之谓。当忧思之极，亦欲得谖草以忘之，然忘忧则忘伯矣，是以不愿得忘忧之草，但愿思伯而心病。心病岂心之所愿，然不思愈非心之所安，故宁病耳。此句从‘焉得’一转更深。”邓翔曰：“借物生情生意，绝好跌宕，而仍转归本意，盖‘焉得’云云，不过借作话柄波澜，到得愿思，并萱草亦不欲树矣。怀忧思者，欲排遣之，故树萱，今愿思，则与树萱本意悖矣。思之甚，忧愈长，并使心痗也，此乃自愿自使的。心既痗矣，首不加疾乎。首疾心尚了然，至心痗，并不知首疾矣。”钱澄之则又有一解：“忧思之极，不信世间有忘忧之草可树北堂。前章甘心首疾，此章即心痗亦所不辞。盖思之不能解，亦竟不欲解也，宁愿己以思伯之故至于生病，而祈祝伯之无恙，意在言外。”

# 黍　离[1]

彼黍离离，彼稷之苗。行迈靡靡，中心摇摇。知我者谓我心忧，不知我者谓我何求。悠悠苍天，此何人哉。（一章）　　彼黍离离，彼稷之穗。行迈靡靡，中心如醉。知我者谓我心忧，不知我者谓我何求。悠悠苍天，此何人哉。（二章）　　彼黍离离，彼稷之实。行迈靡靡，中心如噎。知我者谓我心忧，不知我者谓我何求。悠悠苍天，此何人哉[2]。（三章）

①诗序曰："闵宗周也。周大夫行役至于宗周，过故宗庙宫室，尽为禾黍，闵周之颠覆，彷徨不忍去，而作是诗也。"

②毛传："彼，彼宗庙宫室。迈，行也。靡靡，犹迟迟也。摇摇，忧无所愬。"钱澄之曰："毛云靡靡犹迟迟也，盖意懒而足不前之貌。"李塨曰："离离，散垂之貌。稷即今之小米也。黍秀，即散垂，稷则苗穗挺直，实乃垂而不散，故黍但见其离离，而稷则见其苗、其穗、其实也。"焦琳曰："摇摇者，神魂之无主也；如醉者，意绪之俱迷也；如噎者，愤气之填满胸臆也。"沈青崖曰："述其所见，既非托物，因所见而行为之靡靡，心为之摇摇，亦是实写其忧，而非由于黍稷引起，直是赋体，不兼有兴。"邓翔曰："章首二句咏物，后六句写情，惟三、四句自肖形神，觉此时此身茫无着落处，深心国事，尚有斯人。"

关于《黍离》,似乎不必再说太多的话,停留在诗人心弦上的哀伤早已作为一个象征而成为永恒的悲怆。牛运震曰:“此诗纯以意胜,其沉痛处不当于文词求之。后人诗如‘山川满目泪霑衣,六朝如梦鸟空啼’之类,徒伤代谢而已,固无此怀古深情也。‘谓我何求’四字,说尽人世浅薄,一‘求’字误人,直到君国之义漠不相关,可惧哉。谢叠山先生云:文武成康之宗庙尽为禾黍,而能为悯周之诗者一行役大夫外无人也。吾读《书》至《文侯之命》,观所以训诫文侯者,惟自保其邦而已。王室之盛衰,故都之兴废,悉置不言,吾于《黍离》之诗,重有感也夫。按此数语委婉尽致,而出自叠山先生,尤足发此诗幽情。”所引谢氏语,出自谢枋得所著《诗传注疏》。论《黍离》一节原很长,引者乃撮述其要。谢氏于宋亡之后,以死拒绝元朝的征聘,可算全了名节的忠烈之士,其读《黍离》,自当别有怀抱,不仅仅为诗而发也。如牛氏所论,后世的怀古诗,多半指点江山,月旦古人,作局外人言,虽然不乏兴废存亡之慨,却很少有切肤的伤痛。《黍离》之悲,则是把整个儿的自己放在一叶痛史里边,故戴君恩曰:“反复重说,不是咏叹,须会无限深情。”以一个孤独的个人来哀悼沉重的历史,他不能为这个历史负责任,他本来也不在“佛时仔肩”之列，而却明明把丧亡的哀恸全部来担负。“不知我者谓我何求”，与其说是以天下为己忧者的悲哀，不如说更是“不知”者的悲哀。

关于黍稷，范处义曰：“稷之苗、稷之穗、稷之实，非必谓前后所见，盖其忧思既乱于中，谓我所见宗周故都尽为禾黍，岂真黍邪，抑稷之苗、稷之穗、稷之实邪。既不能辨其为黍为稷，岂复计其成之蚤晚，为苗、为穗、为实哉。”但也有另一种意见，李樗曰：“箕子闵商之歌曰‘麦秀渐渐兮，禾黍油油’，既曰麦秀，又曰禾黍，则亦于此同意。彼稷之苗，彼稷之穗，彼稷之实，以见尽为禾黍之意。”两说各有理据，不妨并存。

“悠悠苍天”，毛传：“悠悠，远意。苍天以体言之，尊而君之则称皇天，元气广大则称昊天，仁覆闵下则称旻天，自上降鉴则称上天，据远视之苍苍然，则称苍天。”说本《尔雅》。初看似是赘文，细绎则不然。且读《周颂·敬之》：“天维显思，命不易哉。无曰高高在上，陟降厥士，日监在兹。”是天去人也近。而《黍离》之天，则不同于皇天，昊天，旻天，上天，是再没有《敬之》时代的监临与护佑，而悠悠也，苍苍也，去人也远。可知与“悠悠苍天”对应的乃国之败亡，却并不仅仅是“远而无可告诉”的迷惘，下接“此何人哉”，揭出人天两造，既是无所归咎，又是有所归咎，所谓“通篇不指一实事实地实人，而故国沦废之况，触目伤心之感与夫败国基祸之恨，一一于言表托出”（王心敬），是也。

# 君子于役

君子于役，不知其期，曷至哉。鸡栖于埘[1]，日之夕矣，羊牛下来。君子于役，如之何勿思。（一章）

君子于役，不日不月，曷其有佸。鸡栖于桀，日之夕矣，羊牛下括。君子于役，苟无饥渴[2]。（二章）

①毛传："凿墙而栖曰埘。"郑笺："曷，何也。"

②毛传："佸，会也。鸡栖于杙为桀。括，至也。"郑笺："苟，且也。"按杙，即小木桩。

《诗》常在风中雨中写思，《君子于役》却不是，甚至通常的"兴"和"比"也都没有，它只是用了不着色泽的、极简极净的文字，在一片安宁中写思。"鸡栖于埘，日之夕矣，羊牛下来"，固有空间的阔远和苍茫，但家之亲切，在黄昏的背景中更伸向亘古之邈远。"日出而作，日入而息"（《击壤歌》），"自古在昔，先民有作"（《商颂·那》），不是古来如此么，今亦何殊。然而，"君子于役，不知其期"，本来的平静安宁中，偏偏没有道理的荒荒的空了一块。夕阳衔山，羊牛衔尾的恒常中原来是无常，于是一片暖色的亲切中泛起无限伤心，所谓“诗意正因思而触物，非感物而兴思也”（沈守正），而由“不知其期”把忧思推向更远，“日之夕矣”之暮色也因此推向无边无际。“如之何勿思”，不待说，先已在景中说破。

“曷至哉”，是不知今在何处也。邓翔曰：“唐诗云‘茨菰叶烂别西湾，莲子花开人未还。妾梦不离江上水，人传郎在凤凰山’，即‘不知其期’及‘曷至’之注脚。”所解不差。不过两诗虽思有共通，而诗境却相去甚远。张潮的诗题作《江南行》，一南一北，风物已殊，气象迥别，此且不必论，郝懿行曰“古人文字不可及处在一真字”，张诗却只是在用巧。

与“鸡栖于埘，日之夕矣，羊牛下来”境象稍近的，后世有《敕勒歌》：“天似穹庐，笼盖四野。天苍苍，野茫茫，风吹草低见牛羊。”但彼有《君子于役》之大，却没有它的小。若将《诗》比《诗》，则《卫风·伯兮》有《君子于役》之小，《邶风·雄雉》更于小中别有襟抱；《君子于役》却是广漠之大中孑然一个零丁之小，在这大和小的截然却又是浑然中，“如之何勿思”乃一字一顿那么不容置疑，而真正成为弥漫于天地间的生存的呼唤。

“不日不月”，仍承“不知其期”来。或解此为不可计以日月，言时日之久，但依焦琳说，此句意为“孤寂无依，无以度日月”，即“过不成日月”，似乎更好。贺贻孙曰：“‘苟无饥渴’，浅而有味。闺阁中人不能深知栉风沐雨之劳，所念者饥渴而已。此句不言思而思已切矣。”仍是在最家常处，也是生存之最根本处，写出深深的忧思和怀念。焦琳曰：“‘不知其期’，‘苟无饥渴’，皆思心所必有，而说者据此以为王之遣役确未告以归期，确不思其危难，以为世之盛衰可由此观焉。恐诗虽可观盛衰，亦未必可如此观也。”所论极是。而最不可释怀的依恋，不正在那动人心魄的生存的呼唤中么。在《君子于役》，我们与其观世，不如观思；与其感受历史，何如感受生命。

# 扬之水

扬之水[1],不流束薪。彼其之子,不与我戍申。怀哉怀哉,曷月予还归哉。(一章)　　扬之水,不流束楚。彼其之子,不与我戍甫。怀哉怀哉,曷月予还归哉。(二章)　　扬之水,不流束蒲。彼其之子,不与我戍许[2]。怀哉怀哉,曷月予还归哉。(三章)

1 朱熹曰:"扬,悠扬也,水缓流之貌。"

2 范处义曰:"楚轻于薪,蒲轻于楚,以喻王益微弱,不特不能令大国,亦不能令小国矣。申,平王之母申后之家,在陈、郑之南,迫切于楚,故戍守之也。""甫也,许也,与申同为姜氏,亦平王之母党也。'彼其之子',指诸侯而言,谓当戍而不往者。"王应麟引《大雅·崧高》"维申及甫,维周之翰",曰"申、甫之地,为形势控扼之要"。又引《左传·成公七年》楚子请申、吕以为赏田事,曰"楚得申、吕而始强,兹所以为周室之屏翰欤"。按甫即吕。又,蒲,毛传曰"草也",郑笺则曰蒲为蒲柳。当以毛说为是。"不流束蒲",是极言其微也。又"束薪"云云,《诗》多用来拟喻婚姻,而婚姻也常常是政治力量的结缘,用在"扬之水"之喻中似乎也有这样的含义。

可以引来与这一首诗作对比的,有《秦风·无衣》:

岂曰无衣，与子同袍。王于兴师，修我戈矛。与子同仇。　　岂曰无衣，与子同泽。王于兴师，修我矛戟。与子偕作。

岂曰无衣，与子同裳。王于兴师，修我甲兵。与子偕行。

此诗很能够代表秦地风气。班固讲汉事，犹引《无衣》，曰“其风声气俗自古而然，今之歌谣慷慨，风流犹存耳”（《汉书·赵充国辛庆忌传》）。许谦说此诗云：“平居暇日，情意之孚，恩爱之接，固已彼此交得欢心，一旦同在战阵，昼识面貌，夜记声音，而左提右挈，协心力战，可以扬威而制胜，不幸而败，亦争取为死，此王者之兵所以无敌也。”《无衣》固奉王命而出征，但彼时秦乃将兴将盛之邦，本当有如此义勇之气，若《王风·扬之水》，则是一个国事日坏的局面，虽王命，而无力已如“扬之水”。

诗序曰：“《扬之水》，刺平王也。不抚其民而远戍于母家，周人怨思焉。”此说大抵可据。姜炳璋曰：“申、许为中国门户，楚不得申、许，北方未可窥也。今用重兵扼之，未始非东迁后之要务，然申于晋、郑诸国为近，而于周差远，平王既不能正申侯之罪,号令四方,复遣京旅远戍仇国,只觉侯国之民安堵如故,而王畿之民奔走不遑,更代无期,归期莫卜,戍者所以怨也。”戍申、戍甫、戍许,本是固边之策,或曰王畿之民不当远戍,也不是没有道理,但怨声之出,关键似乎仍不在此,是国人对国事失望,对国君失掉信心,乃所以有从军之怨也。秉国者失去国人的信任,又如何可以号令天下。故也可以说,有《扬之水》之怨,而王室不能不微了。

“扬之水,不流束薪”,比也。欧阳修以为:“曰激扬之水其力弱不能流移于束薪,犹东周政衰不能召发诸侯,独使国人远戍,久而不得代尔。”邓翔曰:“王者下令如流水之源,所以裕其源者,盖有道矣,故势盛而无所不届。今悠扬之水至不能流束薪,何足以用其民哉。”如此解释,不惟说此诗通,用以说同题的《郑风》和《唐风》,也大抵合于诗意,即它是用来拟喻势力微弱。至于“扬之水”之扬,曰“激扬”,曰“悠扬”,似乎都不错,但是就诗意而推敲,则仍以“悠扬”之释为切。

当然这里很可能还有音调相同的一面。刘玉汝曰:“《诗》有《扬之水》,凡三篇。其辞虽有同异,而皆以此起词。窃意诗为乐篇章,《国风》用其诗之篇名,亦必用其乐之音调,而乃一其篇名者,所以标其篇名音调之同,使歌是篇者即知其为此音调也。后来历代乐府,其词事不同,而犹有用旧篇名或亦用其首句者,虽或悉改,而亦必曰即某代之某曲也。其所以然者,欲原篇章之目以明音调之一也。""以此而推,则《诗》之《扬之水》其篇名既同,岂非音调之亦同乎。"

# 缁　衣

缁衣之宜兮[①]，敝，予又改为兮[②]。适子之馆兮，还，予授子之粲兮[③]。（一章）　缁衣之好兮[④]，敝，予又改造兮。适子之馆兮，还，予授子之粲兮。（二章）　缁衣之席兮[⑤]，敝，予又改作兮。适子之馆兮，还，予授子之粲兮。（三章）

①毛传："缁，黑色，卿士听朝之正服也。"《周礼·春官·司服》"冠弁服"，郑玄注："冠弁，委貌，其服缁布衣，亦积素以为裳，诸侯以为视朝之服，《诗·国风》曰'缁衣之宜兮'。"《论语·乡党》"缁衣羔裘"，皇侃疏："缁，染黑七入者也，玄则六入色也。羔者乌羊也，裘与上衣相称，则缁衣之内故曰羔裘也。缁衣服者，玄冠，十五升缁布衣，素积裳也。""此是诸侯日视朝服也。"按缁布衣之布，麻也。缁则由套染而得，即先用一种染料染底色（下染），然后用另一种染料盖上去（上染）。染缁，即以三染所得之朱红，四染以黑，便得紫，五染，得青紫，六染，成紫黑，即玄，七染，方为缁。工艺既繁，其色自为尊。又"升"相当于今织物组织学中的工艺密度，十五升布，其经纱密度每厘米约二十四缕，相当于今之绢密度的一半，是较为精细者。

②毛传："改，更也。有德君子宜世居卿士之位焉。"郝懿行曰："敝，予又改为，'敝'字作一读，则'予又改为'接得有力。还，予授子之粲，'还'字作一读，则'予授子之粲'接得有力。此是筋节跳跃处，不可顺口读过。"

③毛传:"适,之。馆,舍。粲,餐也。"朱熹引或说:"粲,粟之精凿者。"按《汉书·惠帝纪》"鬼薪白粲",应劭注:"坐择米使正白为白粲。"吴棠曰:"衣则予改为,食则予授粲,三章六'子'字传出中心悦服倾写无已之神。方颂其宜,又虑其敝,方适其馆,又计其还,婉转回翔,神情若溢。"

④毛传:"好,犹宜也。"

⑤毛传:"席,大也。"邓翔曰:"席训宽大,衣狭则佻,宽则庄,纠紧则武,宽博则文,即一席字,而形神著矣。"

序曰:"《缁衣》,美武公也。父子并为周司徒,善于其职,国人宜之,故美其德,以明有国善善之功焉。"此说大抵有据。《左传·隐公三年》:"郑武公、庄公,为平王卿士。"郑氏《诗谱》详之曰:"初,宣王封母弟友于宗周畿内咸林之地,是为郑桓公,今京兆郑县是其都也。为幽王大司徒。""幽王为犬戎所杀,桓公死之。其子武公,与晋文侯定平王于东都王城",取虢、郐等十邑之地,"右洛左济,前华后河,食溱洧焉"。是西周末年之乱,平王东迁,郑乃大有功于王室。春秋初年,郑武公、郑庄公遂相继入王室为卿士。

郑武公入王朝为司徒,似乎颇有令名,所谓"和集周民,周民皆悦,河洛之间,人便思之"(《史记·郑世家》)。序说诗旨大约也是由若干史实来推定的。后世持异议者,或曰诗乃周人美武公,或曰是武公爱贤,只是对诗的理解有不同,而于它的背景及其中的史实并未提出更多的依据,则不妨从序。其实这里“国人”两个字说得很好,所谓“国人”,正是《风》的基本作者。王心敬解此诗曰:“子为王卿士,服缁衣甚宜也。衣久则敝,若其敝也,我愿为子改为之,愿常居此职,服此服也。子有馆舍,吾愿适馆以亲近周族,子退朝而食于馆,吾愿还家取粲以授子,凡吾民力所能致者无不乐为之供也。”“小民之财力,民所惜也,授衣、适馆、授餐,则凡布缕之输、力役之输、米粟之输,皆乐供之上而不忍惜、不敢惜矣。此国人好德之情,抑实武公善于其职,使人不能忘耳。”所谓“吾愿还家取粲以授子”,把“还”属之授粲者,似非,但这一段就阐发诗意来说,可算作得其神理。全诗六十九字中间止换六字,且不过于衣、食两事反复唱叹,而言虽简略,意实周赡,正有殷勤不尽之感。沈守正说:“不曰衣之新而曰衣之敝,可想见一段意中模拟之情。适馆、授粲,亦同。此意都非实事。”“一段意中模拟之情”,是也,而此情此意,曰好贤,曰好德,曰爱善,都是不错的。

饮食是《诗》中经常的话题,《小雅·天保》“民之质矣,日用饮食”,可以说是一个最好的解释。思君子,不是总要想到“苟无饥渴”么,曰好贤,也常常喜欢在这朴实亲切处落墨。《唐风·有杕之杜》：

有杕之杜，生于道左。彼君子兮，噬肯适我。中心好之，曷饮食之。　有杕之杜，生于道周。彼君子兮，噬肯来游。中心好之，曷饮食之。

诗的意思，与《缁衣》大致相同，求贤，而“写其‘中心好之’之状耳”（贺贻孙）。梁寅《诗演义》：“杕杜生于道左，本可以荫行人，而其荫薄少；我虽有好贤之心而力寡薄，彼君子者，安肯适我乎。噬，发语辞。夫贤者非为饮食而至也，而人之好贤者非饮食无以寓其诚敬。”

好贤如此，反之如何呢，《秦风·权舆》：

於我乎，夏屋渠渠。今也每食无馀。于嗟乎，不承权舆。　於我乎，每食四簋。今也每食不饱。于嗟乎，不承权舆。

夏屋，食俎也；簋盛黍稷，四簋，礼食之盛也。诗意“食俎虽设而食已无馀；继则四簋去而食竟不饱矣。礼貌衰则贤者去，况饮食之不承权舆乎”（范家相）。《汉书·楚元王传》中有一个很有名的

"醴酒不设"的故事,朱熹引来说《权舆》,是很贴切的。王应麟曰:"君子之去就,于其心,不于其礼。"则所谓好贤爱善之礼,其实是爱善好贤之心也。

《诗》自然不是专用来讲国策,讲道理,但它的有感而发,也正是植根于彼一时代所共有的信念。读《小雅》之《白驹》《蓼萧》及《大雅·卷阿》,更可以感到"诗三百"中这种精神的一致。这是由旋律载负着的思想和历史。读《诗》,也常常会在这些地方生出欣悦和感动。

# 遵大路

遵大路兮，掺执子之祛兮。无我恶兮，不寁故也[1]。（一章）　　遵大路兮，掺执子之手兮。无我魗兮，不寁好也[2]。（二章）

①毛传："遵，循。路，道。掺，擥。祛，袂也。""寁，速也。"按擥即揽。故，朱熹曰"旧也"。李九华曰："速，速去也。谓君子不宜速去其故旧。"

②毛传："魗，弃也。"郑笺："魗，亦恶也。好，犹善也。"

男女之恋，夫妇之亲，君臣之思，朋友之情，后人通常把这情感的区别划分得很清楚，但《诗》的时代似不然。彼时很可能更看重的是这情感后面一种共通的专一与真诚的精神质素，而专一的对象是恋人，是妻子，是朋友，还是君王，或者竟可不问。如此胸襟，发之为诗，抑扬飞沉，都是坦率和真诚，没有遮掩，无须矫饰，一片纯美洁净的澄澈和明媚。那时候的所谓"礼乐"，不妨说，是情感与道德的合一；也不妨说，是情感与艺术的合一。若论“文质彬彬”，这是真正的“文质彬彬”罢，《诗》，当然是其中的精华。后来的毛、郑把《诗》中之情多解作“君臣”，再后来的朱熹则多说它是“男女”，其实都不免各执一偏。至于后世之诗词，喜欢把两性之爱作成一种美丽的象征，以肩负载道的使命，乃至成为一切深微之情思的寄托，则其源在《楚辞》，却不在《诗》。

《遵大路》，序称：“思君子也。庄公失道，君子去之，国人思望焉。”范处义据序说，串解诗意曰：“诗人谓君子何忍舍吾君，遵大路而去。我揽其袪而留之，君子勿以我为可恶，不敢速忘故旧之情也。我欲执子之手而留之，君子勿以我为可丑，不敢速忘昔日之好也。既欲揽其袪，又欲执其手，以见为王留行之意甚坚。既陈故旧之情，复陈昔日之好，以见诗人述己之私情，期君子之必听，非爱君忧国者安得此言哉。”这样的解释，不能说有什么不通。朱熹则曰：“淫妇为人所弃，故于其去也，揽其袪而留之曰：子无恶我而不留，故旧不可以遽绝也。宋玉赋有‘遵大路兮揽子袪’之句，亦男女相说之词也。”季本云：“淫妇因所私者别去而于大路中留之之诗也。”则可以算是另一类的意见。不过宋赋援《诗》为辞，是假托其事，李善注“谓道路逢子之美，愿揽子之袂，与俱归也”，则用意本在

“男女相说”，而非夫妇相离。但总之，曰男女，曰朋友，曰为君王留贤臣，都是推论，诗中原不曾提供这样的消息。钟惺的评点最模糊也最明白，曰：“录别也。”而牛运震《诗志》之评则纯就别情为说：“恩怨缠绵，意态中千回百折，故人情重，世道中不可少此一念。”其实《遵大路》只是这别情写得好，且仍是在平易处写出千古挚情。牵衣执手，依依只在“故人情重”，所谓“千回百折”，不过于此执手叮咛中往复回旋，“无我魗兮，不寁好也”，乃觉浅语深致。或援孟郊《古别离》以为比：“欲别牵郎衣，郎今到何处。不恨归来迟，莫向临邛去。”徐而庵《说唐诗》：“此诗绝不说到别后之苦，亦不说别前之难，却撇开‘别’，寻一闲话来扯淡，而情事宛然。”“情事宛然”，固非虚誉，但与《诗》相比，彼真浅语也，却少了一点儿深致。若柳永《雨霖铃》“执手相看泪眼，竟无语凝噎”，真情语也，却又稍嫌它有点儿“浓得化不开”。而《遵大路》“别”的背景与“故人”身分的不确定，不惟于诗之情意的转达没有损伤，反因这情意能够包容得更深广而更觉厚实。

《郑风》二十一，只有九首是整齐的四言，其他都在句式上有变化。此诗“掺执子之手兮”，以四言例之，若作“执子之手”，即如《邶风·击鼓》，似无不可，但它却不。如果说这只是多了一重文字的顿挫，那么从音调上推想，其音节必也增一分转折，其乐韵必也增一分阐缓。所谓“郑声淫”，本就其音调而言也，季札观乐，说它“美哉，其细已甚”（《左传·襄公二十九年》），傅毅《舞赋·序》则云：“《咸池》六英，所以陈清庙、协神人也；《郑》《卫》之乐，所以娱密坐、接欢欣也。”《后汉书·宋弘传》曰桓谭为宋弘所荐，于是光武帝“每讌，辄令鼓琴，爱其繁声”，弘闻之不悦，让之曰：“吾所以荐子者，欲令辅国家以道德也，而今数进郑声以乱雅颂，非忠正者也。”可知“郑声”多用弦乐，且其声“细”，其声“繁”，作为与《雅》《颂》相对的另一极，它更适于“娱密坐、接欢欣”，即抒写情意的时地。虽今所存者不必篇篇如是，但《遵大路》总可归在此列。读《诗》，最大的遗憾莫过于找不回它原有的乐调，不过这失去了的双翼究竟还能够借助文字之翩翩唤起我们对它的一点儿想象。

# 女曰鸡鸣

女曰鸡鸣，士曰昧旦。子兴视夜，明星有烂。将翱将翔，弋凫与雁[1]。（一章）　　弋言加之，与子宜之[2]。宜言饮酒，与子偕老。琴瑟在御，莫不静好。（二章）　　知子之来之，杂佩以赠之。知子之顺之，杂佩以问之。知子之好之，杂佩以报之[3]。（三章）

①弋凫与雁，时称弋射，便是射高飞着的鸟。弋射用矰，用缴，还有鲅鳍。矰是没有锋刃的平头的镞，今考古发掘中见到很多，讲究的，上面还装饰花纹，成为很精美的用具。缴，《说文》称作"生丝缕"。弋便是缴射，亦即以生丝系矢而射。鲅鳍，《说文》分作鲅、鳍两条，皆云"弋射收缴具"。此物考古发掘的楚墓中也多见，今常常依它的形状而称之为"绕线棒"。鲅鳍发明之前，大约只是用石，《说文》称作"磻"，曰"以石箸弋，缴也"。弋射的时候，矰下系缴，缴下连鲅鳍。弋射固然有着很古的来源，但这时候已经把它算在"艺"的门类。其难度在于对着飞鸟发矢，须掌握一个合适的角度和精确的提前量，于是鸟冲飞过来，和矰相撞的瞬间，连着鲅鳍的缴就会牵动矰矢翻转下折，绕住飞鸟的脖颈，此即所谓"弋言加之"，亦即"以弱弓微缴加诸凫雁之上"（《史记·楚世家》）。被缚的鸟或带矢而逃，缴

的下边却还连着鲅鳙，则可无虞（丛文俊《弋射考》，载《青果集——吉林大学考古专业成立二十周年考古论文集》，知识出版社一九九三年）。

②宜，毛传："肴也。"此本《尔雅·释言》，李巡注云："宜，饮酒之肴。"与子宜之，即为之调和滋味也。

③严粲曰："妇语其夫谓：知汝所招来而新相知者，吾将解杂佩以赠送之；知汝所和顺而莫逆于心者，吾将解杂佩以遗问之；知汝所好慕而尊敬之者，吾将解杂佩以报答之。"姜炳璋曰："三章只形容自己悦德之诚，而君子之当亲贤取友，不可逸游相处意自见。此从对面托出，倍见亲切，不必实有是物与是事也。"袁金铠曰："玩此诗乃贤妇人所作，其词有条理，其属望甚殷厚，末章以取友望其夫，用意至为深远。"

朱熹说："郑诗虽淫乱，然《出其东门》一诗却如此好，又如《女曰鸡鸣》一诗意思亦好，读之真有不知手之舞之足之蹈之者。"从这一段话看，朱子其实是很会读诗的，只可惜到底摆不脱成见，且把成见拿来作了背景。

但仍不妨从朱子的体验说起。他忍不住的一番鼓舞，想必是从诗中读出了一个"德"字，而且从《女曰鸡鸣》见出一位德女。

德女的确是《诗》里很重要的一个话题。《大雅·思齐》："思齐大任，文王之母，思媚周姜，京室之妇，大姒嗣徽音，则百斯男。"诗序说："《思齐》，文王所以圣也。"而首章却只是颂扬文王之妻大姒，其句式犹"七月在野，八月在宇，九月在户，十月蟋蟀入我床下”，主角大姒放在后边，徽音归结于此，而把徽音之源追溯得很远。齐，端庄；媚，敬爱。徽音，欧阳修释作“美声”，朱子释作“美德之音”，那么，就是德音罢。

再有《小雅·车舝》：

间关车之舝兮，思娈季女逝兮。匪饥匪渴，德音来括。虽无好友，式燕且喜。

依彼平林，有集维鷮。辰彼硕女，令德来教。式燕且誉，好尔无射。　　虽无旨酒，式饮庶几。虽无嘉肴，式食庶几。虽无德与女，式歌且舞。　　陟彼高冈，析其柞薪。析其柞薪，其叶湑兮。鲜我觏尔，我心写兮。　　高山仰止，景行景止。四牡騑騑，六辔如琴。觏尔新昏，以慰我心。

焦琳说：“诗以言志，有据实事以言志者，亦有无实事而假设其词以言志者。”《车舝》可以算作这后一类。“好友”，是自指；三说“虽无”，固然是自谦，但那意思是重在相乐之情的。“德音来括”、“令德来教”，对婚姻生活的期望竟是很高远，也很是艺术，真的可以说“鲜我觏尔”。那时候礼对“都人士”、“君子女”来说，多半还是生活的艺术，而不大有不尽人情的方面。从大的一面看，礼是用温和的方式来稳定一个以封建为根基的宗法社会；由小的一面，则它是用艺术的精神来维系一种文质彬彬的生活秩序。前者，可以《左传》中的许多事例为证，而北宫文子的一段话更是说得好：“诗云：‘谁能执热，逝不以濯’，礼之于政，如热之有濯也，濯以救热，何患之有”（《左传·襄公三十一年》）。后者，则可以《诗》为证，而《诗》中的礼，尤其带着它初创时期的朴素和人情。那么德女之德，即不过是对礼的会心与自觉，也可以说，是有志于创造一个“琴瑟在御，莫不静好”的生活境界。《女曰鸡鸣》，实在也不是现实生活的实录，而只是写出这生活的艺术，当然也是“假设其词以言志者”。

“女曰鸡鸣，士曰昧旦。子兴视夜，明星有烂”，平常说诗总喜欢在此处援《齐风·鸡鸣》的例，以见二者诗心相同。但《齐风》总归是做妻子的力劝丈夫勤劳公事，虽然那情景颇有趣，“虫飞薨薨，甘与子同梦”尤觉入微和亲切，但此篇却没有这样一番意思，并且，与“勤生业”也是无关，而不过说着黎明即起而已。“弋凫与雁”，毛传“闲于政事则翱翔习射”，最合诗意。《左传·昭公二十八年》，说贾大夫"取妻而美，三年不言不笑，御以如皋，射雉获之，其妻始笑而言。贾大夫曰：'才之不可以已。我不能射，女遂不言不笑。'"可知弋射是归在才艺一类的。

"弋言加之，与子宜之。宜言饮酒，与子偕老。琴瑟在御，莫不静好"，与《车舝》之"虽无旨酒，式饮庶几。虽无嘉肴，式食庶几。虽无德与女，式歌且舞"，是相同的意思。不过这里是女子的口吻，《车舝》则是男子说话，而其意更曲折，其辞更委婉。辅广曰："'琴瑟在御，莫不静好'，此两句好看。盖家道和，夫妇睦，则凡器用，自然觉得安静而和好，况乎琴瑟本以为和乐之具哉。"这两句果然好看，可以说全诗的境界在此，也不妨说，"三百篇"中淑女君子婚姻之理想也尽在于此。序曰："《女曰鸡鸣》，刺不说德也。陈古士义以刺今不说德而好色也。"这本是诗序一贯的"美刺"的思路，其不可据不必再多说。不过，如果它得出这样的结论是因为看到了"诗三百"中的很大部分是在用现实的材料构筑一个作为理想境界的"古义"，或者说是作心的漫游，那么在这一点上，我和它倒是没有很大分歧的。

# 风　雨

风雨凄凄，鸡鸣喈喈。既见君子，云胡不夷[1]。（一章）　风雨潇潇，鸡鸣胶胶。既见君子，云胡不瘳[2]。（二章）　风雨如晦，鸡鸣不已。既见君子，云胡不喜。（三章）

①毛传："兴也。风且雨凄凄然，鸡犹守时而鸣喈喈然。胡，何。夷，说也。"朱熹曰："赋也。凄凄，寒凉之气。喈喈，鸡鸣之声。君子，指所期之男子也。夷，平也。"

②朱熹曰："潇潇，风雨之声。瘳，病愈也。言积思之病至此而愈也。"

《风雨》，诗序曰："思君子也。乱世则思君子不改其度焉。"如此解释，不能说它不对。既见君子，如何如何，这一句式七见《国风》，五见《小雅》，诗意各有不同，其中的君子也各有所指。后人引《风雨》，取义多半从诗序。而最被人传诵的则是"风雨如晦，鸡鸣不已"，所谓乱世君子不改其度，多少意味便都由此境生出，这一句诗，也好像有了独立于诗外的深刻含义。不过依照这样的解释,诗意虽好,情意却平,实际上它的原意也许只是表达了一种最平凡最普通的情感,即两情之好。此说已见于朱熹,他说:“淫奔之女言当此之时见其所期之人而心悦也。”“淫奔”一词在朱子的《诗集传》中仿佛是个代号,恐怕他自己在用着的时候也未必情愿,我们当然不必去论。倒是不妨关心一下“既见君子,云胡不夷”之类的句式在几首诗中的用法,来把他的意思再肯定一回。政事诗,如《秦风·车邻》《唐风·扬之水》,《小雅·蓼萧》《頍弁》《菁菁者莪》,“既见君子”之下,仍然续有既见之后的故事,如“并坐鼓簧”,如“锡我百朋”,如“孔燕岂弟,宜兄宜弟,令德寿岂”,多半也还是比较明白的故事。而写情爱的几首则不然。如《召南·草虫》:

> 喓喓草虫,趯趯阜螽。未见君子,忧心忡忡。　　亦既见止,亦既觏止,我心则降。

如《周南·汝坟》:

> 遵彼汝坟,伐其条枚。未见君子,惄如调饥。　遵彼汝坟,伐其条肄。既见君子,

不我遐弃。

“既见君子”之前，只是情景与心境的变化和推进；“既见君子”之后，则止若“云胡不夷”，即意思才说出，便顿住，此中意味也正如《唐风·绸缪》之“子兮子兮，如此邂逅何”。依此，或者可以为政事诗与情事诗设一大略之别，而后者的表现方法，大约也可视为《诗》中言情之作的一种审美取向。它不是努力的克制，而是恰好的节制，是一种近乎完美的分寸感。所谓“乐而不淫”，可以说便是这分寸感，它其实不关乎道德，乃系于艺术。也因为如此，诗境乃大，乃更有包容，即如《风雨》。

《风雨》三章，每章各易数字，而意有递进。大概这是音乐的要求，但诗人也正好可以利用音乐的特点把意思表达得更准确更充分。李光地曰：“凄凄，风雨初至而寒凉也。潇潇，既至而有声也。如晦，风雨而晦冥也。鸡初鸣则喈喈然相和，再鸣则胶胶然相杂，三鸣而将旦，则接续以鸣，而其声不已矣。”“夷如病初退，瘳如病既愈，喜则无病而且喜乐也。”所谓“瘳如病既愈”之“病”，《卫风·伯兮》中的“愿言思伯，使我心痗”正好可以为之进一解。或曰此中之君子为什么不可以是友人呢，那么这种地方似乎能够见出一点情意上的微妙之别。

诗里边的“风雨”,毛公曰“兴”,朱子曰“赋”,此中已有一个虚与实之异,然则诗中之“君子”究竟为实为虚也还有说,如此,不妨放在一起来讨论。郝懿行曰:“寒雨荒鸡,无聊甚矣,此时得见君子,云何而忧不平。故人未必冒雨来,设辞尔。”李诒经曰:“三章反复咏叹以尽其喜幸之情致,写风雨鸡鸣如在眼前耳畔一般。然其妙处尚不在此。盖两句全是为‘云胡’作势,有此一开,则‘云胡’句异样精采,不然,则索然无味矣。”郝氏以君子为“设辞”,李氏以风雨为“作势”,各有理据,各有会心。只是读诗却不能如断案,这里也并不存在一个明明白白的是与非。然而诗之好,正在于不论究竟为实为虚,风雨在《风雨》中,已经是实实在在的风雨,君子更是《风雨》中“既见”而令人跃然欣然之君子。“风雨如晦,鸡鸣不已。既见君子,云胡不喜”,这一刻因此而成为不朽。

# 出其东门

出其东门，有女如云。虽则如云，匪我思存[①]。缟衣綦巾[②]，聊乐我员[③]。（一章）　出其闉阇[④]，有女如荼[⑤]。虽则如荼，匪我思且[⑥]。缟衣茹藘，聊可与娱[⑦]。（二章）

①毛传："如云，众多也。"郑笺："匪，非也。此如云者，皆非我思所存也。"

②缟衣，毛传曰"白色"，綦巾，"苍艾色"。郑笺："缟衣綦巾，已所为作者之妻服也。""綦，綦文也。"按《楚辞·招魂》王逸注："缟，音杲，素也。一曰细缯。"缟属生帛，不染色，故白。又缟是单层经丝的平纹丝物，与缯相比，缟则细而疏薄，故又曰细缯。马瑞辰以为，郑笺以綦为綦文，则"读綦如骐，骐为青黑色文，为交错之文"。如此，是毛传就颜色说，郑笺乃就纹样说。

③朱熹曰："员，与云同，语词也。"

④毛传："闉，曲城也。阇，城台也。"孔疏："《释宫》云'阇谓之台'，是阇为台也，出谓出城，则阇是城上之台，谓当门台也。阇既是城之门台，则知闉是门外之城，即今门外曲城是也。"马瑞辰曰："阇为台门之制，上有台则下必有门，有重门则必有曲城，二者相因。'出其闉阇'，谓出此曲城重门。"

⑤朱熹曰："荼，茅华，轻白可爱者也。"按茅华即茅草所秀之穗。

⑥郑笺："匪我思且，犹非我思存也。"

⑦朱熹曰："茹藘，可以染绛，故以名衣服之色。娱，乐也。"

按茹藘别名甚多，如茜草，如茅蒐，等等，茜草科，“从古盛行栽培之染料植物也”（陆文郁）。《史记·货殖列传》“若千亩卮茜，千畦姜韭，此其人皆与千户侯等”，〈索隐〉：“茜音倩，一名红蓝花，染缯赤黄也。”

诗的意思很简单，而文字温雅，辞气平和，又因情思的清纯和恳挚，使本来只是形容颜色的字也都连带着有了温度。但诗序却为它添画了一个战乱的背景：“《出其东门》，闵乱也。公子五争，兵革不息，男女相弃，民人思保其室家焉。”这样的解释早就不能让人相信。钱澄之说：“刘辰翁云：舍序读诗，词意甚美。按篇中情景从容，似非兵革不息，男女相弃时事也。”果然舍序读诗，这原是很容易得出的结论。而最不赞成诗序的朱熹把“有女如云”全看作“淫奔之女”，其谬则有甚于诗序。沈青崖说：“此章‘如云’只言其飘曳飞扬秾艳，与下‘缟衣綦巾’对照耳，不必言其众且如云之女，只作见美女而我思不属耳，亦不必作淫女观。”可谓善解。范王孙《诗志》引《诗测》曰：“只浑融借出门所见模写其所私者不在彼，而所乐者唯在此，分明一种淡然安分之意，不以所见而移，反以所见而验，其意更觉隽永。”“有女如云”不过是眼前景象逗出自家心事，诗里并没有一种“如云”、“如荼”之外的高标独立，而只是用这切近的景象把远远的"我思"衬托得格外鲜明。"聊乐我员"、"聊可与娱",适如《东门之池》中的"可与晤歌"、"可与晤言"。彼曰"淑姬",或者稍增夸饰,此曰綦巾茹藘,大约更为近实。"聊",意思最好。既曰不过如此,又曰舍此无他,则唯一也便是全部了。

《诗》有《邶风·匏有苦叶》,可作《出其东门》的姊妹篇来读:

> 匏有苦叶,济有深涉。深则厉,浅则揭。
> 有瀰济盈,有鷕雉鸣。济盈不濡轨,雉鸣求其牡。　　雝雝鸣雁,旭日始旦。士如归妻,迨冰未泮。　　招招舟子,人涉卬否。人涉卬否,卬须我友。

《出其东门》,陈述者是男,《匏有苦叶》则是女。前者的粗笔摹绘是即目,后者的细笔钩致也是当前。如同《出其东门》中的"有女如云",《匏有苦叶》中的渡头风物也都是清朗明亮,济渡之车,求偶之雉,深厉浅揭涉水之人,生活中的平常,是人生也是天地自然中的平常。怀藏着自家温暖的心事,便看得一切都很自然,都很美好。无须排击什么,无须标榜什么,心中的一点挚爱,一点温存,就和这眼前景致一样天经地义。"雝雝鸣雁,旭日始旦；士如归妻，迨冰未泮”，是悄悄飞远的想象。雁，鹅也。所谓“纳采用雁，昏姻之始事；亲迎归妻，昏姻之终事也。诗人工于咏，一章四句，而昏礼之始终备矣”（刘玉汝）。末章则又把稍纵的思绪轻挽回来。“招招舟子”，仍赋眼见，“招招，号召之貌；舟子，舟人主济渡者”（毛传）。“人涉卬否。人涉卬否”，一句承上，一句启下，轻轻的一叠，是语气的转折也是意思的转折，由远及近，由人及我。“卬须我友”，也许是低低的自语，也许只是心里边的悄悄话，但它却使一切晃动着的境象都有了着落。方才的一番热闹，说“比”也好，说“赋”也好，都只为了心中的期待更为踏实和更加毋庸置疑。汉乐府《日出东南隅》“使君自有妇，罗敷自有夫”，大约多少有了一点儿道德的色彩，而《匏有苦叶》与《出其东门》虽然都是说心有所属，但却不是一种面对世人的表白，面前也并没有一个需要表白的对象。若两诗相比，则《匏有苦叶》四章章各一事，且各有转折，便更觉灵心慧舌，其间多少委婉，这里也只好再次引用诗人自己的话，是所谓“女子善怀”。

# 东方之日

东方之日兮[①]，彼姝者子，在我室兮。在我室兮，履我即兮。（一章）　　东方之月兮，彼姝者子，在我闼兮[②]。在我闼兮，履我发兮。（二章）

①东方之日与东方之月，比也，与相会之时刻无关。

②毛传："闼，门内也。"《释文》引韩诗曰："门屏之间曰闼。"马瑞辰以为毛传之"门内"乃"内门"之讹。王先谦曰："士家二门，大门内为寝门，小墙当门中特立一门，所谓寝门也，亦曰闺门，门内设屏，门屏之间谓之宁，亦谓之著，即闼也。以次序言，当先言闼而后言室。""切言之则闼为小门，浑言之则门以内皆为闼，故毛传但云'闼，门内也'。"

诗写男女相会，明白不过，杨树达所以说它"情事分明，固历历如绘也"（《诗履我即兮履我发兮解》）。但即便如此，也还可以为之赋予别样色彩，吴士模曰："浚郊之诗（按即《鄘风·干旄》），大夫往见姝子也，《东方之日》，姝子来见大夫也。盖必大夫礼先焉，而姝子答之，因之讲道论德，终日不倦，以礼进，以礼退，既去，而有余思焉。""日朝而阳盛,兴姝子之德辉充扬也。月望而初升,兴姝子之德容满盛也。”真是迂得可爱。然而或许也曾讲道论德罢,不过诗所记述的却不是那一刻。但若它只说到“邂逅相遇,与子偕臧”,那么我们止须会意便好。可是这里却说“履我即兮”,又说“履我发兮”,明明揭出情事,然而究竟如何的情景呢,不免有许多不同的解释。毛传释“履”为“礼”,释“发”为“行”,即,郑笺曰“就也”。朱熹则以“履”为“蹑”,“言此女蹑我之迹而相就也”;“发,行去也,言蹑我而行去也”。陈继揆曰:“履即、履发,即所谓一步不离紧跟着走。”如此,诗只是说“彼姝者子”轻悄悄紧随而来,轻悄悄又紧随而去。近人杨树达乃别训“即”为“膝”,曰:“古人席地而坐,安坐则膝在身前,故行者得践坐者之膝也。”但据此而曰“盖在室内或坐或行,故行者得践坐者之膝;门屏之间,两者皆行,故一人可践他人之足,与在室之时异也”,实在也还未见“情事分明”。而旧解中似乎更有可取的意见。钱澄之曰:“《左传》魏寿余履士会于秦之庭,盖蹑其足以示意也。《庄子》曰:履,狶也,亦以足践之为履。诗曰‘履我即兮’,即,就也,盖不言而蹑以示之,意欲男子之就彼也。”“发者,促其起行也。”所引《左传》见文公十三年,杜预注:“蹑士会足,欲使行。”《庄子》,见

《知北游》。依此说，这两句诗便是写事而更是传神，且别有婉曲之致，当较众说为长。又，闼是内门，那么“在我闼兮，履我发兮”，正是相别无言却依依，与在室之聚相互映照。而在室、在闼，两用叠句，乃意取稠叠也。

东方之日是日始出，东方之月是月始出，当然最是灿烂美丽，不过这一比喻用在诗里，大约还有一层意思。以建筑布局之大略来说，如《齐风·著》中的描写，乃前有著，次有庭，然后为堂。室则与堂同戴一个屋顶，堂在前，室在后，堂室之间用墙隔开。与堂的开敞明亮相比，室是幽暗的。然而姝子之至，竟如日月照临，于是暗室不暗矣。后来宋玉在《神女赋》中说：“其始来也，耀乎若白日初出照屋梁；其少进也，皎若明月舒其光。”正是化用诗中日与月的比喻，但屋梁只是泛说，而没有特别用“在室”作为比照，则日月之喻的含义便没有《诗》中那样的点睛之笔了。

# 园有桃

园有桃，其实之殽[1]。心之忧矣，我歌且谣[2]。不我知者，谓我士也骄。彼人是哉[3]，子曰何其。心之忧矣，其谁知之。其谁知之，盖亦勿思[4]。（一章）　园有棘，其实之食。心之忧矣，聊以行国。不我知者，谓我士也罔极。彼人是哉，子曰何其。心之忧矣，其谁知之。其谁知之，盖亦勿思[5]。（二章）

①陈奂曰："殽古作肴。《宾之初筵》笺云'凡非谷而食之曰肴'是也。"刘玉汝曰："此所兴与所咏尤不相干，不过托此起辞。"按《小雅·四月》末章与此近似："山有蕨薇，隰有杞桋。君子作歌，维以告哀。"不过若说与所咏全不相干，也未必尽然。这是由诗人当下的情绪引出的心中兴象罢，后人只是很难再找到这种关联而已。而若将"园有桃"与《诗》中很多相同的句式相比，仍可看出意象选择不同而引出的诗境不同，诗人的所思所感不同。

②毛传："曲合乐曰歌，徒歌曰谣。"

③郑笺："士，事也。不知我所为歌谣之意者反谓我于君事骄逸故。"邓翔曰："彼人是哉，即肉食者谋之之解。"焦琳曰："彼人，执政者；是哉，口然而心不然之辞。"

④沈青崖曰："文以叠句见意者，或意取稠密，或情贵丁宁，

或以下句作转语，皆可用之。《汾沮洳》曰‘美无度，美无度’，此取其稠叠也。《园有桃》曰‘其谁知之。其谁知之’，下句乃转语也。”贺贻孙《诗筏》：“诗家有一种至情，写未及半，忽插数语，代他人诘问，更觉情致淋漓。最妙在不作答语，一答便无味矣。如《园有桃》章云：‘不我知者，谓我士也骄。彼人是哉，子曰何其。’三句三折，跌宕甚妙。接以‘心之忧矣’，只为不知者代嘲，绝无一语解嘲，无聊极矣。”

⑤牛运震曰：“四‘其谁知之’，隐然见所负，两‘盖亦勿思’，低头吞声，多少愤惋。”

此诗前人评作“馀文多，正意少”（孙鑛），似乎是对的。所谓“正意”，不过一个“忧”字。然而所忧何事呢，却只用“馀文”反反复复，而终不说破。季本曰：“贤人怀才而不得用，有忧世之志焉，故作此诗。”牟庭曰：“士也骄，言非议执政，是处士骄傲之习。”如此，则忧者并不是在位者。但姜炳璋以为不然：“士，季本谓未仕之称，非也。此诗哀愁婉转，是大夫忧国之词，当从笺训‘事’，谓不知我者，以我所言之事为好作聪明，有心忤物，所谓‘骄’也。罔极，不可测度也。庸人燕息，而我独危厉；庸人附和，而我独指斥，所谓‘罔极’也。”似以姜说为切。或曰“《黍离》之忧，忧王室之已覆也；《园有桃》之忧，忧魏国之将亡也。忧其已覆而不我知，则亦已矣；忧其将亡而不我知，则欲其思之者亦宜也”（辅广）。此说似可存，但我们也不好那么肯定地认作它是诗中所咏的事实。不过读诗，总还是能够感到诗人之忧是从国政败乱中来。而如此之忧，在《小雅·节南山之什》里最是集中，最是深切。“忧心如惔，不敢戏谈。国既卒斩，何用不监”（《节南山》），大约“国既卒斩”的危亡之际，总会有一二清醒之士奋起疾呼，而那结果又必定是不为随俗浮沉的众人所理解，并且更可能的是“忧心愈愈，是以有侮”（《正月》）。《黍离》说“不知我者谓我何求”，《园有桃》说“不我知者，谓我士也骄”，正是忧思者共有的悲哀，又所谓“贤者虽独悟，所困在群愚”也（赵壹《刺世嫉邪赋》）。《小弁》用了“维忧用老”四个字，痛切之感，甚于“鼠思泣血”（《雨无正》）。而《园有桃》中的一切自解之语，实在仍是自缚之境，“歌谣之不足而聊以出游于国以写其忧，正以其无可告语者故耳”（辅广）。举国“勿思”之下，独醒者的命运也只能是“维忧用老”。若我们把诗里的“馀文”全看作“正意”，则这里百般排遣不掉的，乃是“不我知”的痛苦；至于当日魏国的政治究竟怎样一个混沌，虽仍不能详知，但它本来离得我们远，而对这样的痛苦，却是永远可以有切近的感受罢。

# 伐檀

坎坎伐檀兮，寘之河之干兮，河水清且涟猗[1]。不稼不穑，胡取禾三百廛兮[2]。不狩不猎，胡瞻尔庭有县貆兮[3]。彼君子兮，不素餐兮。（一章）　坎坎伐辐兮，寘之河之侧兮，河水清且直猗[4]。不稼不穑，胡取禾三百亿兮[5]。不狩不猎，胡瞻尔庭有县特兮[6]。彼君子兮，不素食兮。（二章）　坎坎伐轮兮，寘之河之漘兮，河水清且沦猗[7]。不稼不穑，胡取禾三百囷兮[8]。不狩不猎，胡瞻尔庭有县鹑兮[9]。彼君子兮，不素飧兮[10]。（三章）

①毛传："坎坎，伐檀声。寘，置也。干，崖也。风行水成文曰涟。"按诗中之檀，均指榆科之檀树，又名青檀树。《郑风·将仲子》"无折我树檀"，毛传："檀，强韧之木。"《论衡·状留》"树檀以五月生叶，其材强劲，车以为轴"是也。今人江宁生以为，伐檀之后置于河干，乃制车备料之必须工序，即为防止木料干裂及腐烂、生虫，而先置于河边浅流中浸泡。

②毛传："种之曰稼，敛之曰穑。一夫之居曰廛。"钱澄之曰："此曰三百廛，则三百大之家。《易》云'逋其邑人三百户'，《论语》称'伯氏骈邑三百'，盖下大夫食邑制也。此云取禾，以食邑所入言耳。"

③郑笺:“貉子曰貆。”

④毛传:“辐,檀辐也。侧,犹崖也。直,直波也。”《尔雅·释水》“直波为径”,郝懿行《义疏》云:“直又训徒也。徒波,无风自波,对涟漪皆因风成文,此自生波,故曰直波。直有径遂之义,故曰径也。”

⑤毛传:“十万曰亿。”朱熹曰:“盖言禾束之数也。”

⑥毛传:“兽生三岁曰特。”

⑦毛传:“檀可以为轮。漘,崖也。小风水成文,转如轮也。”

⑧朱熹曰:“囷,圆仓也。”

⑨毛传:“鹑,鸟也。”钱澄之曰:“貆、特、鹑,皆举其小者言之。貛为貉子,特为豕子,特比貛为易得,而鹑比特为犹小,然皆悬之于庭,以见未尝择其大而舍其细,则贪之至也。”

⑩毛传:“熟食曰飧。”范处义曰:“素餐、素食、素飧,初无异义,再三叹之,且以协音韵耳。”

“坎坎伐檀”,正如《小雅·伐木》之“伐木丁丁”,并非“劳者歌其事”,当然不必是伐木者所为诗。诗所称美的“不素餐兮”之君子,自然也非既稼既穑、既狩既猎的劳作者。孟子于此“君子”解释得颇为明确:“公孙丑曰:诗曰‘不素餐兮’,君子之不耕而食,何也?孟子曰:君子居是国也,其君用之,则安富尊荣;其子弟从之,则孝悌忠信。‘不素餐兮’,孰大于是。”(《孟子·尽心上》)孟子解诗常常不是贴近诗意说,但这里发挥君子不素餐的意思,并非断章取义。戴震曰:“讥在位者无功幸禄,居于污浊,盈廪充庖,非由己稼穑田猎而得者也。食民之食,而无功德于民,是谓素餐也。首二言,叹君子之不用;中五言,讥小人之幸禄;末二言,以为苟用君子,必不如斯,互文以见意。"此说大抵得诗意,只是"首二言"云云,不很准确。而首二言究竟为赋,为比,为兴,且取意为何,本来有许多不同的意见。苏辙说:"君子之仕于乱世,其难合也如檀之于河。"范处义以为"檀,木之良者,可以为车之轮辐,今乃伐而寘之无用之地","犹君子不得进仕,俾之家,食非所宜也"。此两说都是以比意为解。姚际恒曰:"此首三句非赋,非比,乃兴也。兴体不必尽与下所咏合,不可固执求之。只是咏君子者适见有伐檀为车,用置于河干,而河水正清且涟猗之时,即所见以为兴,而下乃咏其事也。此诗美君子之不素餐,'不稼'四字只是借小人以形君子,亦借君子以骂小人,乃反衬'不素餐'之义耳,末二句始露其旨。"吴闿生也说:"本意止'不素餐'耳,烘染乃尔浓缛。"后两说似较合于诗意。宋玉《九辩》"窃慕诗人之遗风兮,愿托志乎素餐",用《伐檀》意也。不过,虽曰"兴体不必尽与所咏合",却也并不是全没有一点儿映带关系,而在很多情况下,它正是用来构筑诗境的,即如"伐木丁丁,鸟鸣嘤嘤。出自幽谷,迁于乔木",亦如"坎坎伐檀,寘之河之干,河水清且涟猗"。而且,又何必一定是当日所见呢。或曰“屈子之作《离骚》,其格调与此相似”(袁金铠),不过《伐檀》非诗中之“君子”自叹身世,故其中所寓之爱憎,非由个人遭际而来,其关切之情,或更深广。

《大戴礼·投壶》:“凡雅二十六篇,其八篇可歌,歌《鹿鸣》《貍首》《鹊巢》《采蘩》《采蘋》《伐檀》《白驹》《驺虞》。”《晋书·乐志上》:“魏武平荆州,获汉雅乐郎河南杜夔,能识旧法。”“传旧雅乐四曲,一曰《鹿鸣》,二曰《驺虞》,三曰《伐檀》,四曰《文王》,皆古声辞。”钱澄之因此推论道:“以列国‘变风’与《南》《雅》并列而总之为‘雅’,岂以其音节,不以其辞意耶。”“变风”之说本来不可靠,不过《伐檀》即以辞意言,也当算作“正声”,古既有“歌诗必类”之说(《左传·襄公十六年》),则乐与舞与歌,皆当如此,那么《伐檀》的音乐风格当与“古声辞”中的其他篇章近似,故传唱如是也。

# 山有枢

山有枢，隰有榆[1]。子有衣裳，弗曳弗娄[2]。子有车马，弗驰弗驱[3]。宛其死矣[4]，他人是愉。（一章）　山有栲，隰有杻[5]。子有廷内，弗洒弗扫[6]。子有钟鼓，弗鼓弗考。宛其死矣，他人是保[7]。（二章）　山有漆，隰有栗。子有酒食，何不日鼓瑟。且以喜乐，且以永日。宛其死矣，他人入室[8]。（三章）

①枢，刺榆，榆科。陆玑曰："其针刺如柘，其叶如榆，瀹为茹，美滑于白榆。"榆有多种，"隰有榆"之榆，则榆之总称。《尔雅·释木》"榆白，枌"，孙炎云："榆白者名枌。"《陈风·东门之枌》，乃特指白榆也。此诗之榆，则浑指诸榆。

②毛传："娄，亦曳也。"孔疏："曳者，衣裳在身，行必曳之。娄与曳连，则同为一事。"严粲引《汉书·文帝纪》"所幸慎夫人衣不曳地"，曰"曳、娄，有优游娱适之意"。

③孔疏："走马谓之驰，策马谓之驱，驱驰俱是乘车之事。"

④毛传："宛，死貌。"释文："宛，本亦作苑。"马瑞辰曰："宛即苑之假借。《淮南子·本经训》'百节莫苑'，高注：'苑，病也。'又《俶真训》'形苑而神壮'，高注：'苑，枯病也。'"

⑤毛传："栲，山樗也。杻，檍也。"按栲，省沽油科，落叶小乔木，今俗名野鸭椿。陆玑曰："栲叶似栎木，皮厚数寸，可为车

辐。”杻，田麻科，乔木。陆玑说它“叶似杏而尖，白色，皮正赤，为木多曲少直，枝叶茂好”，“或谓之牛筋，或谓之檍材，可为弓弩干也”。

⑥徐玮文曰：“洒扫，不止安居，有延宾燕客之意。”

⑦毛传：“考，击也。保，安也。”朱熹曰：“保，居有也。”

⑧范处义曰：“漆可以造器用，栗可以为笾实，君子无故不去琴瑟，忧勤则阅日似短，逸乐则引日似长，他人入室，谓入而居之也。三章之意皆同，惟他人是保，切于他人是愉，他人入室，切于他人是保，诗人之言申复如此。”

《山有枢》，与编排在它前边的《蟋蟀》在诗意上颇有呼应，虽然不必如朱熹《诗集传》，认为它们是一赠一答。所谓“蟋蟀在堂，岁聿其莫；今我不乐，日月其除”，感叹中正寓“及时”之劝。《管锥编》论《山有枢》，题作“反言以劝及时行乐”，曰“此诗亦教人及时行乐，而以身后危言恫之，视《蟋蟀》更进一解”，以下则举出许多后世沿袭其意之例。不过揭出“反言”，似乎仍是“正言”，即诗的字面之意，而以及时行乐为劝，这里面其实可以包含不止一个意思：可以是遣兴，可以是寄慨，可以是颓废，也可以是进取。这里不妨参考严粲的意见：“周以岐丰赐襄公，秦崛兴而周遂微；晋以曲沃封桓叔，曲沃强而晋不支矣。《唐风》自《山有枢》至《鸨羽》，皆都翼时诗也。僖公病在鄙陋，故《蟋蟀》欲开广之。昭公死亡已迫，此诗言与其坐待死亡,不若为乐,欲激发之,使知戒惧。二诗之意所主不同,皆非劝其君以虞乐也。"此中所述史实,多据诗序,作为一个可能的、大的背景尚可,如此凿凿则不必;而这番议论中揭出"激发"二字,实在很好。后来"辞各美丽"(曹植语)的汉大赋,也大都以"激发"为旨。汉赋或者还可以说只是借了一个"劝"字,其实大有"诱"的嫌疑,而诗之"劝",则是认真的。邓翔说:"周宣《车攻》马同,武功也,以备朝祭,以经兵戎;今弗曳弗娄,弗驰弗驱,则祀事、戎事皆不修矣。夙兴夜寐,洒扫庭内,为民之章,《抑》戒所以自警也;今弗洒弗扫,则治内之事缺矣。君子听钟声则思武臣,听鼓声则思将帅之臣;今弗鼓弗考,则无讲武命将之思矣。不振若此,何以能保。"衣冠、车马、钟鼓,那时候的确是同礼乐制度紧紧联系在一起,即便包括在其中的娱乐,也常常是十分严肃的,比如《小雅·车攻》所描述的田猎。而《诗》中说酒食说喜乐,也多是带着对家族对国事的忧思和关切,比如《小雅·頍弁》。因此,我们读到"且以喜乐,且以永日",便不能不别具心眼。"宛其死矣",诗中三复,《蟋蟀》中的"职思其居"、"职思其外",是其注也。后世虽不乏绍袭两诗之意者,如陆机"来日苦短,去日苦长。今我不乐,蟋蟀在房。我酒既旨,我殽既臧。短歌可咏,长夜无荒",却实非同调。

"山有枢,隰有榆",这一类带"兴"的句子,《诗》中很不少,通常都是用它开出一篇的局面来。这局面可以很大,如"南山有台,北山有莱";也可以很小,如"园有棘","园有桃"。此诗虽山与隰分开说,其实乃互为照应,共同构成轮廓。山隰既隐含着一个大的界域,则枢也,榆也,漆也,栗也,自然不会是一,于是它隐含着丰实、茂密,于是它带出了漫山的郁郁葱葱。一个"有"字,因为放在山与树之间而平添了表现力,——后来汉赋中的铺排,也可以看作是从这"有"字生发出来。在《诗》里,这是一个图案化的句式,它是由视觉提升来的感觉和知觉,其中包蕴了无限丰富而又高度浓缩的景观。因为简得无可再简,这一句式变得格外响亮,而在《山有枢》中,最可以见出这一特殊的效果。

# 绸 缪

绸缪束薪[1]，三星在天[2]。今夕何夕，见此良人。子兮子兮，如此良人何[3]。（一章） 绸缪束刍，三星在隅[4]。今夕何夕，见此邂逅。子兮子兮，如此邂逅何[5]。（二章） 绸缪束楚，三星在户[6]。今夕何夕，见此粲者。子兮子兮，如此粲者何[7]。（三章）

①毛传："兴也。绸缪犹缠绵也。"孔疏："绸缪自束薪之状，故云犹缠绵也。"范处义："采薪者必绸缪整束乃能不散，刍、楚亦然，犹昏姻合二姓，必有礼以绸缪也。"严粲："曹氏曰：诗人每以薪喻昏姻，如'翘翘错薪'，'析薪如之何'是也。束薪者，析于彼而合于此，有昏姻之义焉。"胡承珙曰："诗言昏姻之事往往及于薪木……古者于昏礼或本有薪刍之馈，盖刍以秣马，薪以供炬，《士昏礼》'从车二乘，执烛前马'……是则薪以供炬，事或然欤。"

②三星，参宿。毛传："在天谓始见东方也。"按"绸缪束薪"是兴，至"三星在天"，则已进入情境。

③陈仅曰："'今夕何夕'四句，宛闻儿女新婚之夕喁喁私语口吻。吾不知诗人既摹写到极直处，又何其言之大雅若是。"戴君恩曰："原是一时描写语耳，不必泥定夫妇相语等意。"陆化熙曰："各'子兮'句皆男女自谓。'如此良人何'，言情不能自尽也。欢乐有极，喜幸无量。"李塨曰："此夫妇二人意中之语也。"诸解似各有所长。

④毛传:“隅,东南隅也。”

⑤贺贻孙曰:“子瞻赋云‘如此良夜何’,其意尚浅,此云‘如此良人何’,其情乃深。太白诗云‘东方渐高奈乐何’,为欢已尽,此云‘如此邂逅何’,其乐正浓。但将老杜‘今夕复何夕,共此灯烛光’、‘夜阑更秉烛,相对如梦寐’四语合参之,方知此诗之妙。”

⑥朱熹曰:“户,室户也。户必南出。昏见之星至此,则夜分矣。”按星随天转,“在天”,乃始见于东方;“在隅”,夜久而东南隅;“在户”,夜半而正南,正是一夜之间时刻的推移。

⑦朱熹曰:“粲,美也。”吕祖谦曰:“粲者,盖互为男女之辞,以极其思望之情。”

“三百篇”中的情诗都让人喜欢,喜欢它的描写,更喜欢它的不描写。《绸缪》当然是其一。又比如《召南·野有死麇》:

舒而脱脱兮,无感我帨兮,无使尨也吠。

再如《草虫》:

未见君子,我心伤悲。亦既见止,亦既觏止,我心则夷。

再如《郑风·野有蔓草》:

野有蔓草,零露瀼瀼。有美一人,婉如清

扬。邂逅相遇,与子偕臧。

凡此,都是描写,又都是不描写,乃由浑朴成就为玲珑。“今夕何夕”,四个字藏却所有的事与情,只好说它是晶莹剔透。它的晶莹使人看见一切的映像,它的剔透又使这映像曲折于千转百回之中。至于“子兮子兮,如此良人何”,则我们可以得其情景之仿佛,而求一个彼此会心,却再不能为它赞一辞。《仪礼·聘礼》:“辞无常,孙而说。辞多则史,少则不达。辞苟足以达,义之至也。”孙,顺也;史,谓策祝。这里讲的是外交辞令的艺术,但把它视作为文为诗之道也正合适。与一个“达”相比,“情欲信,辞欲巧”也许尚在第二义。其实诗中很少见“巧”,正所谓“质直如说话,而字随字折,句随句转,一意顺行以成篇”(庞垲),不过这不见巧,是否竟是它的巧呢。

# 车　邻

有车邻邻，有马白颠[①]。未见君子，寺人之令[②]。（一章）　　阪有漆，隰有栗[③]。既见君子，并坐鼓瑟[④]。今者不乐，逝者其耋[⑤]。（二章）　　阪有桑，隰有杨[⑥]。既见君子，并坐鼓簧[⑦]。今者不乐，逝者其亡。（三章）

①毛传："邻邻，众车声也。白颠，的颡也。"孔疏："车有副贰，明非一车，故以邻邻为众车之声。车既众多，则马亦多矣，故于马见其毛色而已，不复言众多也。《释畜》云'马的颡，白颠'，舍人曰：'的，白也。颡，额也。'额有白毛，今之戴星马也。"按白颠，良马，即后世所谓"的卢"，辛弃疾《破阵子》"马作的卢飞快"是也。

②毛传："寺人，内小臣也。"胡承珙曰："传云'内小臣'者，犹《文王世子》之内竖耳，不必以《周礼》官门相例。《左传》晋有寺人孟张（《成十七》），齐有寺人贾举（《襄二十五》），鲁公果、公贲使寺人僚相告公（《昭二十五》），尤足为寺人传言之证。齐崔杼使圉人驾，寺人御而出（《襄二十七》），则大夫得有寺人。"按《礼记·文王世子》郑注："内竖，小臣之属，掌外内之通命者。"钱澄之曰："令，使也。言君子尚未得见，但见其往来奔走者有寺人以供使令也。"

③毛传："陂者曰阪。下湿曰隰。"按阪即山坡。漆，漆树科。漆树皮层中的树脂汁液可制髹物之漆。又漆树"木材理疏

质轻,能耐水湿,有弹力,又坚软适合,易于割裂,故古人用造琴瑟,或以为弓材"(陆文郁)。栗,山毛榉科。陆玑曰:"五方皆有栗,周秦吴扬特饶,吴越被城表里皆栗,唯渔阳、范阳栗甜美长味,他方者悉不及也。"按《史记·货殖列传》曰"燕秦千树栗"。又栗树"木材甚坚,保存期长,甚适于建筑及器物之用,又树皮含有鞣质,可充鞣皮及染料之需,叶又可饲柞蚕"(陆文郁)。

④胡承珙曰:"《燕礼》'公以宾及卿大夫皆坐,乃安',此'并坐'犹云皆坐。"按所引《仪礼·燕礼》,乃正礼已毕,宾主脱履就席坐饮时事,是"并坐"以示相亲也。

⑤毛传:"耋,老也。八十曰耋。"胡承珙曰:"'逝者'云云,不过及时行乐之意。古人言乐者每及于日月易逝,寿命无常,乐府诗辞中多有之,不必疑其于颂美之词无端作此不祥语也。"

⑥此杨指蒲柳,杨柳科,又名河柳,今习称柳树。《尔雅·释木》"杨,蒲柳",郭璞注:"可以为箭,《左传》所谓'董泽之蒲'。"按"董泽之蒲",见《宣公十二年》,杜预注云:"蒲,杨柳,可以为箭。"

⑦毛传:"簧,笙也。"朱熹曰:"簧,笙中金叶,吹笙则鼓动之以出声者也。"

《左传.襄公二十九年》云吴季札往鲁国观乐,"为之歌《秦》,曰:'此之为夏声。夫能夏则大,大之至也,其周之旧乎。'"秦音而曰夏声,而存周之旧,即因秦人所处正好是周人创业的岐周之地。而秦的由西向东,或所谓"由夷入夏",竟也好像是周人取代殷商这一段历史故事的复制。虽然不必夹缠了《秦风》来说,但这倒的确是一个可以观兴亡的好例。不过后来不少人的解诗于此似乎有着太深的“史鉴”情结，因此总要由诗中如“寺人之令”、“并坐鼓瑟”等句见出“亡周之几微”，又或者“古风霸气”之类，便是胡承珙所批评的“议论虽美，然本非诗旨”。

《车邻》诗旨，一如序说：“美秦仲也。秦仲始大，有车马礼乐侍御之好焉。”秦本是出于大骆之族的一支，自非子始封，秦仲则是非子的曾孙，“周宣王即位，乃以秦仲为大夫，诛西戎。西戎杀秦仲”（《史记·秦本纪》）。至襄公，因救周有功，封为诸侯，秦始立国。春秋秦器铭文把秦开创时期的两件大事称作“赏宅受国”，赏宅，指非子事；受国，指襄公事，后者即《秦风·终南》所咏。此大抵又与文、武之造周类似。而“车马礼乐侍御之好”，从来视作文明的标志，当然也就是立国的基础，所以秦之“大”，自秦仲始。诗中固不曾明白点出一个秦仲，正如《郑风·缁衣》也没有明确说是郑武公，但初见车马礼乐侍御之好，以秦仲的时代当之，也不算是全无根据。

范处义曰：“邻邻，众车之声，言车之多也。白颠，马之的（旳）颡，言马之良也。寺人，内小臣，言使令之不乏也。漆可以为饰，栗可以为食，桑可以为衣，杨可以为宫室器械，言礼之材用甚备也。瑟者常御之乐，簧者笙之属，言乐之丝竹不阙也。国人始见车马之盛,既已喜之,故欲往观焉。犹未得见其君也,见其侍御之人,使令之,众则又喜之,于是相与言曰:车马如此,礼乐如此,侍御如此,及今不能为乐,过此以往则老且死矣。盖喜之之甚,欲其君及时虞乐也。”曰此为国人眼中所见,是也。而开篇两个“有”字,是“实”说,也是“虚”说。实说,真的是说车说马;虚说,则是见它一派开创的气概,这也正是一篇精神所在。黄櫄说:“秦以西戎之国而能有礼乐侍御之好,此不足美也,而诗人美之,以昔为附庸,今为大夫,将为诸侯,而秦国始大,其周将亡之几乎。”末了一句我们放过不论,前面数语评得很好。当年编诗的人把《车邻》置于《秦风》之首,或者也是有见于此。不过阪有漆、有桑,隰有栗、有杨,除范氏所说实用的一面,且还包括了封殖的意思。《鄘风·定之方中》写卫之复国,举“树之榛栗,椅桐梓漆,爰伐琴瑟”,也是兼此两意。

《诗》言乐,每及于日月易逝,寿命无常,如《小雅·頍弁》,如《唐风》中的《蟋蟀》和《山有枢》,但总依情境的不同而各有寄意。《车邻》“今者不乐,逝者其亡”,范家相曰“爱之深而言之质”,是也,但曰“然而仲之见杀于西戎已为之谶矣”,却是发挥太过。与他篇不同,这里只是平常用着当时的习语,而并无更深的寓意。魏武《短歌行》有句“对酒当歌,人生几何。譬如朝露,去日苦多。慨以当慷,忧思难忘”,或曰可与《车邻》同观。但曹诗多慷慨,《车邻》却是简质刚劲中的鼓舞欢欣气象;贺贻孙评之曰“悲而壮”,犹是隔也。

# 蒹 葭

蒹葭苍苍[1]，白露为霜。所谓伊人，在水一方。溯洄从之，道阻且长。溯游从之，宛在水中央[2]。（一章）　　蒹葭萋萋[3]，白露未晞[4]。所谓伊人，在水之湄。溯洄从之，道阻且跻[5]。溯游从之，宛在水中坻。（二章）　　蒹葭采采，白露未已。所谓伊人，在水之涘。溯洄从之，道阻且右。溯游从之，宛在水中沚[6]。（三章）

①蒹葭苍苍，蒹，荻。葭，苇。吴其浚《植物名实图考》："强脆而心实者为荻，矛纤而中虚者为苇。"

②毛传："逆流而上曰溯洄，顺流而涉曰溯游。"

③萋萋，释文："本亦作'凄'。"张慎仪曰："《说文》：'萋，草盛也。''凄，雨云起也。'此诗应以萋为正字。"徐璈曰："《四月》诗传：'凄凄，凉风也。'《绿衣》诗传：'凄，寒风也。'《蒹葭》当霜凝之候，凉风萧瑟，寒意凄其，既盛而将痱矣。"据此，是读"萋"，可以读出景象；读"凄"，则并景中之情，或曰视觉中的感觉，亦可解得。

④毛传："晞，干也。"

⑤毛传："湄，水隒也。跻，升也。"郑笺："言其难至如升阪。"按湄，《尔雅·释水》："水草交为湄。"李巡注："水中有草木交会曰湄。"又毛传曰"水隒"者，胡承珙曰："《说文》'隒，崖

也。’‘崖，高边也。’下文‘道阻且跻’，跻为升义，故此以‘水隒’见其高意。”

⑥毛传：“涘，崖也。”郑笺：“‘右’者，言其迂回也。”焦琳曰：“道阻且长、且跻、且右，皆因溯游逆流之故，意中觉得必是如此，无认作真有别样阻滞也。”李九华曰：“《尔雅》‘小洲曰渚，小渚曰沚，小沚曰坻’，皆绝小之称。”

读《蒹葭》会想到吴文英《踏莎行》中的“隔江人在雨声中，晚风菰叶生愁怨”。这原是梦窗词中的警句，而此中韵致总觉得是从《蒹葭》化出。然而《蒹葭》之好，后人究竟不可及。

序称：“《蒹葭》，刺襄公也，未能用周礼，将无以固其国焉。”真不知是从何说起。朱熹之解，稍得其意：“言秋雨方盛之时，所谓彼人者，乃在水之一方，上下求之而皆不可得。然不知其何所指也。”若赏鉴一派，说此篇则多有会心之言。如陆化熙：“通诗反复咏叹，无非想像其人所在而形容得见之难耳。一篇俱就水说，故以蒹葭二句为叙秋水盛时景色，而萧索凄凉，增人感伤之意，亦恍然见矣，兼可想秦人悲歌意气。‘所谓’二字有味，正是意中之人难向人说，悬虚说个‘一方’，政照下求之不得。若果有一定之方，即是人迹可至，何以上下求之而皆不可得哉。会得此意，则连水亦是借话。”如贺贻孙：“秋水淼茫，已传幽人之神，‘蒹葭'二句又传秋水之神矣。绘秋水者不能绘百川灌河为何状,但作芦洲荻渚出没霜天烟江之间而已。所谓伊人,何人也?可思而不可见,可望而不可亲。目前,意中,脉脉难言,但一望蒹葭,秋波无际,露气水光,空明相击,则以为在水一方而已。而一方果何在乎?溯洄、溯游而皆不可从也。此其人何人哉?'宛在'二字意想深穆,光景孤澹。""'道阻且长','宛在水中央',皆可意会而不可言求,知其解者并在水一方,亦但付之想像可也。"

《蒹葭》不是写"遇",如《邶风·谷风》,如《卫风·氓》,如《齐风·东方之日》,而只是写一个"境"。遇,一定有故事,境则不必。遇多半以情节见意见情,境则以兴象见情见意。就实景说,《蒹葭》中的水未必大,至少远逊于《汉广》。就境象说,却是天长水阔,秋景无限,竟是同《汉广》一样的烟波浩渺。"伊人"究竟是贤臣还是美女,都无关紧要,无论思贤臣还是思美女,这"思"都没有高尚或卑下的区别。或者,这竟是一个寓言呢,正所谓"连水也是借话"。戴君恩说:"溯洄、溯游,既无其事,在水一方,亦无其人。诗人感时抚景,忽焉有怀,而托言于一方,以写其牢骚抑郁之意。"诗人只是倔强于自己这一份思的执著,读诗者也果然觉得这执著之思是这样可珍贵。若一定要为"伊人”派定身分，怕是要损掉了泰半诗思，虽然诗人之所思原是很具体的，但他既然把这“具体”化在茫茫的一片兴象中，而使它有了无限的“可能”，则我们又何必再去追索那曾经有过的唯一呢。

# 黄　鸟

交交黄鸟，止于棘[1]。谁从穆公，子车奄息[2]。维此奄息，百夫之特[3]。临其穴，惴惴其慄[4]。彼苍者天，歼我良人。如可赎兮，人百其身[5]。（一章）交交黄鸟，止于桑。谁从穆公，子车仲行。维此仲行，百夫之防。临其穴，惴惴其慄。彼苍者天，歼我良人。如可赎兮，人百其身。（二章）　交交黄鸟，止于楚。谁从穆公，子车鍼虎。维此鍼虎，百夫之御。临其穴，惴惴其慄。彼苍者天，歼我良人。如可赎兮，人百其身。（三章）

①朱熹曰："兴也。交交，飞而往来之貌。"按黄鸟，即黄雀，大小和麻雀差不多，羽毛鲜丽，叫声清脆，喜欢集群。诗云"绵蛮黄鸟，止于丘阿"（《小雅·绵蛮》，毛传"绵蛮，小鸟貌"），"睍睆黄鸟，载好其音"（《邶风·凯风》，睍睆，指颜色美丽），"黄鸟于飞，集于灌木，其鸣喈喈"（《周南·葛覃》），都说着黄鸟的这些特点。此诗言黄鸟，可视作"兴"，即以黄鸟之往来飞还以兴人之不如的悲哀，朱子所谓"上两句皆是引起下面说，略有些意思傍着，不须深求，只如此读过便得"（《诗传遗说》）是也。

②《史记·秦本纪》："三十九年，缪公卒，从死者百七十七

人,秦之良臣子與氏三人名奄息、仲行、鍼虎,亦在从死之中。秦人哀之,为作歌《黄鸟》之诗。"〈正义〉:"应劭云:秦穆公与群臣饮酒酣,公曰:'生共此乐,死共此哀。'于是奄息、仲行、鍼虎许诺。及公薨,皆从死。"

③范处义曰:"百夫之特,谓特出于百夫也;百夫之防,谓可以当百夫也;百夫之御,谓可以敌百夫也。"

④郑笺:"穴,谓冢圹中也。秦人哀伤此奄息之死,临视其圹,皆为之悼慄。"或曰临穴惴惴当是形容"三良"。孙鑛曰:"临穴惴慄,从郑笺,作秦人哀伤意为长。若三良畏死如此,安足称百夫雄耶。"不过,作诗人揣想其状似更好。郝懿行曰:"'临穴'二句乃诗人之词,非谓三良有此意也。"牛运震曰:"临穴惴惴,写出惨状,三良不必有此状,诗人哀之,不得不如此形容耳。"

⑤人百其身,郑笺:"如此奄息之死可以他人赎之者,人皆百其身。谓一身百死犹为之,惜善人之甚。"

《黄鸟》的故事,见于《左传·文公六年》:"秦伯任好卒,以子车氏之三子奄息、仲行、鍼虎为殉,皆秦之良也。国人哀之,为之赋《黄鸟》。"下面则有一番议论,而正可视作对诗意的阐扬:"君子曰:'秦穆之不为盟主也,宜哉。死而弃民。先王违世,犹治之法,而况夺之善人乎。诗曰:人之云亡,邦国殄瘁。无善人之谓。""今纵无法以遗后嗣,而又收其良以死,难以在上矣。'君子是以知秦之不复东征也。""人之云亡,邦国殄瘁",语出《大雅·瞻卬》,而这也是《黄鸟》的用意最深处。

西周以来,中原地区人殉已经不多。不论是

否已有明文，至少人殉非礼是达人的共识。秦则是诸侯国中立国较晚的一个，而始终盛行人牲人殉，——考古发掘中的情况与史籍所载适相吻合，黄展岳《中国古代人牲和人殉》一书记录了这一方面的详细材料。至秦穆公之卒，从葬竟有百七十七人，当日恐怕是举世震惊的罢，当然更难逃良史的谴责。不过《黄鸟》为秦之国人所作，故所悲不在人殉，而在所殉之三良，即诗心所在，在为国惜贤。《郑风·缁衣》，《唐风·有杕之杜》，《小雅·白驹》，《大雅·卷阿》，虽所咏之事不同，所感也不同，但与《黄鸟》同观，却可见精神之一贯。

三良的命运，大令后世文人感慨，续咏其事者有不少。有名的，如王粲，阮瑀，曹植，陶渊明，柳宗元，苏轼。

王粲《咏史》：自古无殉死，达人所共知。秦穆杀三良，惜哉空尔为。结发事明君，受恩良不訾。临殁要之死，焉得不相随。妻子当门泣，兄弟哭路垂。临穴呼苍天，涕下如绠縻。人生各有志，终不为此移。同知埋身剧，心亦有所施。生为百夫雄，死为壮士规。黄鸟作悲诗，至今声不亏。

曹植《三良》：功名不可为，忠义我所安。秦穆先下世，三臣皆自残。生时等荣乐，既没同忧患。谁言捐躯易，杀身诚独难。揽涕登君墓，临穴仰天叹。长夜何冥冥，一往不复还。黄鸟为悲鸣，哀哉伤肺肝。

陶渊明《咏三良》：弹冠乘通津，但惧时我遗。服勤尽岁月，常恐功愈微。忠情谬获露，遂为君所私。出则陪文舆，入则侍丹帷。箴规向已从，计议初无亏。一朝长逝后，愿言同此归。厚恩固难忘，君命安可违。临穴罔惟疑，投义志攸希。荆棘笼高坟，黄鸟声正悲。良人不可赎，泫然沾我衣。

苏轼《和陶咏三良》：此生太山重，忽作鸿毛遗。三子死一言，所死良已微。贤哉晏平仲，事君不以私。我岂犬马哉，从君求盖帷。杀身固有道，大节要不亏。君为社稷死，我则同其归。顾命有治乱，臣子得从违。魏颗真孝爱，三良安足希。仕宦岂不荣，有时缠忧悲。所以靖节翁，服此黔娄衣。

王诗"自古无殉死，达人所共知"，用孔子弟子子亢的故事，事见《礼记·檀弓下》："陈子车死于卫，其妻与其家大夫谋以殉葬，定而后陈子亢至，以告曰：'夫子疾，莫养于下，请以殉葬。'子亢曰：'以殉葬，非礼也。虽然，则彼疾当养者孰若妻与宰？得已，则吾欲已；不得已，则吾欲以二子者之为之也。'于是弗果用。"而王诗的意思只在"结发事明君，受恩良不訾。临殁要之死，焉得不相随"，所谓“忧生之虑”（皎然《诗式》），也是由此引出。或曰曹诗乃“悔不随武帝死，而托是诗”（《文选》刘良注），虽然未必如此，但由诗中的悲凉之思的确可以读出这样的感伤。陶诗通篇只是由三良的命运而叹入仕之悲哀，苏轼的和诗则于三良颇有微辞，以为行当如晏子，为社稷死则死，而“事君不以私”；援魏颗故事，是责秦康公不该从乃父穆公之乱命（柳诗《咏三良》即此意），末了仍是和了陶诗的意思再叹“仕宦岂不荣，有时缠忧悲”。总之这几篇三良诗都不是咏三良，自然也不是咏史，三良不过是个题目，题目之下则是一己的身世之感。从别一角度看，正也不免令人感慨系之。但若只是说三良，说《黄鸟》，则彼虽铺排形容远胜于《诗》，但也仅止铺排形容而已。以远距离的旁观者的“隔”，再没有办法写出感动。而《诗》作者的忧患，实系于切身的家国之命运，虽然所谓“不复东征”乃是后话，诗人未必见几于此，但“夺之善人”、“邦国殄瘁”，却是眼前的痛切，“彼苍者天，歼我良人”，真正是“哀哉伤肺肝”的呼号。“人百其身”而三复之，所谓“惜善人之甚”，读《黄鸟》，该怎样才能体味出这一句的分量呢。

# 东门之池

东门之池，可以沤麻[1]。彼美淑姬，可与晤歌[2]。（一章）　　东门之池，可以沤纻[3]。彼美淑姬，可与晤语。（二章）　　东门之池，可以沤菅[4]。彼美淑姬，可与晤言。（三章）

①毛传："池，城池也。沤，柔也。"郑笺："于池中柔麻，使可缉绩作衣服。"按"城池"，即城壕。所谓"沤"，是利用水中微生物分泌之果胶酶，分解植物韧皮与茎叶中的胶质，以使纤维分散而柔软，此为纺纱前所必须之工序。

②毛传："晤，遇也。"郑笺："晤犹对也。言淑姬，贤女，君子宜与对歌相切化也。"孔疏："《释言》云：'遇，偶也。'然则传以晤为遇，亦为对偶之义，故王肃云'可以与相遇，歌乐室家之事'，意亦与郑同。"

③纻，又名苎麻，荨麻科。陆文郁曰："其韧皮纤维采制为麻，每年三次，初夏采曰头麻，伏中采曰二麻，亦曰伏麻，秋采曰三麻，亦曰秋麻。精者绩之，织之，以为夏布，布之精者，可拟丝绸。"

④孔疏："《释草》云'白华，野菅'，郭璞曰：'茅属。'《白华》笺云：'人刈白华于野，已沤之，名之为菅。'然则菅者，已沤之名，未沤则但名为茅也。"按白华即禾本科的芒草。陆玑曰："菅似茅，而滑泽无毛，根下五寸中有白粉者柔韧宜为索，沤及曝尤善也。"

旧时解《东门之池》,都把意思讲得很郑重。如范处义:“沤,久渍也。麻也,纻也,菅也,必得水之久渍乃可治以为用,以喻君子必得贤女相与渐染可以成德也。晤,欲明也。贤女于君子凡歌笑言语之际,亦有以晓晤之,故其听之也熟,而入之也深也。如《齐·鸡鸣》,盖于夙夜卧起之际有相成之道,亦此之类也。”如牛运震:“诗人思得贤女以渍君德,以为大廷之争谏,不如闺闼之笑语也。”近时则多主情歌说。但即便情歌,其中也未尝不有一番极郑重的意思,这意思适如《小雅·车舝》中的“思娈季女逝兮,匪饥匪渴,德音来括”。对情爱生活的预拟,是“可与晤歌”,“可与晤语”,“可与晤言”,如今看来似乎太过浪漫,但在当时却是写实。贺贻孙曰:“可与歌,犹云知音也;可与言,犹云知趣也。”依此说,则更觉有情味。而所谓“晤歌”,“晤语”,“晤言”,也可总括为“乐语”。朱自清《诗言志辨》有一大段话专讲着“乐语”,移来作诗注,却是恰好。略云:

“古代有所谓‘乐语’。《周礼·大司乐》:‘以乐语教国子:兴、道、讽、诵、言、语。’这六种‘乐语’的分别,现在还不能详知,似乎都以歌辞为主。”“‘言’、‘语’,是将歌辞应用在日常生活里,这些都用歌辞来表示情意,所以称为‘乐语’。”“《论语·阳货》篇简单的记着孔子的一段故事:‘孺悲欲见孔子,孔子辞以疾。将命者出户,取瑟而歌,使之闻之。’历来都说孔子‘取瑟而歌’只是表明不愿见,但小病未必就不能歌,古书中时有例证;也许那歌辞中还暗示着不愿见的意思。若这个解释不错,这也便是‘乐语’了。”“以乐歌相语,该是初民的生活方式之一。”

这样的生活方式,也可以说颇有几分天真浪漫。而“诗三百”不正是“乐语”之精华。那时侯的“意识形态”竟好像由诗人统帅着,他集民情、正义、道德于一身,对家族和邦国的兴亡都负着责任。不知道“乐语”究竟多大程度影响于政治,但总之它是彼一时代“都人士”与“君子女”普遍的文学修养。“彼美淑姬,可与晤歌”,自然不是在讲“思得贤女以渍君德”的“大义”,然而正是从这纯粹的情语中,传达出了生活中一片清新的诗意。所谓“郁郁乎文”,最是此中可见。

“乐语”的传统,似乎还延续了很久。大约是汉人作的《燕丹子》,说荆轲刺秦王之际,姬人以秦音示秦王应急,琴声曰:“罗縠单衣,可掣而绝。八尺屏风,可超而越。鹿卢之剑,可负而拔。”而“荆轲不解音,秦王从琴声负剑拔之,于是奋袖超屏风而走”。这或者是整个儿“乐语”故事的一个尾声罢,却还有如此惊心动魄者,那“乐语”,竟还是四言。

# 月　出

月出皎兮，佼人僚兮[①]。舒窈纠兮[②]，劳心悄兮[③]。（一章）　　月出皓兮，佼人懰兮。舒忧受兮，劳心慅兮[④]。（二章）　　月出照兮，佼人燎兮。舒夭绍兮，劳心惨兮[⑤]。（三章）

①毛传："皎，月光也。僚，好貌。"

②毛传："舒，迟也。窈纠，舒之姿也。"马瑞辰以为："'舒'者，发声字。"张尔岐曰："窈，训幽远；纠，训愁结。凡人中有所慕，心之所驰，都非耳目间事，之此之彼，诡曲难诘，其念专凝于此而不可解，故曰窈纠。"按"舒"依毛传乃可见佼人姿致，宋玉《神女赋》便多用此意；但此篇作意原在于"思"，而不在所思之人，故后说可从。

③毛传："悄，忧也。"王安石曰："悄，言不说而静默。"张尔岐以为"俗亦云'悄无声'，正此字"，是"凡有忧者多不言"也。

④苏辙曰："懰，好也。"朱熹曰："忧受，忧思也。"王安石曰："慅，不安而骚动。"张尔岐曰："忧受训忧思，亦有勉强忍受，不能自聊之意。慅，王氏以为不安而骚动，如云怔忡搅乱也，只是心烦意乱之谓。"

⑤苏辙曰："燎，明也。"朱熹曰："夭绍，纠紧之意。"王安石曰："惨，言不舒而幽愁。"张尔岐曰："燎，训明也，好者，便娟媚丽之谓，明则顾盼生姿，光彩动人，如有晖燿也。夭绍，训纠紧之意，中心煎迫，不得舒纵也。惨，王氏言不舒而忧（幽）愁，似不甚贴。似是惨瘁不乐之意。男女相悦，千痴百怪，可谓能言

丽情矣。”

读《诗》读到《月出》,觉得很新异。不惟一篇兴象于《诗》中鲜见,便是用字,也都别致。吕祖谦曰:“此诗用字聱牙,意者其方言欤。”牛运震则说它“极要眇流丽之体,妙在以拙峭出之,调促而流,句聱而圆,字生而艳,后人骚赋之祖”。又说它“从月出落想,已有无限迷离,细玩末句,则上二句情景,皆心中想象而已。一片空灵,造出幻景,虚实颠倒,章法绝妙”,亦正所谓“能言丽情”也。

诗中用来描写佼人的文字,全是抽象的。虽然凭了“肤如凝脂,领如蝤蛴,齿如瓠犀,螓首蛾眉”,我们仍然想象不出硕人的美丽,但诗人总是在那里为伊画像。而《月出》只是写感觉,却不要别人“看见”,其实诗里本来也只有“心的眼”,是思可感,形不可见也。仍以《硕人》作比。《硕人》全是戏剧的效果,不但为美人设色敷彩,而且明晃晃灯光打成一片,只是要人看得真真切切。《月出》,则纯是诗的效果,举出“佼人僚兮”,不过要你知道思之苦闷所从来,说到底,佼人只在伊心里,而不在你眼中。或者说,那只是《月出》中的“一缕诗魂”。其实这佼人与思佼人者,孰男孰女,也只是凭感觉而猜得,诗又何尝明白说出来。

再说这月色。明明写得分明，但予人的感觉却偏偏是不分明。皎也，皓也，一天的好月似乎不是用来照“彻”形相，而只是造作出一片空灵，于是诗人可以把惝恍迷离的“意中事”放进去。这里要的是“山月不知心里事”那么一个有等于无的月。李白《送祝八》“若见天涯思故人，浣溪石山窥明月”，杜甫《梦太白》“落月满屋梁，犹疑见颜色”，常建《宿王昌龄隐处》“松际露微月，清光犹为君”，——焦竑举了一连串唐诗的例，云“大抵出自《陈风》也”。但这样一对比，方觉得这唐人诗中的月色，哪怕是“微月”，也真的是“皎”，是“皓”，是清清楚楚照见颜色；而《月出》之分明中的不分明，倒教人格外觉得好了。

# 泽陂

彼泽之陂，有蒲与荷。有美一人，伤如之何。寤寐无为[1]，涕泗滂沱。（一章） 彼泽之陂，有蒲与蕑。有美一人，硕大且卷。寤寐无为，中心悁悁[2]。（二章） 彼泽之陂，有蒲菡萏。有美一人，硕大且俨[3]。寤寐无为，辗转伏枕[4]。（三章）

1 郑笺："伤，思也。我思此美人当如之何而得见之。"贺贻孙曰："'寤寐无为'，情景最苦。所谓'伤如之何'，即'无为'二字注脚。"焦琳曰："'寤寐无为'，不仅幽忧倦怠，盖手足无措矣。"

2 毛传："蕑，兰也。卷，好貌。悁悁，犹悒悒也。"

3 毛传："菡萏，荷华也。俨，矜庄貌。"

4 朱熹曰："'辗转伏枕'，卧而不寐，思之深且久也。"邓翔曰："'寤寐无为'，始则涕泗，中则心结，终则辗转伏枕，正欲向魂梦相依恋耳。"

依序说，似乎《陈风》多淫，《株林》，"刺灵公也，淫乎夏姬"；《泽陂》，"刺时也，言灵公君臣淫于其国，男女相说，忧思感伤焉"。揭出"男女相说"，本来不错，却偏又摆不脱"淫"的主见。孔疏更解释说，诗"止举其男悦女，明女亦悦男，不然则不得共为淫矣”。如此之释,我们只好一笑罢了。或据郑笺“君臣淫于国,谓与孔宁、仪行父也”,而以为此“似指泄冶之直谏而被杀也”(范家相)。又或以为“忠臣孤立于朝,诗人忧之而作”,“其词义蕴藉,不似淫诗。或谓泄冶被谏而死,国人伤之,然未有以见其实为泄冶作也。第泛作慨惜孤忠之人作,而泄冶亦在其中矣”(刘沅)。虽然此事明载于《左传·宣公九年》,但曰诗是为此而作,却没有太多的根据。朱熹曰:“此诗大旨与《月出》相类,言彼泽之陂,则有蒲与荷矣,有美一人而不可见,则虽忧伤而如之何哉,寤寐无为,涕泗滂沱而已矣。”范处义曰:“既思其人而感伤,又思其人发之卷,又思其人貌之俨,寤寐之间不复他有所为。或涕泗俱下,或悁悁忧戚,或辗转废寝,此皆合男女之情而言之。诗人言其情而不及于乱,亦欲其止于礼义也。”说较近之。只是此诗不关乎“美刺”,自然也说不到“礼义”上去,而所谓“言其情而不及于乱”,今不妨称作只言“思”,不言“事”。其实也未必有“事”。《郑风·东门之墠》:

东门之墠,茹藘在阪。其室则迩,其人甚远。　　东门之栗,有践家室。岂不尔思,子不我即。

“其室则迩，其人甚远”，颇有咫尺天涯之感，也是极苦的相思。不过其人到底有个所在，虽然是隐隐约约；“岂不尔思，子不我即”，也到底有个故事，虽然“不我即”的原因仍然不能知道。然而于《泽陂》中事，我们能知道什么呢，只见“男悦女”，却不能如孔疏，先横一“淫”字在胸中，以“明女亦悦男”。诗既未言“子不我即”，也未如《邶风·静女》，说是“爱而不见”。“爱而不见”，“子不我即”，都是可能的情节，是耶非耶，诗却不把它明白说出来。焦琳曰：“统全诗观之，不过上半言人美硕大，下半言己心之悲伤。人之美乃可乐之事，何故悲伤乎，则曰‘未见’。无论‘未见’不必悲伤至此，诗中实无‘未见’明文。”这一番议论不能说没有道理，但诗中句意之间本有一个可以感觉到的跳跃，正如《月出》中“佼人”与“劳心”之间那样一个跳跃式的衔接。而“有美一人”也正如同“佼人”，是仅仅活跃在思中的“所谓伊人”。此中必定有故事，但情节被省略掉了。而诗本来也只是要写思，却不是要写事。诗也并不要把现实中的不圆满作成圆满，而只要完成一个诗境，因此究竟悲剧还是喜剧我们本无须知道。吴乔曰：“大抵文章实做则有尽，虚做则无穷。《雅》《颂》多赋，是实做；《风》《骚》多比兴，是虚做。”“实做”，写事也;“虚做”,写情也,也可以说,是铸造一心中境象。只是《风》与《骚》又不同,它所用的材料,尽为生活中之实有,尽为切近的人间事情,故虽一点事外远致,但朴茂质实中的亲切,依然是本色。

至于“彼泽之陂”,自然也非“有践家室”之所在,若说先在这里“邂逅相遇”(《郑风·野有蔓草》),则纯属猜测,诗原不曾传达这样的消息。《泽陂》之思既不得以事求,那么水边泽畔香蒲菡萏之清景,便只是思中之兴象,只是用来作拟喻,这拟喻自然又是美丽的。多隆阿曰:“蒲生水泽,其类有二:一名香蒲,一名臭蒲。”“香蒲其香在花,通称作昌蒲。”“北方气寒,蒲生于三四月,叶如萱草,长而肥阔,高七八尺余,五月间从中抽茎,开细花,色黄如屑,细子攒簇成穗如棒杵形,俗呼曰蒲棒。其花微有香气,其蕊屑细若金粉,入药名蒲黄。其叶可作扇,其根蟠曲有节,嫩芽可食,《周礼》谓之‘蒲菹’。凡入药之蒲与为菹、织席之蒲,皆香蒲也。”又曰:“毛传云‘蕳,兰也’,郑笺云‘当作莲,芙蕖实也’;笺以上章言荷,下章言菡萏,易‘蕳’为‘莲’,意在三章一律。然蕳亦水中香草,与荷原不相戾。荷、莲、菡萏同物,文义虽较完整,古人手笔要不若是拘也。”此说很是。不过,说蕳生泽畔则可,曰“水中”,则非也。

# 七　月

七月流火，九月授衣[①]。一之日觱发，二之日栗烈[②]。无衣无褐[③]，何以卒岁。三之日于耜，四之日举趾。同我妇子，馌彼南亩，田畯至喜[④]。（一章）　七月流火，九月授衣。春日载阳，有鸣仓庚[⑤]。女执懿筐，遵彼微行，爰求柔桑。春日迟迟，采蘩祁祁[⑥]。女心伤悲，殆及公子同归[⑦]。（二章）　七月流火，八月萑苇。蚕月条桑，取彼斧斨。以伐远扬，猗彼女桑[⑧]。七月鸣鵙，八月载绩[⑨]。载玄载黄，我朱孔阳，为公子裳[⑩]。（三章）　四月秀葽[⑪]，五月鸣蜩[⑫]。八月其获，十月陨萚[⑬]。一之日于貉[⑭]，取彼狐狸，为公子裘。二之日其同，载缵武功[⑮]，言私其豵，献豜于公[⑯]。（四章）　五月斯螽动股，六月莎鸡振羽[⑰]，七月在野，八月在宇，九月在户，十月蟋蟀入我床下[⑱]。穹窒熏鼠，塞向墐户[⑲]。嗟我妇子，曰为改岁，入此室处。（五章）　六月食郁及薁[⑳]，七月亨葵及菽[㉑]，八月剥枣，十月获稻，为此春酒，以介眉寿[㉒]。七月食瓜，八月断壶，九月叔苴，采荼薪樗，食我农夫[23]。（六章） 九月筑场圃，十月纳禾稼[24]。黍稷重穋，禾麻菽麦[25]。嗟我农夫，我稼既同，上入执宫功[26]。昼尔于茅，宵尔索绹。亟其乘屋，其始播百谷[27]。（七章） 二之日凿冰冲冲，三之日纳于凌阴[28]。四之日其蚤，献羔祭韭[29]。九月肃霜，十月涤场[30]。朋酒斯飨，曰杀羔羊。跻彼公堂，称彼兕觥，万寿无疆[31]。（八章）

①毛传："火，大火也。流，下也。九月霜始降，妇功成，可以授冬衣矣。"郑笺："大火者，寒暑之候也。火星中而寒暑退，故将言寒，先著火所在。"按"火"即"大火"星，即心宿二。大火于夏历五月初昏见于东北天空，六月初昏达于正南，七月昏则继向西"流"，即所谓"七月流火"，是暑退将寒之候也。

②毛传："一之日，十之馀也。""觱发，风寒也。""栗烈，寒气也。"按一之日、二之日，即十一月、十二月，犹"十有一月之日"，"十有二月之日"，而简省其文。诗中之月令，"兴"也，即以天时挽起人事，又以月令为分别：一章言耕，二章言蚕，三章言绩染，四章言田猎，五章葺屋御寒，六章点缀时物，七章收获，八章以岁终之庆作结。每一章主线之外，则各以月令中细事别生波澜，但总由月令放开去，提拢来。然而此虽写实，却又不为实所缚，故无须以"农书"目之，亦不必以夏历、殷历、周历与诗中之月令分别对应，曰一诗而用三历也。

③郑笺："褐，毛布也。"《孟子·滕文公上》"许子衣褐"，赵岐注："以毳织之，若今马衣也。或曰褐，枲衣也，一曰粗布衣也。"按赵注所谓"毳"，指兽毛。褐原指毛织衣，后又通指粗布衣，即粗麻所织衣。

④朱熹曰："于，往也。耜，田器也。于耜，言往修田器也。举趾，举足而耕也。"范处义曰："农夫既兴作，而在南亩，其妇子

则为黍食以饷之,田大夫见其如此,所以喜也。”按三之日、四之日,即一月、二月,便是“因乘上数”(孔疏),取诗之谐也。

⑤毛传:“仓庚,离黄也。”按即黄鹂,亦名黄莺。此为传递春消息的应节趋时之鸟。

⑥毛传:“懿筐,深筐也。微行,墙下径也。五亩之宅,树之以桑。迟迟,舒缓也。蘩,白蒿也,所以生蚕。祁祁,众多也。”按用白蒿煮水浸沃蚕子,可促蚕子同时发蚁(孵化),故曰“所以生蚕”。

⑦毛传:“春女悲,秋士悲,感其物化也。殆,始。及,与也。”范处义曰:“女子感其所见,念当嫁娶之时,将远其父母,所以伤悲,谓不得久于家。”徐绍桢曰:“此中采桑之人,固有婚姻及时之女,念及将有远父母兄弟之行,则我之在此采桑,能有几时,其心伤悲,固是出于性情之正。诗言殆及公子同归者,殆,将然之词,亦非谓此采桑之日也。”

⑧朱熹曰:“萑苇,即蒹葭也。蚕月,治桑之月。”“远扬,远枝扬起者也。女桑,小桑也。”按条桑,即挑桑,谓“挑拨而取之”(马瑞辰)。斧斨,可合指一物,也可分言二物。分言,则斧是刃器顶端为銎,竖装在横木柄上;斨则刃器中间开方銎,将木柄横贯其中。斨之功效较斧为高。猗,戴震曰:“猗然长茂也。”按桑树特性是副芽多,且舒长迅速,若展开之叶芽受到损伤,副芽便很快长成叶丛来替代;若枝条折断,副芽则迅速长成叶片更肥大的新枝条,以再生方式递补。“蚕月”四句,即言善斩伐而桑益茂。

⑨毛传:“鵙,伯劳也。载绩,丝事毕而麻事起矣。”胡承珙曰:“伯劳以夏至鸣,冬至去,五月以后皆其鸣时。”“诗则但言其鸣为将寒之候,以起下文载绩,故以七月、八月连言之,不必定指始鸣。”按绩即绩麻,七月鸣鵙,八月载绩,若言伯劳鸣犹未止,亟制寒衣,可毕功于冬至之前。

⑩毛传:“玄,黑而有赤也。朱,深纁也。阳,明也。”严粲曰:“丝麻既成,或染之以为玄,或染之以为黄,其朱色者尤鲜明,将供公子之衣裳。”

⑪葽,苦菜,菊科苦苣荬属。《夏小正》,四月“秀幽”(幽、

葽一声之转),《逸周书·时训》,小满之日“苦菜秀”,《月令》,孟夏“苦菜秀”,可知它是彼时标志时令的植物。

⑫蜩,蝉。

⑬朱熹曰:“获,禾之早者可获也。陨,坠。”孔疏:“落叶谓之萚。”

⑭貉读为祃。《大雅·皇矣》“是类是祃”,类,出兵时祭天神;祃,到达所征之地祭祀造军法之神。远古田猎同于用兵,故也有祃祭(貉祭)。于貉,即往貉,代指猎事。

⑮朱熹曰:“同,竭作以狩也。缵,习而继之也。”范处义曰:“田猎非特去害田之兽,盖欲继缵武事,使不忘战。”

⑯毛传:“豕一岁曰豵,三岁曰豜。大兽公之,小兽私之。”

⑰斯螽,今俗名尖头蚱蜢、括搭板、舂米郎。直翅目蝗科中的中华负蝗和蟹螽之类。莎鸡,今称纺织娘。直翅目螽斯科。

⑱范处义曰:“自七月至十月皆记蟋蟀一物,此古文之一体也。此物孟秋犹在草野,仲秋即入人檐宇,季秋犹飞走户庭,孟冬即韬伏床下,视微物犹尔,则居民宜以此时葺治屋室。”

⑲毛传:“穹,穷。窒,塞也。向,北出牖也。墐,涂也。庶人荜户。”范处义曰:“穹空则窒实之,鼠穴则熏出之。”按“向”即室背面北开之后窗,冬日灌北风,故须“塞”之。孔疏:“荜户以荆竹织门,以其荆竹通风,故泥之也。”

⑳郁,又称郁李、爵李,蔷薇科樱桃属。薁,又名燕薁、车鞅藤、山葡萄,葡萄科。

㉑葵,冬葵,锦葵科锦葵属。菽,大豆。

㉒毛传:“剥,击也。春酒,冻醪也。”朱熹曰:“获稻以酿酒也,介,助也。介眉寿者,颂祷之辞也。”按剥音扑,犹言打枣。春酒,冬酿春熟,即酎酒,亦即重酿酒之属。《说文·酉部》“八月黍成,可为酎酒”,是黍可为酎酒。但酎酒仍以稻为上。重酿酒酒精浓度高,为防酒力发挥过猛而常常作冷饮,所谓“冻醪”是也。

㉓毛传:“壶,瓠也。叔,拾也。苴,麻子也。樗,恶木也。”郑笺:“瓜瓠之畜,麻实之糁,干荼之菜,恶木之薪,亦所以助男养农夫之具。”按瓜即葫芦科之甜瓜。瓠即葫芦,断,断其蔓也。

麻子是上古主要食粮之一。胡承珙曰:“荼为苦菜,春夏已成,此采荼虽承九月之下,非谓至是始采,谓所采之荼、所薪之樗,于是时皆可为助养农夫之用。”樗,俗名臭椿,木质疏松,不堪大用,未成造纸原料之前,只充作薪材。严粲曰:“六章述老壮之养有厚薄也。”

㉔郑笺:“场圃同地,自物生之时,耕种之以种菜茹,至物尽成熟,筑坚以为场。纳,内也。治于场而内之囷仓也。”

㉕毛传:“后熟曰重,先熟曰穋。”朱熹曰:“禾者,谷连藁秸之总名。禾之秀实而在野者曰稼。”“再言禾者,稻秫苽(按即菰)粱之属皆禾也。”按诗谓十月,是“此等诸种皆成熟矣,不专是十月纳之也”(严粲)。

㉖郑笺:“既同,言已聚也。”杨树达以为,“上入执宫功”之“上”与“尚”同,尚,庶几也,诗意我之禾稼既已聚积矣,汝庶几其可以入都邑治宫室之事矣。所谓“宫功”者,殆即指乘屋葺治之事为言也(《诗上入执宫功解》)。

㉗朱熹曰:“昼往取茅,夜而绞索,亟升其屋而治之,盖以来岁将复始播百谷,而不暇于此故也。不待督责而自相警戒,不敢休息如此。”按索绹,谓绳索。亟,急也。

㉘毛传:“冲冲,凿冰之意。凌阴,冰室也。”按此言藏冰,为冬令之事。

㉙蚤,早。韭,韭菜。献羔祭韭,春令开冰之仪,即所谓“献羔祭韭而后启之”(朱熹)。

㉚朱熹曰:“肃霜,气肃而霜降也。涤场者,农事毕而扫场地也。”或曰涤场,涤荡也,则为肃清之义,诗谓“九月之气清高颢白而已,至十月,则万物摇落无余矣”(王国维)。

㉛毛传:“两樽曰朋。飨者,乡人饮酒。”“公堂,学校也。”《周礼·春官·籥章》“国祭蜡,则龡《豳颂》,击土鼓,以息老物”,孙诒让《周礼正义》引金鹗说:“野人饮酒皆在乡学中。《豳风》云‘十月涤场,朋酒斯飨。曰杀羔羊,跻彼公堂。称彼兕觥,万寿无疆’,此即腊祭毕劳农休息而饮酒于序也。《玉藻》云‘唯飨野人皆酒’,所谓‘朋酒斯飨’也。野人不得升君之堂,毛传以公堂为学校是也。”

《七月》，可以视为一个家族故事，而家族正是西周封建制下一个最小的单位，故诗序从中拈出“陈王业”的话题也不是没一点儿道理。王安石说：“仰观星日霜露之变，俯察虫鸟草木之化，以知天时，以授民事，女服事乎内，男服事乎外，上以诚爱下，下以忠利上，父父子子，夫夫妇妇，养老而慈幼，食力而助弱，其祭祀也时，其燕飨也节，此《七月》之义也。”但它究竟是脚踏实地的劳作和建设，此中有乐更有苦，有易更有难。它不需要刻意粉饰，也无须努力编织一个美丽的梦想，但它一定滤去了生活中许多的苦难和不幸，因为诗只想保留时人眼中有价值的经验及心中甚以为亲切的风土和人情，使它保存在传唱于人口的旋律里。后来人们只看这诗中“无盗贼之扰，无官吏之搅，自食其力，熙熙暤暤，尊君亲上，一片承平，可称盛世”（袁金铠），怕是把它全认作了历史真实，而其实诗只是记忆之真实，是一个家族对家族故事的记忆。

然而《七月》之好，尤在于叙事。它以月令为兴，颠倒错综，亦实亦虚，串连全篇，于是诗既有序而又无序，既散漫而又整齐，仿佛在讲述一年中的故事，又仿佛这故事原本属于周而复始的一年又一年。孙鑛说它“衣食为经，月令为纬，草木禽虫为色，横来竖去，无不如意，固是叙述忧勤，然即事感物,兴趣更自有余”。陈仅曰:“《七月》为诗,八十八句,一句一事,如化工之范物,如列星之丽天,读者但觉其醇古渊永,而不见繁重琐碎之迹。中间有诰诫,有问答,有民情,有闺思,波澜顿挫,如风行水面纯任自然。”所谓“平平常常,痴痴钝钝,自然充悦和厚,典则古雅”,“又一诗中而藏无数小诗,一派古风,满篇春气”(牛运震),更是抉得其中好处。

叙事之好,更好在事中有情。“春日载阳,有鸣仓庚。女执懿筐,遵彼微行,爰求柔桑。春日迟迟,采蘩祁祁。女心伤悲,殆及公子同归。”叙事,而把事嵌在了鲜翠流丽的背景中。懿筐、微行、柔桑,是《诗》中不多见的细微的刻画。但诗的文字与诗的意思正是平均对等,故虽刻画而不觉得刻画。“女心伤悲,殆及公子同归”,是所谓“于不相涉处映带生情”(贺贻孙)。吴棠曰:“归公子而心悲,女子之爱其亲也;养老人于眉寿,男子之爱其亲也。”但这“伤悲”的另一面原是“春女思”(毛传),或者不妨说“有女怀春”与“女子有行,远父母兄弟”正是一事之两面。郝懿行夫妇读诗的一段对话,恰好说着这样的意思:“瑞玉问:‘女心伤悲’应作何解?余曰:恐是怀春之意。《管子》亦云春女悲。瑞玉曰:非也。所以伤悲,乃为女子有行,远父母故耳。”郝氏曰“盖瑞玉性孝，故所言如此”，却不曾觉悟，只因《七月》表现的是家族中的个人，故偏偏由“伤悲”的一面宛转写来，且明明不离女儿之心，而一向不大谈性情的毛公，这一回倒是心明眼亮，觑得此中情致。

“七月在野，八月在宇，九月在户，十月蟋蟀入我床下”，这是《七月》中的神来之笔，也真想说这是《诗》中最好的一句。《采蘋》一篇之叙事与它有同妙，但它把时与地拉开得更远，主角衔着推移时令的游丝隐在最后，郑笺“自七月在野至十月入我床下，皆谓蟋蟀也”，所谓“古人章法多用倒插类此”（陆化熙）。宋玉《九辩》“独申旦而不寐兮，哀蟋蟀之宵征”，正是用了这一句的意思，虽然诗人的本意是哀，但“蟋蟀之宵征”读之却让人觉得可喜。后来姜白石《齐天乐·咏蟋蟀》中的“露湿铜铺，苔侵石井，都是曾听伊处”，也还是从“豳诗漫与”中来，而真的是“哀音似诉”了。

# 东　山

我徂东山，慆慆不归。我来自东，零雨其濛[1]。我东曰归，我心西悲。制彼裳衣，勿士行枚[2]。蜎蜎者蠋，烝在桑野[3]。敦彼独宿，亦在车下[4]。（一章）　我徂东山，慆慆不归。我来自东，零雨其濛。果蠃之实，亦施于宇，伊威在室，蟏蛸在户，町畽鹿场，熠燿宵行[5]。不可畏也，伊可怀也。（二章）　我徂东山，慆慆不归。我来自东，零雨其濛。鹳鸣于垤，妇叹于室。洒扫穹窒，我征聿至[6]。有敦瓜苦，烝在栗薪[7]。自我不见，于今三年。（三章）　我徂东山，慆慆不归。我来自东，零雨其濛。仓庚于飞，熠燿其羽。之子于归，皇驳其马[8]。亲结其缡，九十其仪[9]。其新孔嘉，其旧如之何[10]。（四章）

①徂，往。东山，东方有山之地，意指东方。周时言“东”，乃指今山东泰山以南直至海滨的广大地域。慆慆，毛传：“言久也。”范处义曰：“东山指地，慆慆言其久，自东喜其还，零雨记其时，故每章皆言之。”

②裳衣，朱熹曰：“平居之服也。”何焯：“‘制彼裳衣’，军容

不入国，故归者别制裳衣。”士，事（毛传）。行，阵。枚，衔枚。勿士行枚，李塨曰：“在行陈行枚，以战也。今无事此矣，其归也。”邓翔曰：“言不必复被甲胄，冒锋刃，且言语亦可自由。”

③严粲：“钱氏曰：蜎蜎，虫微动貌。”蠋，《说文·虫部》作蜀，曰：“葵中虫也。”罗愿曰：“蠋虽蚕类，而不食桑，诗乃称‘烝在桑野’者，葵藿之下，亦桑野之地也。桑致养于人，万百为族，蜀（蠋）则独行，故以比敦然独宿者。”又“烝在桑野”与下文“烝在栗薪”之“烝”，马瑞辰以为皆语词之乃，即“乃在桑野”。

④敦，团。彼，指军士。独宿，对离室家而言。古用车战，止则为营卫，故军士宿皆在车下。

⑤果蠃，栝楼。伊威，一名委黍，一名鼠妇，今称潮虫。蟏蛸，也称喜蛛，蟢子，或喜母。町畽，鹿迹。熠燿，毛传：“磷也。磷，萤火也。”即萤火虫。

⑥严粲曰：“天将阴雨，鹳性好水，长鸣于丘垤之上，亦道间遇雨所见也。此时想其妇在家必念行人而悲叹，且曰今当洒扫其室，穹塞鼠穴，我征夫将至矣。望我之归也。聿者，将遂之辞，实未至也。”

⑦多隆阿曰：“古无他瓜，诗中言瓜则为甜瓜。甜瓜生则味苦，熟则香甘。”按此“敦”与“敦彼独宿”同，也是团团之意，谓一二生瓜蛋子悬系于栗薪之上。姚柄曰：“栗，坚木，不易朽，故人或取以为棚架之类。”“或云‘栗薪’犹云坚木，并不必作栗树言，亦通。”

⑧马毛色有黄有白曰皇，驳，赤色马，亦称骝。

⑨毛传：“缡，妇人之袆也。母戒女，施衿结帨。九十其仪，言多仪也。”陈奂曰：“《尔雅·释器》：‘妇人之袆谓之缡。’此传所本也。孙炎注云：‘袆，帨巾也。’《说文》：‘袆，蔽膝。’”“又《内则》‘女子设帨于门右’，注：‘帨，事人之佩巾也。’帨为女子初生时所设，及嫁，则结之以为事舅姑拭物之所需。父母及庶母皆有戒辞，传但引母戒者，母，至亲也。”按《礼记·内则》“女子设帨于门右”，为女儿初生之日事。《仪礼·士昏礼》“母施衿结帨，曰：勉之敬之，夙夜无违宫事”，即“亲结其缡”之际。读《士昏礼》，并可知其“多仪”也。

⑩“其新孔嘉，其旧如之何”，钱锺书曰：“二句写征人心口自语：‘当年新婚，爱好甚挚，久睽言旋，不识旧情未变否？’乃虑其妇阔别爱移，身疏而心亦遐，不复敦夙好，正所谓‘近乡情更怯’耳。”

“诗三百”，最好是《东山》。诗不算长，也不算短，而句句都好。它如此真切细微地属于一个人，又如此博大宽厚地属于每一个人。《东山》恐怕也是《风》诗一百六中最少争议的一篇，大概最多是对诗作者各说几句推测的话。不知道它是不是可以融化人生中的一切冷漠，但总之多少板着面孔的经学家读到《东山》，好像一时间都变得“融融”也，“泄泄”也，于物理人情很是通达。比如诗序：“《东山》，周公东征也。周公东征，三年而归，劳归士，大夫美之，故作是诗也。一章言其完也，二章言其思也，三章言其室家之望女也，四章乐男女之得及时也。君子之于人，序其情而闵其劳，所以说也。说以使民，民忘其死，其唯《东山》乎。”虽然算不得怎样的见识，但能够就诗说诗，且说得如此诚恳，在诗序中也就难得。又比如郑玄，一向以为他释《礼》释得好，解《诗》则少一点儿诗心，但于《东山》却是例外。譬如末章，他说：“仓庚仲春而鸣，嫁取之候也。熠燿其羽，羽鲜明也。归士始行之时，新合昏礼，今还，故极序其情以乐之。”“之子于归，谓始嫁时也。皇驳其马，车服盛也。”“女嫁，父母既戒之，庶母又申之，九十其仪，喻丁宁之多。”“嘉，善也。其新来时甚善，至今则久矣，不知其如何也，又极序其情乐而戏之。”不仅释义准确，而且颇解风情。当然能够觑得诗心的仍推文学批评家，如贺贻孙：“此从新婚时春鸟和媚及马色之良、结缡之诚、仪文之盛铺张，点缀而已。诗语极热闹，而诗情最闲冷，其妙趣全在‘其旧如之何’五字。‘如之何’者，欣慕赞叹，无可形容之词也。盖常人之情旧不如新，然别离重逢新不如故。诗人似以‘其新孔嘉’句挑起下句，其实以‘其旧如之何’点动上句，此古人笔端活泼处也。”“‘孔嘉’二字从上文‘皇驳其马’三句说来，此句不言乐，乐处在‘如之何’三字想出，妙甚。”真是妙甚，在《东山》面前，差不多所有的批评家都变得极富人情。

《东山》之结末固然好，但它更好在全诗选择了一个最佳角度，即“在路上”，即回乡的一条路。这条路如此之远，如此之长，长得足以满满装载三年的思念，“我东曰归，我心西悲”，所谓“我在东山常曰归也，我心则念西而悲”（郑笺）。这条路又如此之短，如此之近，近得可以窥见所有的故乡风物，“其新孔嘉，其旧如之何”，久别重逢的快乐也好像伸手可触。远远近近，短短长长，便容纳了人生无数的苦乐悲欣，于是思念中的一切都变得可珍可爱，幽冷凄楚的“可畏”竟也成为温柔的“可怀”。“不可畏也，伊可怀也”，牛运震说它“一反一正，自问自答，便令通节神情跳舞”，此乃有距离，而有转折也。“有敦瓜苦，烝在栗薪，自我不见，于今三年”，也是有距离，有转折，于是对家居之微物的爱惜，便牵系了无限的离合感慨。“自我不见，于今三年”，又浅白，又平易，不着一点儿形容，然而生存的缱绻依恋，全部的形容，尽在此中。

是不是可以说它体物工细呢，但所谓“工细”，一定不是宋人那样“格物”而来，也没有“蛛网闪夕霁，随处有诗情”那样的寻寻觅觅。它好像是写生，如“蜎蜎者蠋，烝在桑野”。又好像写生而不写实。“果蠃之实，亦施于宇，伊威在室，蟏蛸在户，町畽鹿场，熠燿宵行”，全是思家之梦，而心细如丝发，入微处无不尽物理。蟏蛸，多隆阿说它“长足，头腹俱小，足有六，细如线，而长数倍于身，室有人居，则蟏蛸多网壁角，室无人居，则蟏蛸常网户棂”。如此，“蟏蛸在户”是“工笔”，而又明明是“写意”。室本来不是无人居，那么蟏蛸不当在户，但它偏偏又是无人居那样的凄凉，于是“蟏蛸在户”矣。“熠燿宵行”，稍微带了一点儿形容，却是形容得真好。后来张华的《励志诗》袭用此句,但改作“熠燿宵流”,陈骙说他变字以协音韵,“而不知诗人言‘行’有缓飞之意”,“熠燿宵行”真是不可易。

《东山》之雨贯穿全篇,“首章班师遇雨也。次章长途遇雨也。鹳鸣、萤飞,雨候也,以及桑蠋、果实、伊威、蠨蛸、苦瓜、栗薪,雨中触目无一不搅人愁肠,步步有景,节节生情”(贺贻孙),其实从头至尾只是归途中雨,点点诗思于是尽被雨打湿。

# 白　驹

皎皎白驹，食我场苗。絷之维之，以永今朝。所谓伊人，于焉逍遥[1]。（一章）　皎皎白驹，食我场藿。絷之维之，以永今夕。所谓伊人，于焉嘉客[2]。（二章）　皎皎白驹，贲然来思。尔公尔侯，逸豫无期。慎尔优游，勉尔遁思[3]。（三章）　皎皎白驹，在彼空谷。生刍一束，其人如玉。毋金玉尔音，而有遐心。（四章）

①朱熹曰："赋也。皎皎，洁白也。驹，马之未壮者，谓贤者所乘也。场，圃也。絷，绊其足。维，系其靷也。永，久也。伊人，指贤者也。逍遥，游息也。为此诗者，以贤者之去而不可留也，故托以其所乘之驹食我场苗而絷维之，庶几以永今朝，使其人得以于此逍遥而不去，若后人留客而投辖于井中也。"按投辖留客见《汉书·陈遵传》。苗，严粲曰："圃中之苗则菜茹之嫩者。"钱澄之曰："王室政衰，贤者争思洁身以去，亦有不能去者，十其去也，缱绻难别，亦犹东门之祖送也。"

②藿，嫩豆苗。陆化熙曰："今朝今夕言驹，逍遥嘉客言人，俱要得托言意。此四句一气说，着不得一过接语，一朝一夕，非可言永，但欲去时留得一朝一夕亦已永矣。"

③朱熹曰："赋也。贲然，光采之貌也。或以为来之疾也。思，语词也。尔，指乘车之贤人也。慎，勿过也。勉，毋游也。

遁思，犹言去意也。”

古人之别，是一件很难堪的事。“山川悠远”之外，更有许多人事的阻隔。“瞻夕欣良谳，离言聿云悲”（陶渊明《于王抚军座送客》），如何不动情呢。于是赠车赠马，赠诗赠言，前者如《秦风·渭阳》，后者如《邶风·燕燕》。《史记·孔子世家》云孔子适周问礼，见老子，“辞去，而老子送之曰：‘吾闻富贵者送人以财，仁人者送人以言，吾不能富贵，窃仁人之号，送子以言”，是也。

《白驹》是一首送别诗，也是一个送别的情境，但又不仅送别而已。“皎皎白驹，食我场苗。絷之维之，以永今朝”，似庄似谐，而实含苦涩。两个“永”字最好，足以把一段深情来载沉载浮。“慎尔优游，勉尔遁思”，若推若挽，而实寄幽忧。此中更无须我们用想象去填补故事，似乎平静其实并不平静的叙述，自有情理兼备的深沉之思回旋其中，它在送别之外，也在送别之内。

《考槃》之“隐”，可以代表《诗》中的出世之思，即它始终是入世的。《园有桃》之忧，可以代表《诗》中处世的幽愤，即它始终被清醒所苦，然而又决不肯放弃清醒，与浊世和解。如此志行，《白驹》似乎兼而有之。其惜别之情挚，而惜贤之情却更深。一面是友情,一面又是责任。同志归隐,即便不存"我不敢效我友自逸"的隐忧(《小雅·十月之交》),总不免生出"逝止判殊路"的抑郁。东莱吕氏曰:"所谓伊人,于焉逍遥,于焉嘉客,斯人也,何人也?盖廊庙之人也。所谓伊人,乃于此而逍遥乎,乃于此而为嘉客乎。既幸其来以为荣,复深叹其所处非其地也。其言虽含蓄而未发,其辞气则惨然而不乐矣。"

"尔公尔侯,逸豫无期",就字面看可以有多解,而两句之间原有一个跳跃和转折,但其间究竟是怎样的一个递接,各家乃各有发挥。范处义曰:"此章勉贤者之留,谓贤者为邦家之光,傥能来贲朝廷,为公为侯,则逸豫亦自无期,何必去国而后逸豫邪。"方苞曰:"贤者必居下位,而道不得伸,乃思洁身远去,故以大义责之,曰尔公尔侯居上位者,皆昏冥于逸豫而无改悟之期,尔复欲洁身以去优游自适,则国将何托哉,慎勿果于思遁也。"李光地曰:"相与壮其行也。言不必以下位为恨,设或以尔为公为侯,则所苦有大焉,而逸豫不可期矣,故有劝尔以优游迟留者不可不慎,而勉决以遁去可也。"几种说法都可以讲得通,但若以妥帖求,却似乎都不足以惬心。又《吕氏家塾读诗记》言"尔公尔侯"是责当时在位者之悠悠,严粲驳之,曰与下文之“尔”不划一。胡承珙云:“《东莱文集》一说曰:言此贤者之德本合为公为侯,今乃置之闲地而无用之之期乎。此说较《读诗记》为胜,亦胜于诸家多矣。”比较起来,此说大致可取。如此,下面的“其人如玉”便正好是回应,——玉,《诗》中总是用来比德的。

末章之意,钱澄之的解释颇可见出诗的婉致:“此章为临别之辞。谓伊人此去匿影山谷,不惟人不可见,并白驹亦不可得见矣。饲以生刍以志别驹之意,所以代苗藿,谢絷维之愆也。因驹去空谷,盖见伊人不磷不淄,比德于玉也,随即嘱以入山之后时以起居相闻,毋以我身未去鄙非同流,而有疏远之心。”不过若依吕氏之说,诗的意思便又有一番回旋:“四章疑其遂忘世也,故勉之曰:毋金玉尔音,而有遐心。此虽祝其音问无绝,亦以君臣之义微讽之。”“君臣之义”或不必,但总之是不能忘怀对世事的关切,“以意逆志”,此中或者会有这样的双重含义。

# 采　绿

终朝采绿，不盈一匊[①]。予发曲局，薄言归沐[②]。（一章）　终朝采蓝[③]，不盈一襜[④]。五日为期，六日不詹[⑤]。（二章）　之子于狩，言韔其弓。之子于钓，言纶其绳[⑥]。（三章）　其钓维何，维鲂及鱮[⑦]。维鲂及鱮，薄言观者。（四章）

①毛传："自旦及食时为终朝。两手曰匊。"旦，约当今之五时；食时，约当今之十时。绿，禾本科，又名王刍，又名荩草，其他别名尚多。自古用作染黄。

②毛传："局，卷也。妇人夫不在则不容饰。"范处义曰："凡诗有'薄言'皆未足之意，谓沐而又沐也，与卒章意同。"

③蓝，泛称可染青蓝的植物，其种类有很多。如蓼科之蓼蓝，爵床科之马蓝，豆科之木蓝，等等。

④毛传："衣蔽前谓之襜。"按即衣之前襟。

⑤毛传："詹，至也。"朱传："詹，与瞻同。"

⑥孔疏：言韔其弓，"谓射讫与之弛弓纳于韔中也"；言纶其绳，"谓钓竿之上须绳，则与之作绳"，"谓系绳于钓竿也。"朱熹曰："言君子若归而欲往狩耶，我则为之韔其弓；欲往钓耶，我则为之纶其绳。望之切，思之深，欲无往而不与之俱也。"按韔本是弓箭袋，此作动词用。

⑦鲂，鳊鱼。鱮，鲢鱼。朱熹曰："于其钓而有获也，又将从而观之。"曾运乾曰：薄言观者，"本当作'薄言观之'，之犹者

也，以与上文鲔字韵，故改‘之’为‘者’。之、者，通用。”

诗写怀思，多半悲苦，唯《采绿》一篇是例外。或者在伊仍是一团思念挥之不去吧，他人却只看这怀思中的真率之气别有情致，乃至觉得此中竟是一点特别的可爱与温暖。

采绿，采蓝，兴也，犹《卷耳》之“采采卷耳，不盈顷筐”。所谓“予发曲局，薄言归沐”，都说这便是“自伯之东，首如飞蓬。岂无膏沐，谁适为容”的意思。但若细较，此中意味仍与《伯兮》大有别。“予发曲局”，一句已抵得彼之四句，“薄言归沐”却是萦转回翔的一折，所谓“此时遥揣君子将还，故膏沐以待耳”（贺贻孙），然后再用“五日为期，六日不詹”翻转回来。“五日”、“六日”，正是诗心所在，无奈注家只看得五日六日何其短也，其间一日的计较又太认真，于是纷纷代伊作算计。郑笺：“五日、六日者，五月之日、六月之日也。期至五月而归，今六月犹不至，是以忧思。”严粲曰：“去时约以五日而归，今六日而不见，时未久而怨，何也？古者新昏三月不从政，此新婚者之怨辞也。”贺贻孙曰：“五日、六日，犹言自昨日至今日也。盖逾五日而不至又是六日矣，况六日又不詹乎。”姚际恒曰：“五日，成言也；六日，调笑之意。言本五日为期，今六日尚不瞻见，只是过期之意，不必定泥为六日而咏也。”此中似以姚说为长。不过五日六日认作实说也未尝不可。如此，这一番计较便正如同《王风·采葛》之“一日不见，如三秋兮”，是五日本来不长，而已觉长，一日更可不作计，而偏偏要计，且更觉其长。曰此为新婚之别，未必非，要在不是从“礼”上说，乃由情处见也。

陆化熙曰：“三、四章乃预拟事，韔弓纶绳，亦未尝言从之猎、钓，只拟归时相助之事耳。观鱼，则有相亲意。而未归时思想到此，直是如目击之，却不在归时之与偕也。”钱澄之曰：“此下二章皆思之不至而预拟其归后之词，意以远出不归，归则不令复出耳。往狩则纳弓于韔，绝其射猎之念，不欲其习武事也。若舍狩而钓，则合丝为绳以资之，可与偕隐矣。下章言钓不及狩，其意可见。”钱氏的解释颇觉有趣，不妨存之。末章一问一答，一答一应，纯是说话，却是本色文字而异样生色，此中意味独独金圣叹能够把它揭出来：“随笔就钓上问之子所得何鱼，之子若曰鲂鱮也，叠一句，香口接之，曰鲂鱮也，则我欲观此鲂鱮也。全用一段憨意写恩爱出来。”所谓“一种亲昵之态总是痴情所生”（贺贻孙），真是会心者言。

# 白　华

白华菅兮[1]，白茅束兮[2]。之子之远，俾我独兮。（一章）　英英白云[3]，露彼菅茅。天步艰难，之子不犹[4]。（二章）　滮池北流[5]，浸彼稻田。啸歌伤怀，念彼硕人。（三章）　樵彼桑薪，卬烘于煁[6]。维彼硕人[7]，实劳我心。（四章）　鼓钟于宫，声闻于外。念子懆懆，视我迈迈[8]。（五章）　有鹙在梁[9]，有鹤在林。维彼硕人，实劳我心。（六章）　鸳鸯在梁，戢其左翼[10]。之子无良，二三其德。（七章）　有扁斯石，履之卑兮[11]。之子之远，俾我疷兮[12]。（八章）

①毛传："兴也。白华，野菅也。已沤为菅。"白华即禾本科的芒草。它的茎，"从古便沤之、剥之，以为绳索、草履之用。又嫩茎可理为箔，粗者可为篱笆，茎叶之细者又可葺屋"（陆文郁）。

②白茅，又称茅草。禾本科。陆玑曰："茅之白者，古用包裹礼物，以充祭祀缩酒用。"陆文郁曰："叶作苫盖，或制蓑。地下茎嫩白味甘可食，春生苗亦柔嫩，可用以救荒。"朱熹曰："言白华为菅，则白茅为束。物至微，犹必相须为用，何之子之远，而俾我独耶。"按诗中之兴象，朱子皆以为"比"，但依此节之释

义，则明明是“兴”义。又远，疏远也。俾，使也。

③英英，犹央央。白貌。

④郑笺：“犹，图也。”

⑤滮池在镐，依丰水故道东畔，位在汉昆明池北缘。丰镐之间，诸水多北流。

⑥毛传：“卬，我。烘，燎也。煁，烓灶也。”孔疏：“烓者，无釜之灶。其上燃火谓之烘。本为此灶上亦燃火照物，若今之火炉也。”按煁即可以移动的火炉，其上“无釜”，则所谓“可燎而不可烹饪者也”（朱熹）。

⑦贺贻孙曰：“前曰之子，此曰硕人，以后或称硕人或专称子，若疏之，若尊之，又若亲之，幽怨之辞，固不伦也。”按“之子”、“硕人”，或解作二人，非也。此解最切。

⑧懆，《说文·心部》：“愁不安也。”迈迈，王安石曰：“迈迈然远我而不顾也。”钱澄之曰：“‘懆懆’者，不忍忘君；‘迈迈’者，绝之已甚。曰‘念’，曰‘视’，厚薄分明。”

⑨毛传：“鹙，秃鹙也。”

⑩郑笺：“戢，敛也。”戢其左翼，郑笺以为专指雄者，马瑞辰以为非，曰：“《鸳鸯》篇亦曰‘鸳鸯在梁，戢其左翼’，不得专指雄者言也。《鸳鸯》篇《释文》引韩诗曰：‘戢，捷也（按即插也）。捷其噣于左也。’禽鸟之宿，皆捷其噣于翼，毛传：‘言休息也。’此诗无传，义与彼同。诗盖以鸳鸯匹鸟，得其所止，能不贰其耦，以兴幽王二三其德，为匹鸟之不若也。”

⑪毛传：“扁扁，乘石貌。王乘车履石。”《周礼·夏官·隶仆》“王行，洗乘石”，郑注：“郑司农云：乘石，王所登上车之石也。诗云：‘有扁斯石，履之卑兮。’谓上车所登之石。”何楷曰：“‘履之卑兮’，是倒句文法。言此乘石也，虽其处地卑下，亦时得蒙王之践履，而我独无由与王亲近，则是斯石之不如也。”按由云露之高洁，而思想到乘石之卑微，虽然兴义仍不出‘物亦相资’（石为履所践也），其心则可谓伤之极矣。

⑫毛传：“疷，病也。”

西周的灭亡，自然不是一时间的事，但它最后的了局却极有戏剧性。如同夏之妹喜，商之妲己，此际总要有一个坏女人出来作定败局，西周便派定了褒姒。此已明见于《诗》，《小雅·正月》“赫赫宗周，褒姒灭之”是也。这是危亡就在旦夕的时候，诗人谏王，特作忿激警悚之言。后来屈子作《天问》，涉及兴亡，也还要问到女子：“周幽谁诛，焉得夫褒姒。”废名所以说他“未能免俗”。至于《诗》中直接涉及这一事件的，据诗序说，尚有《小雅·小弁》，云太子宜臼之傅所为作。又《白华》，谓出自太子之母，即申后。

《白华》应该是有一个背景的，由“天步艰难”，“鼓钟于宫”，“有扁斯石”，都可以见出身分。“天步犹国步也。天步之难，履石之卑，皆王者语也”，是所谓“意言间不觉自露其关切王朝之意”（翁方纲）。若真的是申后所作，那么她实在是很懂得政治，也很明白政局中女人的作用是怎样有限。诗中说到的“之子无良，二三其德”，明明指王，此外不及其他，是“专以责王”也，“使之子不二三其德，虽百褒姒何能为，其怨之切也”（钱澄之），而所怨又何关于“之子”以外的什么人呢。

《诗》可以别作虚与实两部分。“之子之远，俾我独兮”，大抵代表实的一部分；“白华菅兮，白茅束兮”则代表虚的一部分。若把虚的部分去除，诗仍然是诗，且其意或者还更加显豁，然而似乎再算不得好诗。若把实的部分去除，诗便更像是诗，却是只有意象的跳跃而少了思想的连搭，那样的结果，其意恐怕是只有诗人自己明白，旁人再也读不明白的。

然而《白华》之好，即在于有实也有虚，且在若即若离之间达于浑融。“之子之远，俾我独兮”，乃一篇命意，实的部分便在这一层意义上相承递进。而虚的部分则全是意识的流动与漫延，即幻景之写象，或者说，是以清醒的忧伤来写迷乱之神思。

这样说的话，当然是把诗中的意象确定为“兴”的用法，即此中并没有直接的比喻，而旧解多有以此为“比”者，于是必要一一落实，必要在虚实之间寻找一种直接对应的关系，比如“有鹙在梁，有鹤在林”，本是触情感兴之意象，亦犹“鸳鸯在梁，戢其左翼”，只是写出自然万物的平静与和谐，便照字面看去，即是兴感之本意。但若把它认作比，则不免要说，“鹙、鹤皆以鱼为食，然鹤之于鹙，清浊则有间矣，今鹙在梁而鹤在林，鹙则饱而鹤则饥矣。幽王进褒姒而黜申后，譬之如养鹙而弃鹤也”（苏辙）。如此读来，诗人岂不也成了笨伯。又比如“滮池北流，浸彼稻田”，便是滮池北流，浸彼稻田;“樵彼桑薪,卬烘于煁”,便是樵彼桑薪,卬烘于煁,全用不着迂曲解作“桑薪宜以炊爨养人,今反以燎于无釜之灶,犹以正嫡而居卑贱,是以念硕人而劳我心也”(贺贻孙)。

不过也不妨先用一个笨办法把诗中的兴象作一番归拢。徐玮文于《白华》篇中旁批道:“白华,以花卉言;‘英英’,以天文言;‘滮池’,以地理言;‘樵彼’,以树木言;‘鼓钟’,以宫室言;‘有鹙’,以禽鸟言;‘鸳鸯’,以桥梁言;‘有扁’,以泉石言,所谓‘物亦相资,况于夫妇’。这里所作的归类,不必一一赞成,而“物亦相资”一语,乃发此诗兴感之旨,却是颇有见地。忧懑之极,以至于神思迷乱,不惟触目伤心,思之所至也不免处处伤怀,诗之兴象,实在是近乎白日梦的,说它是“不经营中之经营,无结构中之结构”(李诒经),当是得其神理,而说到神理,则又不免兜转回来,即在于“物亦相资,况于夫妇”,——其安排组织看来是无理,但却始终有此一义串连其间。

《白华》之美,则多半在于兴象。白华,即芒草,山地原野,随处皆有。吴其浚说它“叶茎如茅而茎长似细芦,秋开青白花,如荻而硬,结实尖黑,长分许,粘人衣”,颇有嫣然之姿。白茅,也是与白华习性相近的野草,多隆阿说它“高数尺,茎叶似竹,秋末结穗,白花如絮,随风飞扬”,亦楚楚有风致。“白华菅兮,白茅束兮”,牛运震所以评之曰“白华、白茅,称物高洁,兴意亦自细贴”。陆化熙曰:“‘独’字与‘束’相反。”不过兴意的微妙处原不可以一义限定也。

“英英白云,露彼菅茅”,曰菅曰茅,与上章之兴乍离乍合,不妨称作“连递生情”(牛运震),而此中最好是一个“露”字。说它名词而兼动词用,亦如《小雅・大田》之“雨我公田”,也还是字面上的称赏,而它无可赞叹处的好却是没有办法说出来。毛传:“英英,白云貌。露亦有云。言天地之气无微不著,无不覆养。”并不错,但仍觉得它是说白云,说露,不是说诗。然而此中怎样的萧疏悲凉而又凄艳,谁能说得清楚呢。“天步艰难,之子不犹”之写实,却又不是坐实兴象,而是把诗境推向遥深。

“鼓钟于宫,声闻于外”,在诗里是一个令人诧异的声音,似乎尤其找不到它的上下递接的关系,然而用来照映“之子之远,俾我独兮”却最觉惊心。兴与比的不同,即在比是一对一的,兴则以它的不确定把“一”引向“多”,甚至可以说,兴与赋之间有时候竟是一个“隔”,而凭了思想的连搭,“隔”乃成为一个恰好的意外之致。

啸,《诗》凡三见,《白华》,其一也,此外则《召南·江有汜》“其啸也歌”,《王风·中谷有蓷》“条其歗矣”,而全部出自女子。郑笺把啸解作“蹙口而出声”(《江有汜》笺),如此则一如吹口哨。此情此景,今日不大能够想象,至于为什么在《诗》中专属女子就更不可解。而“啸歌伤怀”或者竟是凄厉之音,注家每以“长歌当哭”为说,其实未尽其意也。

《白华》遗憾的是有个背景。但叶矫然说:“诗有为而作,自有所指,然不可拘于所指,要使人临文而思,掩卷而叹,恍然相遇于语言文字之外,是为善作。读诗自当寻作者所指,然不必拘某句是指某事,某句是指某物,当于断续迷离之处而得其精神要妙,是为善读。”《白华》自是“善作”,却正要如此“善读”才好。

# 卷阿

有卷者阿，飘风自南[①]。岂弟君子[②]，来游来歌，以矢其音[③]。（一章）　伴奂尔游矣，优游尔休矣。岂弟君子，俾尔弥尔性，似先公酋矣[④]。（二章）　尔土宇昄章，亦孔之厚矣。岂弟君子，俾尔弥尔性，百神尔主矣[⑤]。（三章）　尔受命长矣，茀禄尔康矣。岂弟君子，俾尔弥尔性，纯嘏尔常矣[⑥]。（四章）　有冯有翼，有孝有德，以引以翼。岂弟君子，四方为则。（五章）　颙颙卬卬，如圭如璋，令闻令望[⑦]。岂弟君子，四方为纲。（六章）　凤皇于飞，翙翙其羽，亦集爰止。蔼蔼王多吉士[⑧]，维君子使，媚于天子[⑨]。（七章）　凤皇于飞，翙翙其羽，亦傅于天。蔼蔼王多吉人，维君子命，媚于庶人。（八章）　凤皇鸣矣，于彼高冈。梧桐生矣，于彼朝阳。菶菶萋萋，雝雝喈喈。（九章）　君子之车，既庶且多。君子之马，既闲且驰。矢诗不多，维以遂歌。（十章）

①毛传:“卷,曲也。飘风,回风也。”郑笺:“大陵曰阿。有大陵卷然而曲,回风从长养之方来入之。”严粲曰:“南,温厚之气。风自南,则得温厚之气,故能长养万物。”

②岂弟,同恺悌,和乐平易。

③毛传:“矢,陈也。”朱熹曰:“此诗旧说亦召康公作,疑公从成王游歌于卷阿之上,因王之歌,而作此以为戒。此章总叙以发端也。”孙鼎引林泉生《诗义矜式》:“或有以‘矢其音’者为成王者,非是。缘此章朱传以为总序以发端,总序者,总一诗而序之也;发端者,发赓歌之端。下三句见成王咏歌之终,乃召公赓歌之始。一诗之旨皆系于此,所以谓之总序发端也。中间发明成王当此之时其胸次直与天地同流,所以召公继其咏歌而以规戒之言进之也。”

④朱熹曰:“伴奂优游,闲暇之意。”吕祖谦曰:“国家闲暇,君臣游衍,可谓伴奂而优游矣。所愿乎成王者,惟充其性似先公之克终而已。‘俾尔’者,祝辞也;‘弥尔性’者,祝其进益成就,至于无亏阙之地也。”按“弥尔性”者,毛传:“弥,终也。”朱熹曰:“性犹命也。言使尔终其寿命。”王国维曰:“弥性即弥生,犹言永命矣。”且举两周铜器铭文为例,曰此为当日之成语(《与友人论〈诗〉〈书〉中成语书·二》)。傅斯年《性命古训辨证》于此则有详考。

⑤毛传:“昄,大也。”苏辙曰:“章,著也。”李光地曰:“又今日宴安,而推念及于所守之重,必弥性以为天地山川社稷之主。人者,神之依也。”

⑥郑笺:“茀,福。康,安也。”“纯,大也。予福曰嘏,使女大受神之福以为常。”

⑦辅广曰:“颙颙卬卬,体貌之尊严也。如圭如璋,德性之温纯也。令闻,声誉之美也。令望,表仪之善也。”

⑧郑笺:“翙翙,羽声也。”“媚,爱也。”苏辙曰:“蔼蔼,众多也。”

⑨辅广曰:“媚于天子,则见贤者无勉强不得已之意。媚于庶人,则见贤者有维持浃洽之德。”

读《诗》若先从《雅》《颂》读起，大约会特别体味到《诗》的丰厚。它可以说是旋律载负着的思想和历史，二《雅》，尤其是《大雅》，乃以温厚真淳的诗心，深美端劲的文字，把这思想和历史表现得更明白更透彻，并且每每以它的力重千钧而令人俯首。

周人之开国，经历了一个长久而坚苦的进程，在这样的进程中，不必说，总是武力的征服，然而在周人，却始终把一个“德”字牢牢系在《诗》里。这个“德”字，并不是标榜，乃真的是建立。应该说，武力征服是实，德的建立也是实，甚至可以认为，这正是周文明的一个标志。与殷人尚鬼不同，自周人始，而崇尚理性，用理性的精神来安排人生，安排社会的秩序，而首先是完成人自己，于是乎曰“德”。《诗》中的岂弟君子，蔼蔼吉士，便都是德行的楷模。又比如祈求福禄，原是《雅》《颂》中最常见的主题，然而福禄在《诗》里总是和“性”与“命”紧紧相联，“命”却与“德”又正相对待，因此，仍然是从修德讲起。

序曰：“《卷阿》，召康公戒成王也，言求贤用吉士也。”大致可信。召康公与周公一样，也是开国元勋，诗中自有这样的气度。又《卷阿》境象广大，意象高致，所谓“伴奂尔游矣，优游尔休矣”，也都是盛世气象。“有卷者阿，飘风自南”，毛、郑曰兴，朱子曰赋，吕祖谦则以为兴兼比。贺贻孙曰：“首章赋也。毛、郑以为兴，则非也。毛传又以飘风兴恶人，卷阿兴德化，失之愈远矣。大率毛、郑拘牵文义，固不如宋儒之浑融也。卷阿纪地，飘风纪时也。成王游卷阿，虽《竹书纪年》所纪不足尽信，但绎诗言，则召公从成王来游卷阿，适有飘风自南而来，成王有歌，遂矢此诗为戒也。矢者，与末章‘遂歌’呼应，盖以所欲陈于言者为王陈之也。”《大雅》虽然多是讲道理，但依然是很美的诗，并且有很美的意境。“有卷者阿，飘风自南”，或者可以不在兴、比、赋上纠缠，只认作诗境便好，一如后面说到的梧桐与凤皇。《乐记》说“广大而静，疏达而信者，宜歌《大雅》”，那么“岂弟君子，来游来歌”，所歌者，便是这样的歌了。“岂弟君子”，成王也，“歌”乃是起倡，“以矢其音”则为康公之相和。如此情景，我们不须添加什么，止把此节三复之，则“情性气象可想，而作诗之意度亦可见矣”（刘玉汝）。

《卷阿》讲的是“求贤用吉士”的道理，而此理之根本处却在于“俾尔弥尔性”。陆化熙曰：“弥尔性，不是寿考，亦不止是终此生，有保其天和意思，宜暗照修德看。”黄中松曰：“性字，毛传无训。郑笺曰‘终女之性命，无困病之忧’，是性字与命字相联，就身所享之寿言也。《吕记》所载董氏（曰能充其性则能似其先公矣）、王氏（曰弥者，充而成之，使无间之谓）之说，则性字与德字相联，指心所具之理言也。苏颍滨（曰维得乐易君子以终成其性，则能肖先君而就业矣）、李迂仲（曰终成其德性，则能肖先公之业有所成就矣）、范逸斋（曰德性日充则先公积累之业必能似续而终成之）、黄实夫（曰吾君当充其德性而嗣先君之业乎）辈皆以德性立说。盖汉儒善于讲礼，宋儒精于论理，观仁者之必有寿，则德性纯全，自性命安固。而人之生也，直罔之生也，幸而免。自古圣贤之所以兢兢惕厉者，惟期心德之充实，而身体之康宁其后也。召公作诗以戒其君，固将劝之永绥厥德，而岂徒望其免患于厥躬也哉。性之义甚广，弥性之功甚密，故三章重言以致意。”黄氏的解释很有道理，不过还应该稍作补充。性，金文作生。“弥尔性”，如齐器𬘭镈即作“弥尔生”，即终此生命，亦即祈愿长生之意。只是在《书》与《诗》，以及数量不少的两周器铭，祈愿长生的同时，通常总要说到德，说到威仪，乃至二者合说，实在此中原有一个因果的关系，即德是因，长生是果，而如此关系中，或勉励或自警的意思，其实更多也更重于祈求。周人固不曾论性命之学，但他的祈愿长生，却正在这一点上与后人大不同。阮元所谓“能者勤于礼乐威仪，以就弥性之福禄；不能者惰于礼乐威仪，以取弃命之祸乱，是以周以前圣经古训，皆言勤威仪以保定性命”（《性命古训》），正是解释这样的因果关系。只是他亦如同宋人，乃昧于“性”字之原始。不过近人既识得“性”字之为“生”，便纯以单个文字的字义立说，却又不免忽略这一个“生”字在全部上下文中包含的意思。“俾尔弥尔性”，宋人的解释，是解诗意，不是解字义，黄中松所谓“自古圣贤之所以兢兢惕厉者，惟期心德之充实，而身体之康宁其后”是也。此又不仅“尔受命长矣，茀禄尔康矣”，“纯嘏尔常矣”，“百神尔主矣”，尽由弥性之祈愿而来，即“土宇昄章”、“四方为则”、“四方为纲”，亦即得国之由，治国之理，也无不系于此中。那时候并没有一个“中央集权”的建立，而周王室若仅凭着武力，实不足以成为团聚乃至调遣众多诸侯国的中心，如此形势之下，维持王室在精神领域中的声望当然显得格外重要，这也是周人从成功的经验中得到的认识，并且坚持了很久，而因此维持了不算短的盛世。张耒曰：“《卷阿》之诗曰‘尔土宇昄章’，夫治天下者虽无事于恢大，幸而治得于内，则土宇广大于外，盖人归之众，则各以其地附之矣。”

“夫土小地削,非政之病,而政乱于内,则人相与携持而去,人去之,则地随以削,故芮伯所以忧心慇慇,念我土宇,而凡伯之刺幽王以‘日蹙国百里’,而上陈先王之盛时曰‘日辟国百里’也。盖土宇昄章与夫蹙国百里者,所以观治乱之迹也。”所谓芮伯云云,见《桑柔》,凡伯云云,见《召旻》,都是西周末年的景象,正好可与《卷阿》作对比。“土宇昄章”,当然是武力征服的结果,但若求长期的稳定,则仍以修治内政为根本,便是《抑》中说到的“夙兴夜寐,洒扫庭内,维民之章”。治内,则又以涵养德性为指归,《抑》曰“辟尔为德,俾臧俾嘉。淑慎尔止,不愆于仪”,《卷阿》则于“俾尔弥尔性”中深寄其意。若几首诗合观,则可以说,这样的思想,立国之始便已确立,而直到西周衰亡之际,它仍为诗人所坚持,这也正是《雅》《颂》的精神之所在罢。

“有冯有翼,有孝有德,以引以翼”,“颙颙卬卬,如圭如璋,令闻令望”,或曰这是形容贤者,或曰仍属王。似以后说为是。诗前三章只是反复提举“俾尔弥尔性”,以下才说到所以弥性者。“有冯有翼”,毛传:“道可冯依以为辅翼也。”王安石曰:“‘以引’,引其前;‘以翼’,翼其左右。”此中又以“引”字为要,所谓“由一事而引之事事,又一时而引之时时，又细端而引之大体，又浅近而引之精深，更加以翼然勉进之精神，如鹏之抟，如凤之起，岂弟君子乎，不已似先公之入贤入圣乎，不已为百神所歆享，而纯嘏以恒常乎，即四方之行孝修德者，不将维尔是法则也乎哉”（焦琳）。三章言修德之工夫，四章言修德之效果，都不是已然，而是望中，诗中频唤“岂弟君子”，乃呼之词，非赞之也。“颙颙卬卬”云云，就结果言，当然也还是“戒”，而不是颂。牛运震曰“此二章文势如渊渟岳峙，亦因上三章调法太缓，故急以严整济之”，是也。我们总不会忘记，这是当日曾唱和于高冈之上的乐歌，缓急相济，疾徐相间，自是音乐的要求，而这悠远之韵那时候该是怎样的“声满天地”呢。

德之既修，乃有如是之美，于是足以动人，于是才引出下半篇的求贤之意，但仍不说求贤，却先引了凤皇来为吉人吉士写神。高冈，朝阳，梧桐，凤皇，额外生色，全是造境。至“蔼蔼吉士，维君子使”，应该说是揭出诗的正意，而其实诗的正意已在前半大抵说尽，——欲求贤人，固以慎德修身为第一要义也，此不过仍将未有之功，指顾铺陈，作眉睫之前已睹之象来看。若与前半的质实相对言，后半则可以说它清空。“凤皇鸣矣，于彼高冈。梧桐生矣，于彼朝阳。菶菶萋萋，雝雝喈喈。”姚际恒评作“镂空之笔，不着色相，斯为至文”，邓翔则称之为“通篇精神聚会处”。《大雅》诸篇，《卷阿》的文字最是明朗清澈，意境又有这样的好，更不必说，它还载负了深醇的思想和智慧。

末章作收，先收“来游”，再收“来歌”。邓翔曰：“‘车马’指现在护从，君行师从，车马不乏。曰‘既’曰‘且’，似是歇后语，把来游车马拨开，归重吉人吉士，言君子车马不愁缺乏，吉士未知如何耳。昔周公戒王，有克诘戎兵之训，此诗又把武备放轻，归重求贤，实图治之本计也。以‘矢音’起，以‘矢诗’结；以‘来歌’起，以‘遂歌’结。”“矢诗不多”，或曰是“自谦之词，又以见所陈如前，非有他说，欲成王之思之也”（刘玉汝）。或曰“车马既集，盖游而将归矣，故言陈诗不能多也，聊以继王之歌而已”（李光地）。但焦琳的意见似更可取：“此诗字句虽多，要其主旨止在弥性一语，其工夫，亦不过冯翼、孝德、引翼数句，真不多也。诗人自言不多者，亦欲王察识于此，毋眩于繁词，而迷其宗旨耳。”

# 抑

抑抑威仪，维德之隅[1]。人亦有言，靡哲不愚。庶人之愚，亦职维疾。哲人之愚，亦维斯戾[2]。（一章）　无竞维人，四方其训之。有觉德性，四国顺之[3]。讦谟定命，远犹辰告[4]。敬慎威仪，维民之则[5]。（二章）　其在于今，兴迷乱于政。颠覆厥德，荒湛于酒。女虽湛乐从，弗念厥绍，罔敷求先王，克共明刑[6]。（三章）　肆皇天弗尚，如彼泉流，无沦胥以亡。夙兴夜寐，洒扫庭内，维民之章。修尔车马，弓矢戎兵，用戒戎作，用逷蛮方[7]。（四章）　质尔人民，谨尔侯度[8]，用戒不虞。慎尔出话[9]，敬尔威仪，无不柔嘉[10]。白圭之玷，尚可磨也；斯言之玷，不可为也[11]。（五章）无易由言，无曰苟矣[12]。莫扪朕舌，言不可逝矣[13]。无言不雠，无德不报。惠于朋友，庶民小子。子孙绳绳，万民靡不承[14]。（六章）　视尔友君子，辑柔尔颜，不遐有愆。相在尔室，尚不愧于屋漏。无曰不显，莫予云觏。神之格思，不可度思，矧可射思[15]。(七章)　　辟尔为德,俾臧俾嘉。淑慎尔止,不愆于仪。不僭不贼,鲜不为则。投我以桃,报之以李[16]。彼童而角,实虹小子[17]。(八章)　　荏染柔木,言缗之丝。温温恭人,维德之基[18]。其维哲人,告之话言,顺德之行。其维愚人,覆谓我僭,民各有心[19]。(九章)　　於乎小子,未知臧否。匪手携之,言示之事。匪面命之,言提其耳。借曰未知,亦既抱子。民之靡盈,谁夙知而莫成[20]。(十章)　　昊天孔昭,我生靡乐[21]。视尔梦梦,我心惨惨。诲尔谆谆,听我藐藐[22]。匪用为教,覆用为虐[23]。借曰未知,亦聿既耄。(十一章)　　於乎小子,告尔旧止。听用我谋,庶无大悔。天方艰难,曰丧厥国。取譬不远,昊天不忒。回遹其德,俾民大棘[24]。(十二章)

①毛传:"抑抑,密也。隅,廉也。"严粲曰:"廉隅者,屋之外角。喻人之外有威仪也。凡宫室,观其外有廉隅,则知其在内之制必方正也。如人外有抑抑然谨密之威仪,则知其在内之德必严正也。"

②朱熹曰:"庶,众。职,主。戾,反也。""夫众人之愚,盖有禀赋之偏,宜有是疾,不足为怪。哲人而愚,则反戾其常矣。"按哲人,犹言智识者。戾,犹乖违。又按"靡哲不愚"可与《小雅·正月》所谓"具曰予圣,谁知乌之雌雄"同看。朱熹解之曰:"君出言自以为是,而卿大夫莫敢矫其非。卿大夫出言亦自以为是,而士庶人莫敢矫其非。君臣既自贤矣,而群下同声贤之,贤之则顺而有福,矫之则逆而有祸,如此则善安从生。"王应

麟曰“自圣者，乱亡之原”是也，此亦可为“靡哲不愚”进一解。

③毛传：“无竞，竞也。”郑笺：“竞，强也。”《左传·昭公十三年》子产曰“周不竞亦陵，何国之为”，此即“竞”作“强”解之一例。范处义曰：“训，畏服也。觉，明也。顺，听从也。”或曰“‘有觉’，较然正直也”（《左传·襄公二十年》杜预注）。按“无竞”之“无”，音近“於”，犹《诗》“於皇”、“於穆”之例，为表极甚之副词。

④毛传：“讦，大。谟，谋。犹，道。辰，时也。”钱澄之曰：“讦谟，毋见小利。定命，不事纷更。远犹，务图久安。辰告，务中时宜。”

⑤敬慎威仪，维民之则，谢枋得曰：“人君当以敬慎威仪为心，容止必可观，声气必可乐，进退必有度，群臣庶民畏而爱之，则而象之，以一身之法为天上之法也。”

⑥毛传：“绍，继。共，执。刑，法也。”王安石曰：“‘克共’者，不敢怠慢之谓也。”厥绍，即承继先公之业。钱澄之曰：“‘弗念厥绍’三句，即上章所言先王之德，而今弗念也。所谓‘明刑’者，‘敬慎威仪’而已。”

⑦肆，语词，犹故也，作承上启下之用。朱熹曰：“弗尚，厌弃之也。沦，陷。胥，相。章，表。戒，备。戎，兵。作，起。遏，远也。言天所不尚，则无乃沦陷相与而亡，如泉流之易乎。是以内自庭除之近，外及蛮方之远，细而寝兴洒扫之常，大而车马戎兵之变，虑无不周，备无不饬也。上章所谓‘讦谟定命，远犹辰告’者，于此见矣。”按“肆皇天弗尚”三句仍承上章之意说，“夙兴夜寐”以下则又转到正面说，乃一章之中有转折也。

⑧质，毛曰“成也”，欧阳修曰“定也”。苏辙曰：“侯度，天子所以御诸侯之度也。”

⑨毛传：“话，善言也。”

⑩吕祖谦曰：“‘柔’者，逊顺之辞也。”郑笺：“嘉，善也。”

⑪郑笺：“斯，此也。玉之缺尚可磨鑢而平，人君政教一失，谁能反覆之。”是此章所举之“话”与“言”，仍就“讦谟”、“远犹”为说也。

⑫吕祖谦曰：“‘由言’，言之所由发也。”翁方纲以为，“苟”

非荀且之荀，乃《说文·勹部》“自急敕”之“茍”，音棘，“盖凡人之易其言者，每藉口于太急耳，是以戒之曰‘无易由言，无曰茍矣’，言慎勿托辞于急而易其言也。”

⑬毛传：“扪，持也。”朱熹曰：“言不可轻易其言，盖无人为我执持其舌者，故言语由己，易致差失，常当执守，不可放去也。”

⑭范处义曰：“雠，答也。报，效也。”“惠，顺也。使人主其言善，其德吉，近则朋友顺之，谓群臣也。远则庶民小子顺之，谓群黎也。不止是耳，其仁言善政垂于后世，子孙似续，如绳之联，与天下之万民亦莫不承顺之矣。”

⑮辑，和也（毛传）。相，视也（范处义）。屋漏之义，说者不一。有以为日漏者（孙炎），有以为雨漏者（刘熙），郑笺以屋为小帐，训漏为隐。据诗意，屋漏当为隐蔽之义，即室中之幽暗处。胡绍勋曰：“漏之本字为陋，陋亦通名厞，皆西北隅幽暗之称，既无关于雨漏，亦不系于漏入之日光矣。”按“不愧于屋漏”，即不愧于暗室。朱熹曰：“言视尔友于君子之时，和柔尔之颜色，其戒惧之意，常若自省曰：岂不至于有过乎？盖常人之情，其修于显者，无不如此。然视尔独居于室之时，亦当庶几不愧于屋漏，然后可尔。”格，至也（毛传）。思，语词也（吕祖谦）。度，揣知。欧阳修曰：“‘无曰不显，莫予云觏’云者，不欺暗也。‘神之格思，不可度思，矧可射思’云者，谓君子非徒不以不我见而自欺，又有神鉴于幽而不可测，宜常畏惧而不可怠忽也。”“射，厌也；厌，怠也。”贺贻孙曰：“不厌则敬矣。非敬鬼神也，自敬而已，故曰‘敬尔威仪’。”

⑯朱熹曰：“辟，君也。”“止，容止也。僭，差。贼，害。则，法也。”“既戒以修德之事，而又言为德而人法之，犹投桃报李之必然也。”

⑰毛传：“虹，溃也。”

⑱荏染，柔貌。柔木，柔忍之木也（朱熹）。钱澄之曰：“柔忍之木乃为弓之材，以比温恭之人乃德之基。言基则其造诣有待矣，是故柔木不被以弦不可为弓，犹恭人不进以言不能成德。‘言缗之丝’与‘维德之基’二语互相足也。”

⑲郑笺："覆犹反也。僭，不信也。"吕祖谦曰："人之质有美有恶，故有可告语者，有不可告语者。"钱澄之曰："哲人、愚人，与首章相应。人之真哲真愚惟于听言之时辨之。"

⑳钱澄之曰："'未知臧否'犹言不识好歹，指其年幼未有知识之时。'手携'四句追维往日教者之切。""'言示之事'，示以已验之事；'言提其耳'，附耳以丁宁之也。"翁方纲曰："此'靡盈'句非甚著力语，转若就凡人一概如此之境地与之看样、与之婉度者，所以有不尽之味也。'靡盈'，犹言学无止境耳。"莫，晚也（毛传）。范处义曰："此章言我告王既切，王宜悔悟也。诗人不以为王为不可告语，谓王未知善否耳。及其手携而示之事，面命而提其耳，则告戒可谓亲切矣，而王犹未悟。以王为幼少耶，则亦既有子，不得为幼少也。于是又借凡民为喻，谓凡民无自满之心乃能受教，虽年幼亦必速成，谁谓蚤能有知，至晚暮始成德者乎。冀王之早悟也。"

㉑我生靡乐，"所谓无日不在忧患中也"（翁方纲）。

㉒毛传："梦梦，乱也。惨惨，忧不乐也。"朱熹曰："藐藐，忽略貌。"

㉓范处义曰："不以我之言为教诲之道，反谓我之言为相虐。"

㉔朱熹曰："旧，旧章也；或曰，久也。止，语词。庶，幸。悔，恨。忒，差。遹，僻。棘，急也。"贺贻孙曰："'告尔旧止'者，老成之见古昔之言也。能听我旧言，虽有既往可悔之事，尚可不至于大悔。彼天方艰难，国将丧矣，我所言取譬非远，不过言天道之常，治乱祸福纤毫不差忒，人所易见易晓者而已。今尔之德惟回邪而遹僻如此，是以俾民困急而至于艰难丧国也。"

西周末年到春秋初年，是《诗经》创作的主要时代，胡适在《中国哲学史大纲》中，把它称作"诗人时代"。也许这不是一个准确的说法，但其中的意思真是很好，并且也还是很有道理。不论盛世还是衰世,“诗人时代”的诗人总是活跃在政权中心的明智清醒的一群。他常常担负了政制的责任,而同时又担负了文化的责任,后者恐怕还是更重一点儿。那么与其说他是在努力维护一种制度,一种秩序,不如说,他更是在坚持一种操守和精神。王应麟说“世道虽坏,而本心未尝坏”,则“本心”所在,正在诗人。此固于《雅》《颂》中见得明白,《风》诗中也未尝没有这样的消息。诗人虽然没办法挽狂澜于既倒,然而忧世伤时的“大谏”却最可表现“诗人时代”的精神。如果说把它当作史鉴,这题目太大,那么只是读诗罢,或用朱子的话说,“但只平平地涵泳”,它也可以算作我们永久的相知。

《抑》,比较一致的意见是认为出自卫武公。只是卫武公活到九十五岁,据前人用不同的方法分析推算,此诗作在厉王、幽王、平王之世,都有可能。但总之是西周末年了,从诗中描写的景象看,这大概是没有多大疑问的。至于诗是刺王还是自警,或者兼而有之,似可不必再作计较,诗中包含的所谓“忧勤惕厉之学”(牛运震),原可以把这些意旨全部包括在内。甚至作者是否一定为卫武公,也无须特别认真,只看他作“诗人时代”的诗人便好。

“人亦有言，靡哲不愚”，此说本切近平实，其中却含至理。或曰“人”是时人，或曰“人”是古人，若以后说为是，那么“靡哲不愚”便是比《诗》更要古的格言。然而其意毕竟如何，却有许多不同的解释。郑笺：“今王政暴虐，贤者皆佯愚不为容貌，如不肖然。”欧阳修：“谓哲人不自修慎，则习陷为昏愚矣。”刘玉汝：“盖生禀过人而所为迷谬，用聪明为不善者也。”等等。诸解大致都可以讲得通，郑笺所谓“佯愚”，大有箕子佯狂之意，颇合于乱世情景。但首章原是总论，并没有明确针对时世，如此，似以李光地的说法更合于诗意：“‘抑抑’者，谦卑之意。‘靡哲不愚’，言自以为哲者无有不愚也。能以抑抑为心，则必无自贤圣之事矣。愚而自用，固其疾也；哲人蹈之，岂非戾乎。”此联系上下文说，尤觉通贯。至第九章，诗曰“其维哲人，告之话言，顺德之行。其维愚人，覆谓我僭，民各有心”，乃论及当世，且申明哲愚之辨适在此界，即自以为智，才会不听善言；若哲人，何尝如此。与首章的意思正相一致。可以说，“抑抑威仪，维德之隅”是为前八章发端，“人亦有言，靡哲不愚”是为后四章起意，就章法言，此间恰好有着一个暗中的回旋。

“无竞维人，四方其训之。有觉德性，四国顺

陈风·东门之枌 辽宁省博物馆藏

陈风·东门之枌局部 辽宁省博物馆藏

陈风·衡门 辽宁省博物馆藏

陈风·东门之杨 辽宁省博物馆藏

陈风·月出 辽宁省博物馆藏

陈风·泽陂 辽宁省博物馆藏

豳风·七月　故宫博物院藏

豳风·七月局部一　大都会博物馆藏

豳风·七月局部二 大都会博物馆藏

豳风·东山局部 大都会博物馆藏

小雅·采薇局部 故宫博物院藏

小雅·巷伯局部 故宫博物院藏

周颂·昊天有成命 辽宁省博物馆藏

周颂·昊天有成命局部 辽宁省博物馆藏

周颂·敬之 上海博物馆藏

周颂·敬之局部 上海博物馆藏

周颂·赉 上海博物馆藏

周颂·般局部 故宫博物院藏

周颂·般局部二 故宫博物院藏

周颂·般局部三 故宫博物院藏

之”，郑笺：“人君为政无强于得贤人。得贤人则天下教化于其俗，有大德行则天下顺从其政，言在上所以倡道。”如此，是以“无竞维人”为得贤人。但欧阳修以为：“竞，强也，亦泛言莫强于人，乃以一身所为而训道四方，谓以天下为己任，可谓自强者也。”又朱熹云：“言天地之性人为贵，故能尽人道，则四方皆以为训。有觉德行，则四国皆顺从之。”贺贻孙则阐发更为明确：“天地之间惟人最强，但能尽人之性，则举天下无与之竞者，而四方皆以为训矣。有大德行则天下莫与之抗者，而四国皆顺从之矣。”若以《周颂·烈文》例之，则后面的这些意见较郑笺为好。诗曰：“无竞维人，四方其训之。不显维德，百辟其刑之。”意即“自太王至于武王，所以成王业者，非图度天命也，自强修德焉耳。莫强于人，是以四方服而训之；莫显于德，是以百辟化而刑之。天下归心，大命集焉”（李光地）。辟，君也，此指诸侯。刑，效法。《抑》则不仅援其句，而且用其意。“有觉德行，四国顺之”，与“不显维德，百辟其刑之”，正是同样的意思。也还不妨把《卷阿》之句引来合观，彼曰：“颙颙卬卬，如圭如璋，令闻令望。岂弟君子，四方为纲。”这岂不是精神的一贯么，虽然几首诗的气象很是不同。在《抑》，是重张坠绪于衰世，便多少带了怀古的意味。坚守，而终于是无奈，说到“视尔梦梦，我心惨惨。诲尔谆谆，听我藐藐”，真是极尽苍凉之感了。

“讦谟定命，远犹辰告”一句，曾为谢安所喜，说它“偏有雅人深致”（《世说新语·文学》）。谢氏是东晋的执政，宜乎有此爱赏，王夫之所以称之为“各以其情遇也”。不过这一句与谢玄称赏的“昔我往矣，杨柳依依。今我来思，雨雪霏霏”相比，的确另有佳处，不惟文字精粹雅洁，其中可以算作政治智慧的许多意思也令人觉得好。“讦谟”、“远犹”，朱熹解之曰：“大谋，谓不为一身之谋，而有天下之虑也。”“远谋，谓不为一时之计，而为长久之规也。”而此意还要放到全章去看才见深远。吕祖谦曰：“动民以行，不以言。德行者，不言而信，觉民之大者也，故曰‘有觉德行，四国顺之’。所谋不止于一身，而计天下之安危；所谋不止于一时，而监百世之损益，所谓大其谋也。既大而谋，以定其命矣。犹未敢轻出，复长虑却顾，思其所终，稽其所弊，然后以时而播告焉。故曰‘讦谟定命，远犹辰告’。用人也，修德也，出命也，治道之大端既备，又终之以威仪者，盖本其切近者言之，以承前章之意也。”如此，“无竞”四句是修明道德，“讦谟”两句是修明政治，然后总之曰：道德的力量可以使政治修明。其实前八章的意思也都在这里，即修德治国,或曰修德与治国,所谓“修德为治国之本,是以修德治国并列着说,是两件事串起来说是一件事,故可以分开说,可以浑沦说,亦可以修德概治国”(李诒经)。若把全诗布局略事分说,那么“抑抑威仪,维德之隅”,是提起一篇精神,“无竞维人”则使此意更圆融也更坚重,以下便是层层叠叠之回映,如“相在尔室,尚不愧于屋漏”,如“辟尔为德,俾臧俾嘉,淑慎尔止,不愆于仪”。若治国,则“讦谟定命,远犹辰告”是也,以下叠复往还,只是它的延蔓和铺叙,如“夙兴夜寐,洒扫庭内,维民之章。修尔车马,弓矢戎兵,用戒戎作,用逷蛮方”,如“质尔人民,谨尔侯度,用戒不虞。慎尔出话,敬尔威仪,无不柔嘉”。两层意思,或穿插,或对比,或浑融而无间,总是作成文势的曲折和文章中的丘壑,下面说到听言,方又另起波澜,虽然曰“话”曰“言”仍不外修德治国两事。刘玉汝曰:此诗“文意接续,血脉贯通,故有异章而辞相连,同章而意中断,相连以终前词,中断以起后说,其间意脉各相贯通。大篇长章之体,自然有如此者。故《大雅》诸诗不可以常例论,若泥章句而观,则但见其繁杂而不见其统绪,岂足以尽诗人之旨哉”。

“投我以桃,报之以李。彼童而角,实虹小子”,便是承上启下之笔。李光地曰:“上言修德之事备矣，此下皆致其儆戒丁宁以尽首章之意。‘淑慎’则‘不僭’，‘不愆’则‘不贼’，人之则之之如投桃报李之相应，所谓‘无言不雠，无德不报’者也。无知而曰予知，犹童者自谓角也，此为人之所欺罔溃乱者，愚之甚矣。首章云‘靡哲不愚’，此之谓也。”诗意解得明白。“彼童而角”是一个很平浅的比喻，童是没有长角的羊，童而自以为有角，不免启人笑齿，而用来扣合“靡哲不愚”，正是浅深相映，于是又微发下章听言之端。翁方纲曰：“首章开唱‘维德之隅’，九章乃申言‘维德之基’。基者，隅之本也；恭人者，威仪之本也。首章‘维德之隅’下即以哲人、愚人剖说，此章‘维德之基’下亦即以哲人、愚人比对，此第九章乃是通篇正结束处也。后三章重与提倡，以致往复不尽耳。”

“借曰未知，亦聿既耄”，或曰与上章合，仍指王说；或曰与上章对，乃诗人自谓。似乎后说较称诗意。欧阳修云：“‘借曰未知，亦聿既耄’云者，言使我不知如此之难而教告王，然我亦老矣，今而不言，恐后遂死而不得言也。”那么这意思很是悲切了。而它与《大雅·板》篇中的情景竟是相似：“老夫灌灌，小子跻跻。匪我言耄，尔用忧谑。”意即“老者知其不可而尽其款诚以告之，少者不信而骄之，故曰非我老耄而妄言，乃女以忧为戏也”（苏辙)。在这里又见到的相似,却不免教人感慨:"诗人时代"的诗人好像有这样命定的不幸。虽然只是想把《诗》来作诗读,但其中偏又有那么多史的分子,实令人不能不时时回首去今已远的莽莽苍苍处。

末章最见沉痛,说到"俾民大棘",戛然而止。而西周竟是一如诗人所料的亡了。

# 闵予小子

闵予小子，遭家不造，嬛嬛在疚[1]。於乎皇考，永世克孝，念兹皇祖，陟降庭止[2]。维予小子，夙夜敬止。於乎皇王，继序思不忘[3]。

1 毛传："疚，病也。"郑笺："闵，悼伤之言也。造，犹成也。可悼伤乎，我小子耳，遭武王崩，家道未成，嬛嬛然孤特在忧病之中。"嬛，三家诗作茕。《汉书·匡衡传》载衡上成帝疏曰："《诗》云'茕茕在疚'，言成王丧毕思慕，意气未能平也。"颜师古注："茕茕，忧貌。"吕祖谦引朱子旧说云："成王免武王之丧而朝于庙，玩其辞，知其哀未忘也。"

2 毛传："庭，直也。"范处义曰："庭犹庭然，言直而明也。止，语辞也。"而三家诗庭作廷。《汉书·匡衡传》载衡上元帝疏，引《诗》作"念我皇祖，陟降廷止"，颜注解"廷"为"朝廷"。按，若同金文之例，此作"廷"是。

3 毛传："序，绪也。"按，《周颂·烈文》"继序其皇之"，"於乎前王不忘"，此则两句合一句说，意同。

《颂》是祭祖时候的舞乐，其舞容如何，乐音如何，早是看不到也听不到了，但文字在，文字的气韵在，翻此遗编，仍不免要进到史的空气里，虽然这也许会离得诗远，但说不定也可以从别的一面而离诗更近。

既是祭祖，自然要有颂扬，但又不仅仅是颂扬，此中仍是在传达一种志意与精神。司马迁说："成王作《颂》，推己惩艾，悲彼家难，可不谓战战恐惧，善守善终哉"（《史记·乐书》）。辅广说《秦风·终南》："古人为颂祷之辞，不徒颂祷而已也，必有劝勉之意寓乎其间，故君子谓之善颂善祷。若徒颂祷而无劝戒之意，则是后世之谀词耳。"王应麟以为："商周之《颂》皆以告神明，太史公曰'成王作《颂》，推己惩艾，悲彼家难'，至《鲁颂》始为溢美之言，所谓'善颂善祷'者，非商周之体也。后世作颂，效鲁而近谀，又下矣。"二氏对'善颂善祷'的理解有不同，但却都看到了颂辞中更深一层的含义。其实"善颂善祷"的意思，恐怕还是辅广之说更符合当时人的认识，此也可以以《诗》为证。

三《颂》中，以《周颂》为最好，《闵予小子之什》中的前四篇，其佳又在他篇之上。而它其实也不大好算作颂祷，倒不妨说是抒情之作，虽然与《风》之抒情大不同。

周由西土小国而一举灭商，成为"万方之邦，下民之王"（《大雅·皇矣》），已经备尝艰辛。克商二年，天下未宁而武王逝，时成王尚幼，周公因此摄政，于是有三监之叛。所谓"三监"，即武王的三个弟弟:管叔、霍叔、蔡叔。武王灭纣,一时不能将殷人势力彻底铲除,因此仍封了纣之子禄父即武庚于殷,同时设立三监,监督于武庚近旁。周公摄政,三监生疑,武庚趁机煽惑,三监因此转而联殷同畔。于是又有周公东征。这是周初的几桩大事件。

《闵予小子之什》中的前四首,即此篇与《访落》《敬之》《小毖》,大抵先后同时,都作于成王三年丧毕朝庙之际,时三监之乱已生,而周公东征,诗中所述种种,便有着这些事件的背景。序曰:"《闵予小子》,嗣王朝于庙也。"郑笺:"嗣王者,谓成王也。除武王之丧,将即政,朝于庙也。"庙,武王庙也。"遭家不造,嬛嬛在疚",正是此时心情,所谓"成王丧毕思慕,意气未能平","其哀未忘也"。

诗里边没有神秘与怪异,也很少夸饰的成分,实实在在的几句话,讲的都是切近的事情。"皇考"、"皇王",俱指武王,言"孝"则曰皇考,言"继序"则曰皇王。"皇祖",则指文王。"於乎皇考,永世克孝,念兹皇祖,陟降庭止",乃由己之思武王而推及武王之思文王,"念不是悬空思想,乃思慕其所行者而法之,故常若见其形容,与之相接也"(陆化熙),虽然此间有着两重的想象,却仍是很实在的感觉。

“继序思不忘”，行迹虽近乎套语，而其中的意思却很是真诚。继序，犹云缵绪，便是承继先祖之绪以为君。“思不忘”，钱澄之曰：“谓当即位之初而益思前王之德也。”“继序思不忘”，此中当然还有深意，《颂》中省言者，已尽详于《雅》，《书》中的周诰之部也反反复复说到。文、武之业，灭纣立国仅其一也，后继者念兹在兹的乃是文、武于观念与法度方面的革除和建立。除殷商的酗酒、荒政以及大规模的人牲人殉之弊，而行畏天、修德、勤政、恤民之新，文武遗绪，自当在是。傅斯年说：“殷周之际大变化，在人道主义之黎明。”但若把“人道主义”易作“理性”也许更为合适。告别原始的荒蛮固不自周人始，但礼乐制度的建立则的确是周人的事业，而这其中贯穿的正是理性精神罢。

# 访　落

访予落止，率时昭考[①]。於乎悠哉，朕未有艾[②]。将予就之[③]，继犹判涣[④]。维予小子，未堪家多难[⑤]。绍庭上下，陟降厥家[⑥]。休矣皇考[⑦]，以保明其身。

①毛传："访，谋。落，始。时，是。率，循。"朱熹曰："言我将谋之于始，以循我昭考武王之道。"

②毛传："悠，远。"郑笺："於乎远哉，我于是未有数。言远不可及也。"马瑞辰曰："艾、历与数皆同义，笺释'未有艾'为'未有数'，犹云未有历也。未有历则难及，故笺又言'远不可及'。"

③郑笺以"将"为"扶将"，曰："女扶将我就其典法而行之，继续其业。"

④郑笺："犹，图也。"马瑞辰曰："犹训为图，即谋也。判涣叠韵字，当读与《卷阿》诗'伴奂尔游矣'同。伴、奂，皆大也。""《小毖》诗以'小毖'名篇，言当慎其小也，此诗'继犹判涣'，言当谋其大也。作判涣者，假借字耳。"

⑤吕祖谦引朱氏旧说："家，犹言国也。"

⑥钱澄之曰："庭，庙庭也。此庭本昭考精神所聚，予继处于此，而在上在下如或见焉，且不惟在庭也，即至燕居于厥家，亦望其陟降不离以保明我也。"

⑦休，美。

序曰:“《访落》,嗣王谋于庙也。”郑笺:“谋者,谋政事也。”苏辙说:“《闵予小子》,成王朝庙,言将继祖考之诗也;《访落》,谋其所以继之之诗也。”

访落,毛传训落为始,不过这里的始,却不是单纯的开始之始。孔广森曰:“考落之为始,大抵始于终始相嬗之际,如宫室考成谓之落成,言营治之终而居处之始也。成王践祚,其诗曰‘访予落止’,此先君之终,今君之始也。”那么落之为始,表达的是一个终始相嬗之际。顾懋樊曰:“‘落’字极重,昭考艰大之遗始此,小子作求之绪亦始此。”是也。“访予落止”因此而酝酿了一个气势。

“率时昭考”,犹为《闵予小子》中的“继序思不忘”进一解。“於乎悠哉”则仿佛“路曼曼其修远兮”,只是诗的音节远较楚骚为促。“未堪家多难”,何以要反复申说呢,比如在《小毖》,又比如与“遭家不造,嬛嬛在疚”也是仿佛。这一面是“谋”,是“求助”,一面则是要用“未堪”的忧惧来运化出肩起的力量。诗的前八句,两句一意,由是一扬一抑叠为转折,到“未堪家多难”正好成一停顿,两层意思亦得完足。

读《闵予小子之什》中的这几篇,自然会记起那一篇有名的毛公鼎铭。鼎是宣王时器,而宣王时代正是所谓周之“中兴”的时代。中兴,便是重新振起衰落的精神。二《雅》中许多有振兴之气的篇章诗序都系于宣王,虽然不尽可靠,但也不至于与史实相去太远。只是细读毛公鼎铭,却是不大见发扬蹈厉,倒是读出一种既忧且惧、兢兢惕厉的心态,与周初的这几篇《颂》诗颇相一致。那么所谓“中兴”,好像顶要紧的是重新找回这种心态。如此又不妨说,只有治世方有敬慎与畏的清醒,或曰有此清醒,才有可能致治。《大雅·烝民》“既明且哲,以保其身”,可以视作“保明其身”的一个解释。朱熹说:“明,谓明于理;哲,谓察于事。”那么这是一种政治智慧罢,而周人在祈祷祖先护佑的虔诚中,也还保持着内省的明智。

# 敬　之

敬之敬之[1]，天维显思，命不易哉[2]。无曰高高在上，陟降厥士，日监在兹[3]。维予小子，不聪敬止[4]。日就月将，学有缉熙于光明[5]。佛时仔肩，示我显德行[6]。

①《大雅・常武》"既敬既戒"，郑笺："敬之言警也。"《释名・释言语》："敬，警也，恒自肃警也。"是敬、警义通。马瑞辰曰："'敬之敬之'，犹云'戒之戒之'。"

②朱熹曰："显，明也。思，语词。"范处义曰："叹天道之甚明，而命不易保也。"

③毛传："士，事也。"欧阳修曰："无以天高为去人远，凡一士之微，其陟降天常监见之，况于王者乎，其举止善恶，天监不远也。"

④马瑞辰曰："《广雅》：'聪，听也。''不'为语词。'不聪敬止'，谓听而警戒也，正承上'敬之敬之'而言。"

⑤朱熹曰："此乃自为答之之言。曰我不聪而未能敬也，然愿学焉，庶几日有所就，月有所进，续而明之，以至于光明。"马瑞辰曰："缉熙与光明散文则通，对文则缉熙者积渐之明，而光明者广大之明也。"

⑥郑笺："佛，辅也。时，是也。仔肩，任也。"朱熹曰："又赖群臣辅助我所负荷之任，而示我以显明之德行。"张耒曰："德行固道之显者也，而成王尚欲使示之以显德行者，盖学之始其道当然也，以其德行之幽者未足以知之，故曰'示我显德行'。"

《敬之》一篇，口吻与其他三篇略有不同。诗序以为“群臣进戒嗣王”，朱熹以为诗的前半是“成王受群臣之戒而述其言”，自“维予小子”以下“乃自为答之之言”。不过孔疏所谓“成王朝庙，与群臣谋事，群臣因在庙而进戒嗣王，诗人述其事而作此歌”，本来也不错。叠言“敬之”，是开篇之得力处，且力贯全篇，而“戒”与“自戒”其实都在意内，或可不必强分。

顾广誉曰：“上二诗敬祖考，此诗敬天，嗣王大法备矣。”“命不易哉”，欧阳修解作“言王者积功累仁，至于受命，而王甚艰难也。”此意《雅》《颂》中原不止一见。如《大雅·文王》“宜鉴于殷，骏命不易”，如《大明》“天难忱思，不易为王”，所谓“不易”，都是艰难的意思。周人虽然充满“其命维新”的自信，但始终是把天命看得很现实，并且常常是用它来检点德行。傅斯年说：“周初人之敬畏帝天，其情至笃。”“其心中之上帝，无异人王，有喜悦，有暴怒，忽眷顾，忽遗弃，降福降祸，命之讫之，此种之‘人生化上帝观’，本是一切早期宗教所具有，其认定惟有修人事者方足以永天命，自足以证其智慧之开拓，却不足以证其信仰之堕落。”而“此说有一必然之附旨，即天命无常是也，惟天命之无常，故人事之必修。此一天人论可称之为‘畏天威重人事之天命无常论'。"曰"智慧之开拓",很是。周人的信天命,意不在自欺,而在于自励自警,即便起初原有论证周之取代殷商的合理,其意本在求得自信,那么后来自励自警的意思却是更重,则自信的根基可以说是因此而更牢。历经患难而所见者深,"命不易哉"乃是一种很清醒的忧惧感,最后落实在尽人事,正是周人的智慧,《敬之》乃于此尤致惓惓。

天之"日监在兹"的感觉,也是所谓"人生化"的。《大雅·抑》:"无曰不显,莫予云觏。神之格思,不可度思,矧可射思。"《板》:"敬天之怒,无敢戏豫。敬天之渝,无敢驰驱。昊天曰明,及尔出王。昊天曰旦,及尔游衍。"神明能够如此无所不在,它的"在",自然是"在"人心。当然若拿了属于理想之类者去检视实际,一定会发现其间正是一个可惊的距离,否则诗人也无须再来作《板》作《抑》。不过也正因为如此,我们才会更觉得《诗》里是保存了一点很可宝贵的东西。

"日就月将,学有缉熙于光明",虽平实,却警策。此言锻炼学问,亦如《卫风·淇奥》之"如切如磋,如琢如磨","如金如锡,如圭如璧"。光明之"光",毛传训"广",则"明"当是明道之明,澄明之明。如果说"天命"云云尚只是活在历史的空气里与圣贤一群同处,那么“日就月将,学有缉熙于光明”却是什么时间读到也觉得能为人灌注向善的力量,则它是更近凡人之心罢。它不是铺张的,而是收敛的,它又是充实的,具足的,而可以包容普遍的人生。

# 小　毖[1]

予其惩而，毖后患[2]。莫予荓蜂，自求辛螫。肇允彼桃虫[3]，拚飞维鸟。未堪家多难，予又集于蓼[4]。

①郑笺：“天下之事当慎其小，小时而不慎，后为祸大，故成王求忠臣早辅助己为政，以救患难。”

②毛传：“毖，慎也。”朱熹曰：“惩，有所伤而知戒也。”

③朱熹曰：“肇，始。允，信也。”

④毛传：“堪，任。予，我也。我又集于蓼，言辛苦也。”范处义曰：“蓼之味辛，予既未堪国家多难之事，则予身又将萃于辛矣。”按蓼即蓼科植物，有多种，此大抵指水蓼。水蓼古又名辛菜、辣蓼，与葱、蒜、韭、芥合称为“五辛”。

四篇中，《小毖》更多一点儿抒情的成分，或曰感情的气氛也可。它诚恳诉说心事，讲述一种真实的生存境遇。起首一句“予其惩而，毖后患”，看去是说理，实在不如说它是感叹。诗序曰：“《小毖》，嗣王求助也。”虽然也有意见认为此是周公代作，但恐怕还是属之成王而觉得其情更切。《史记·周本纪》：“周公行政七年，成王长，周公反政成王。”那么此时成王尚年少，《小毖》一篇似乎可见神气。

“莫予荓蜂，自求辛螫”，毛传释“荓蜂”为“摩曳”，戴震说：“《尔雅》‘甹夆，掣曳也’，注云：‘谓牵挽。’今考诗辞，言我无牵挽，使失行而致辛毒，徒自求得之耳。”所引《尔雅》，见《释训》之部，注，郭璞注也。“肇允彼桃虫，拚飞维鸟”，毛传：“桃虫，鷦也，鸟之始小终大者。”鷦，即鷦鹩，体特小，长不过十厘米，但曰“始小终大”，释义则不很明确。钱澄之曰：“何氏谓经文但言鸟耳，未言大鸟也。拚，《说文》云‘拊手也’，鷦鹩巢于一枝，其物至微，以手拊之，则远举而高飞，固居然鸟也，以喻三叔之煽动武庚，遂悍然称兵也。”何氏，即何楷，其说见于《诗经世本古义》卷十，但原话未如钱氏转述得明白。说诗者多喜欢此中之设喻，或曰“用意甚巧，机甚陡”（孙鑛），或曰“愤懑蟠郁，发为古奥之辞”（姚际恒），或曰“引喻新警，其意深，其虑远矣”（袁金铠），却似乎是用了后人的眼光看得它深了。“莫予荓蜂，自求辛螫。肇允彼桃虫，拚飞维鸟”，说它是稚拙之气倒也许合宜；“桃虫”“飞鸟”与其说比喻、暗示，不如说它是和感觉连成一气的。

“未堪家多难”，与《访落》中的句子一字不差，但是紧跟一句“予又集于蓼”，却把“未堪”、“多难”的意思推到极致。以下似乎应该有自励的话，如“日就月将，学有缉熙于光明”；或是求助之辞，如“佛时仔肩，示我显德行”。然而它不。它戛然而止，出人意外。因为这一收收得太迫促，诗里边的情感仿佛不能够就这样拢住，于是收束处反而是涌出。这同所谓“有余不尽”、“意在言外”还不是一回事，——它本来没有一点儿意思要取巧。它的好，在诗人也是意外。

# 般

於皇时周[1]。陟其高山，嶞山乔岳，允犹翕河[2]。敷天之下，裒时之对[3]，时周之命。

①皇，大。《周颂·赉》“时周之命”，朱熹曰：“时，是也。”

②《诗义折中》：“陟，升也。嶞，山之相连者；乔，山之特起者。允，实也。犹与由同。翕，合也。”按犹，郑笺训图，苏辙训道；马瑞辰释犹为顺，“允犹即允若，允若即允顺也，河以顺轨而合流”。

③毛传：“裒，聚也。”李黼平曰：“《常棣》‘原隰裒矣’，《殷武》‘裒荆之旅’，传训聚，皆属人说，此亦当指天下之民。对，如‘对扬王休’之对。”“言人美而乐之，与名篇为‘般’之义合。”马瑞辰曰：“对犹答也，谓诸侯皆聚于是以答扬天子之休命也。”

《般》是《闵予小子之什》中的最末一篇，也是《周颂》中的最末一篇。序陈其诗旨曰：“巡守而祀四岳河海也。般，乐也。”然而却不知道这是属于哪一个王。后人由情理上推测，以为系于成王为近是，即武王克殷二年，天下未宁而逝，恐怕未及巡守，至周公辅成王，做定几件大事，如平三监，营洛邑，制礼作乐，此后周政才得稳定，曰成王巡守祭祀,合于这一段史事中的情理,而《般》之如此气魄,也是应该有这样一个背景的。

诗短,也很少可以生歧义的难字,但仍然有许多不同的理解。若看它是叙事之作,则可偏重祭祀上说,如郑笺:“於乎美哉,君是周邦而巡守,其所至则登其高山而祭之,望秩于山川,小山及高岳,皆信案山川之图而次序祭之。”“遍天之下山川之神皆如是配而祭之,是周之所以受天命而王也。”也可以就巡守上说,如苏辙:“於乎美哉,王之巡行天下也,陟其山岳而道于大河,思其有功于民,是以至于敷天之下无不总答其功者,此周之命也。”但也不妨只把巡行全看作诗的背景,至于诗,则只为抒写怀抱。吴士模曰:“周谓新邑也,蒙旧号为称,言大哉周也,陟其高山而望之,山阜环抱,河洛交流,拱卫神京,洵形势之壮也。且地居土中,朝贡之便,普天之下莫不聚而归向之焉,岂非天之所以命我周者哉。”虽然没有把诗意阐释得周全,但于胸襟气概之体味大致不差。由此可以发生联想的是铸于成王五年的何尊铭文,据今所知,它是最早提出了“中国”的概念,即所谓“余其宅兹中国,自之乂民”。诗与铭文,便恰好有这样一种精神上的一致。

《般》在《颂》中最是大气磅礴,但自信中依然存着小心翼翼的敬慎与畏。诗中“隳山乔岳”一句味最长。徐玮文曰:“自高望下则曰隳山,自下望高则曰乔岳。”这解释很觉恰切。只是诗所表现的又不仅仅是视角的转换,一俯一仰,俯仰之间,乃是明智和清醒的观照。正是这种自信与敬畏的交织,使颂祷声中始终有着内省的觉悟,要说《周颂》的令人喜欢,便正在这些地方。可以说,周人是开启了一种智慧和开创了一种精神的,此中精华则大半保存在《诗》里。源头之水总是有着清澈的可喜和可爱,尽管这清澈未必全是历史的真实,而也许只是理想的真实。

# 跋

止　庵

前几天给扬之水打电话，谈到前人行文模糊，又不用标点符号，反倒有些便利之处。譬如现在我要写这个跋，一下笔就很为难：第一，该说《诗经》，还是说《诗》呢。第二，该说《诗》，还是说诗呢。倒不是"必也正名乎"，我是觉得先明白对象，或者说确定立场，然后才好说话。要说是较真儿则这个真儿也是该较的也。譬如《诗》之研究向有经学文学两派，我们如果自居后者，当然不必再提什么"经"；如果厕身前者，"经"之一字就还不能省下。就算旨在用艺术眼光对《诗》作鉴赏批评，那么所说还有特指或泛言，具体或抽象的区别，也就是《诗》的艺术或诗的艺术的区别。所以如果把这个《诗经》或《诗》或诗的问题弄明白了，或者有所界定，那么一切就都是题中应有之义了。

《诗经别裁》前言开宗明义就说：

"说起'诗三百'，我们今天总把它看成是'纯文学’，不过当时却不然，后世所说的文学，以及官僚，文人，民间，这些概念那时候都还没有。《论语·先进》中说到的孔门四学，曰德行，曰言语，曰政事，曰文学，此所谓‘文学’，包括《诗》，也包括《书》和《易》，大致是指流传于当时的文献典籍而言。而《诗》不仅是美的文辞，而且是美的声乐，故它既是文典，而又可以作为‘乐语’，作为‘声教’，为时人所诵习。”

显然经学文学两派都不算，既非以《诗》为经，又非以《诗》为诗，而另走一条以《诗》为《诗》的路子。我们不妨把这称之为“还原的读法”。也就是说，回到《诗》的年代，根据《诗》的功用和性质，去体会《诗》的含义。也可以认为这是返回《诗》的语境的一种读法。“诗三百”只得一部，读法却有不同，套用一句老话，就是“《诗》无达诂”，从接受美学考虑似乎都能成立。然而相比之下，无论经学还是文学都接近于为《诗》创造新的语境，而这一种读法大概是发挥最少的了。

如果说经学派重视的是教化，文学派讲究的是诗意，“还原的读法”则力求体会《诗》中的人情，前言中讲得很清楚：

“五百年云和月，尘与土，虽然世有盛衰治乱，但由《诗》中表现出来的精神则是一贯。其中有所悲有所喜，有所爱有所恨，也有所信有所望，不过可以说，健全的心智，健全的情感，是贯穿始终的脉搏和灵魂。孔子取《诗》中之句以评《诗》之精神曰‘思无邪’，真是最简练也最准确。”

这里提到孔子，此种读法正可以上溯于孔子论《诗》，孔子去《诗》的年代不远，庶几仍旧在那个语境之中，所谓“还原的读法”，亦即还原到孔子也。《论语》记载他的意见，最重要的莫过于这样两条：“《诗》三百，一言以蔽之，曰：‘思无邪。’”（《为政》）“小子何莫夫学诗？诗可以兴，可以观，可以群，可以怨；迩之事父，远之事君；多识鸟兽草木之名。”（《阳货》）后来经学文学两派，多少都与孔子所说有些干系，但已经对其原意多所扬弃。譬如从文学角度出发，则希望将“思无邪”与“诗可以……”分开，或者把“诗可以……”所涉及的教化意义和社会功用去掉。孔子所谓“思无邪”，有两点值得注意，即“思”字作何理解，“无邪”又作何理解。依经学派之见这大约就是正统观念，文学派好像尽量绕开不顾，《诗经别裁》则解释为“健全的心智，健全的情感”，这样连带着“诗可以……”云云就都讲得通了。即如《伯兮》一篇所说：

“‘诗三百’，差不多篇篇有情，所谓‘兴、观、群、怨’，不过也是说着‘有情’二字罢。其实若以一部《论语》论‘圣人’,则这位圣人实在还是性情中人,他的钟情于《诗》,正是很自然的。”

在《论语·八佾》中,孔子还有“《关雎》乐而不淫,哀而不伤”的说法,依《诗经别裁》看来,这与“思无邪”意义相当,仍是在描绘先民那份人情。所以《汉广》一篇说:

“这里似乎用得着‘乐而不淫’、‘哀而不伤’的意思,但它却与道德伦理无关,而只是一份热烈、持久、温暖着人生的精神质素。《诗》写男女,最好是这些依依的心怀,它不是一个故事一个结局的光明,而是生命中始终怀藏着的永远的光明。它由男女之思生发出来,却又超越男女之思,虽然不含隐喻,无所谓‘美刺’,更非以微言大义为为政者说法,却以其本来具有的深厚,而笼罩了整个儿的人生。”

以上这些说法,构成了《诗经别裁》的出发点。前面讲到与文学派的区别,区别亦止限于此。实际上作者从这一点出发之后,尽量接受了文学派的意见。因为《诗》仍是诉诸某一文字形式,人情仍是要具体表现出来,还是一个文学问题。揭示了“写的什么”,接下去就不能回避“怎么写的”,而这里是用“《诗》的看法”来吸纳“诗的看法”。由于坚守自己这样一个出发点,在“别裁”历代对

《诗》的“诗的看法”时,仍然保持着自己的特色。

讲到“诗的看法”,最基本的其实是感受问题。文学范围内的感受可以包括两类,一是情感感受,一是审美感受。前者发自心灵,后者出乎感官。《诗》实际上往往同时给予我们这样两种感受。然而由于感受者的修养不同,感受的深浅有所不同;感受者的兴趣不同,可能某一种感受强烈而另一种感受淡漠。《诗经别裁》重在体会人情,这并不是一句空话,处处都落实于作者细微而深厚的情感感受。反过来也可以说,正因为作者对《诗》的情感感受细微而深厚,才能够从人情上对《诗》有整体把握,以及与孔子“思无邪”的说法产生共鸣。比较而言,书中重视情感感受明显要超过审美感受。《月出》一篇中有番话,最能说明这一点:

“诗中用来描写佼人的文字,全是抽象的。虽然凭了‘肤如凝脂,领如蝤蛴,齿如瓠犀,螓首蛾眉’,我们仍然想像不出硕人的美丽,但诗人总是在那里为伊画像。而《月出》只是写感觉,却不要别人‘看见’,其实诗里本来也只有‘心的眼’,是思可感,形不可见也。仍以《硕人》作比。《硕人》全是戏剧的效果,不但为美人设色敷彩,而且明晃晃灯光打成一片,只是要人看得真真切切。《月出》,则纯是诗的效果,举出‘佼人僚兮’,不过要你知道思之苦闷所从来，说到底，佼人只在伊心里，而不在你眼里。”

这里标出“心”与“眼”的区别甚有意思，《月出》“虚”或抽象，反而有所感受，《硕人》“实”或具体，反而缺乏感受，因为其间感受的对象和主体都有所不同，感受本身就不是一种性质。在《月出》中作者得以获得情感上的交流，诗中有此一番情意在，就能被其所体会，哪怕情意如此飘悠，对象只是隐约一个影子。而《硕人》中呈现的是人体感官之美，要求我们也能启动感官去感受它。即如作者所说：

“《硕人》是《诗》中写女子写得最美的一篇，却又是最无情思的一篇，——有情思者，诗在心里，无情思者，诗在身外也。”

《诗》流传后世只剩下文字，然而我们阅读之际，所有感官都可能间接地发挥作用，最终审美感受就是整体的，综合的。在《硕人》中，“硕人其颀”、“硕人敖敖”为“手如柔荑，肤如凝脂，领如蝤蛴，齿如瓠犀，螓首蛾眉”所具象化，除了诉诸我们的视觉外，也诉诸我们的触觉、温觉，乃至嗅觉，硕人之美亲切可感。而“巧笑倩兮，美目盼兮”，使硕人之美由静态转为动态，她就是活生生的。《诗》中类似例子不少，如《泽陂》：“有美一人，硕大且卷。”“有美一人，硕大且俨。”也是呈现于我们的感官世界。作者对情感对象与审美对象的兴趣并不相同，在情感感受与审美感受之间有所偏重，这多少影响到这本书对《诗》的“诗的看法”。

《诗经别裁》总体上对《诗》的人情把握，和在细部对《诗》的情感感受，其间有着明显的呼应关系。与此相关联的是在另一方面，即从创作方法上对《诗》有着新的理解。在很多篇章中，都特别标举一个“思”字，与“事”作为对比。如《泽陂》一篇所说：

“只是此诗不关乎‘美刺’，自然也说不到‘礼义’上去，而所谓‘言其情而不及于乱’，今不妨称作只言‘思’，不言‘事’。……吴乔曰：‘大抵文章实做则有尽，虚作则无穷。《雅》、《颂》多赋，是实做；《风》、《骚》多比兴，是虚做。’‘实做’，写事也；‘虚做’，写情也，也可以说，是铸造一心中境象。只是《风》与《骚》又不同，它所用的材料，尽为生活中之实有，尽为切近的人间事情，故虽一点事外远致，但朴茂质实中的亲切，依然是本色。”

这种理解，可以认为是作者把对《诗》的整体上的把握，即“‘诗三百’，差不多篇篇有情”，予以方法化了。同时因为有着细微而深厚的情感感受做底子，这一有关《诗》创作方法上的独特见解也就得以扎下根来。这样三个方面，或者说三个层次，彼此之间相互支持，为《诗经别裁》构筑了一个相当完整的理论构架，所“别裁”的历代“诗的看法”都被有机地纳入其中，而最终对于《诗》的解释也能够自成一家之言。

《诗经别裁》虽以“思”与“事”作为对比，目光却仍然时时投注在每首《诗》中的人情上，“思”虽然是“虚做”，后面的一份人情却是实的，而且比“实做”的更为切实。这是“思”的说法的实质所在。然而我们不妨撇开这一层，真的去考虑一下“思”与“事”内容的此虚彼实，——虽然说起来作者多半对此没有太大兴趣，我甚至觉得在其看来“虚做”抑或“实做”并无所谓。从虚实意义上讲，“思”与“事”与传统的赋比兴说多少有所重叠，但有时亦是在不同层面上讲话。依朱熹《诗集传》所言，“赋者，敷陈其事而直言之者也。”“比者，以彼物比此物也。”“兴者，先言他物以引起所咏之词也。”至少讲到比、兴时，并未涉及全篇的写法。而《诗经别裁》所标举的“思”，有时是就整首诗而言的。这一问题其实相当复杂，“《诗》无达诂”，用在这里可能就更为合适。

譬如《关雎》：“关关雎鸠，在河之洲。窈窕淑女，君子好逑。”差不多人人尽知，然而就中为“君子”所惦记着的“淑女”，到底是在什么地方，跟“雎鸠”、“河洲”，还有后面的“参差荇菜，左右流之”等又是怎样一个位置关系，好像并无确切说法。“关关雎鸠，在河之洲”、“参差荇菜，左右流之”，与“窈窕淑女，君子好逑”以及“寤寐求之”、“琴瑟友之”、“钟鼓乐之”，究竟哪个是真的，哪个又是想的呢。清人毛先舒《诗辨坻》说：“诗有赋比兴，然三义初无定例。如《关雎》，《毛传》《朱传》俱以为兴。然取其挚而有别，即可谓比，取因所见感而作诗，即可为赋，必持一义，殊乖通识。”他一下子把这里可能出现的各种情况都给说到了。

在前引朱熹的话中，兴曰“他物”，比言“彼物”，“他物”和“彼物”都非此刻所见，如此则“关关雎鸠，在河之洲”和“参差荇菜，左右流之”乃是虚拟，而“窈窕淑女，君子好逑”云云倒是实在。反之，“雎鸠”、“河洲”和“荇菜”是当下见着，而“淑女”、“君子”是联想所及，也说得上是用的兴或比的手法，只是“他物”或“彼物”与“此物”掉了个个儿。然而无论是兴是比，“他物”或“彼物”与“此物”总有分别，二者多半就不在一个情景之内。此外还有两种可能：诗中所写到的都是实际所见，如毛氏所说，通篇只有赋之一义；或者所有这些俱出于诗人的想像，在他头脑中营造出那么一个境界，这样不但赋说不上，连本来意义上的比与兴也不沾边，恐怕接近于《诗经别裁》所说的“思”了。

赋比兴“三义初无定例”，当然不只见于《关雎》。《关雎》之中或兴或比或赋，诗意自有区别，然而尚不及另一首《风雨》来得明显。“风雨如晦，鸡鸣不已。既见君子，云胡不喜。”朱熹说：“淫奔之女言当此之时见其所期之人而心悦也。”则通篇是赋，“风雨”是“当此之时”，“见君子”是“见其所期之人”，一概都坐实了。郝懿行《诗说》说：“寒雨荒鸡，无聊甚矣，此时得见君子，云何而忧不平。故人未必冒雨来，设辞尔。”这合乎前述兴义，“风雨”云云是实，“君子”云云是虚。李诒经《诗经蠹简》说：“三章反复咏叹以尽其喜幸之情致，写风雨鸡鸣如在眼前耳畔一般。然其妙处尚不在此。盖两句全是为‘云胡’作势，有此一开，则‘云胡’句异样精彩，不然，则索然无味矣。”这也是兴，不过转过来成了“见君子”是实，“风雨”倒是虚拟。毛公《序》说：“思君子也，乱世，则思君子不改其度焉。”则“风雨”是象征“乱世”，“君子”虽然真有，却只在“思”之中，也还是虚的。好像硬讲都是讲得通的，《诗经别裁》也说：“只是读诗却不能如断案，这里也并不存在一个明明白白的是与非。”然而说法归说法，诗却不是道理，诗意谈不上是非，乃有高下之分。细细品味,还当说郝氏体会诗意最深,朱子和毛公说法虽然一正一反,意味都少得多,李氏许是根本不懂诗了。说这些似乎要另挑一个话头,其实此处诗意就是人情。

按照前述朱熹说法,赋比兴的区别在于,赋是只有"此物",比是既有"此物",又有"彼物",兴中"他物"亦即"彼物","所咏之词"亦即"此物"。但是在比中"彼物"并不构成境界,只取某一相通性质用来作比,用完也就完了,兴则"他物"和"所咏之词"都能构成境界。这给我们一点启示:所谓赋比兴,是要解决《诗经》的虚实问题;反过来说,《诗经》中有虚实程度的差异,表现出来就有赋比兴的区别。所以与其说这是作诗之法,不如说是读诗之法。说赋,说比,抑或说兴,读者与诗人之间,自有关乎诗意的某种悟会。这里能够决定取舍的还是诗意。诗的虚实问题,换个说法,也就是主体和客体的关系问题。今天看来,无论用于诗的创作还是诗的研究,赋比兴在概念上都未必十分周密,但却是在当时理论条件下论家对于《诗经》中主体与客体如何结合的一种把握。

赋比兴又可以被看作是在探讨《诗》所涉及的诗中物象之间的关系问题。这里插一句话,诗中所有物象,统可区分为形象和意象两类,而它们的区别，正在虚实之间。也就是说，形象来自眼见，意象出乎心想。如果我们引进这一说法对赋比兴加以体会，或许能进一步有所发现。即以前述朱熹对赋比兴的界定为依据，兴云“他物”，比谓“彼物”，可见都非眼前实景，都是想像，所以有别于“敷陈其事而直言之”即直接描写“此物”的赋。赋涉及的当然都是形象。但是兴、比还不能说就用了意象，而只能说是意象的雏形。因为兴在“他物”之外还有个要“引起”的“所咏之词”，比更于“彼物”之外还有个比的对象的“此物”。意象是相对于“此物”的“他物”或“彼物”，但是一切意蕴兴会都包涵在这个“他物”或“彼物”之中，也就是说，在意象中诗的主体与客体是完全融为一体的。当兴限于兴之所起的那个来自想像的物象本身，“他物”之外不再有要“引起”的“所咏之词”，就是意象。同样比也如此，单单是个“彼物”，不再有比的对象的“此物”，就是意象。简而言之，兴而非兴，比而非比，当然首先都不是赋，就是意象。赋、比、兴、意象仿佛成一序列，比与兴正好是形象到意象之间的过渡。《诗》倘若真如历来说的运用了赋、比、兴当中任何一法，或者几法混同使用，则尚无真正的意象可言；换句话说，《诗》中主客体还没有融合到那样一种程度。只有关于《关雎》的第四种说法，或毛公论及《风雨》的意见，才说得上完全用的诗的意象手法。而《诗经别裁》引入“思”来解诗，在某种意义上与意象说正是一致的。虽然方才说过，至少在《风雨》中，这并不是诗意最深远的一种写法。

话说到这里，我知道几乎已与《诗经别裁》的本意无甚关系了，而且这也不是作者的兴趣所在，只是暴露了写跋的人的面目，——说来我多半儿还是属于文学一派。真的如此，那也不妨借题发挥，乘机贩卖一些私货。虽然我绝不“攻乎异端”，我承认《诗经别裁》说的确实有道理，写的确实也很精彩也。

一九九九年七月十八日

# 重版后记

两本几年前写下的小书，今年竟不约而同分别重版，除了望外之喜，内心里便只有感激，——感激读者，感激同样给予我厚爱的中华书局的同道。

重版只作了不多的修改和补充。我在《诗经名物新证》的重版后记中写道："近年的先秦考古颇有新材料的发现，上海博物馆购藏的战国楚竹书《诗论》更是在学界引起广泛讨论的重要文献。然而我的精力已全部放在两汉隋唐之后，对这一方面的研究成果缺乏关注和思考，因此这一本重版的小书便更像是一份旧日的研究记录而等待用新的标准来重新检验。这本来是最教人感觉不安的，却又因为它是难得的求教机会而不能不特别珍惜。"此际也是同样的心情。

据说古诗文的白话已是一个不可改变的时代潮流，不免令人感慨。《诗》，其实也包括几乎所有的古典文学，都不宜翻成白话，这种做法对它的传播来说更多的是损失。叶圣陶《读〈经典常谈〉》

云:“有些书籍的实质和形式是分不开的,你要了解它,享受它,必须面对它本身,涵泳得深,体味得切,才有得益。譬如《诗经》,就不能专取其实质,翻为现代语言,让学生读白话诗经。翻译并不是不能做,并且已经有人做过,但到底是另外一回事,真正读《诗经》还得直接读‘关关雎鸠’。”这真是一个非常好的意见,且以自己读《诗》的一点心得,作为卑微的附议。

丙戌立秋

# 新版后序

这本小书完稿于一九九九年,按照古人的说法,距今正好一纪。原以为它很快会在层出不穷的《诗经》选本中被淹没,没承想竟然偶尔还会浮出水面。读者厚爱,每教人感念不已。

新版于文字部分没有改动,只是找到一篇未曾发表过的旧作"说《郑风·女曰鸡鸣》"补入其中。新增者,为图版十余幅。

所谓"读图时代",常能赐予我们阅读的喜悦和发现的快乐,当然"以图证史"很容易变成陷阱。然而如果使用不当的话,哪一种方法不会成为陷阱呢,我们总要努力于"运用之妙"。理想的方法之一,是使图成为一种贴近历史真实或情感真实的叙事。

一类是具有实证意义可以解决诗中名物的图。比如《郑风·女曰鸡鸣》"弋凫与雁"、"弋言加之"所涉及的弋射。弋射用矰,用缴,还有皴艡。矰是平头的镞,矛叶不仅不做出锋刃,且常把这一部分加意妆点,它的实物,可以举出河南南阳春秋楚彭射墓和新蔡战国平夜君成墓出土几枚被称作“铜镞”或“异形镞”的矰[①]。前者所出铜矰下方如尖锥,上方的矛叶部分造型如小瓶,两枚“瓶”口向下,一枚“瓶”口向上,“瓶”身镂刻花纹,并有对穿的两个孔(图一:1、2)。后者则是在“瓶”上加以错金纹饰(图一:3)又四川博物院藏成都羊子山出土一方汉画像砖,画面中弋射者二,方引满弓射飞雁,二人身旁各有一具刻画清晰的皶皵,正表现出弋射之际此物的使用[②](图二)。观此图,《诗》之“弋凫与雁”,情景如绘矣。

另一类,则即传统的“诗意图”。因为这个选本里面的诗篇涉及名物者不多,故选择了这样一类,又把它局限于宋代绘画的一种,即马和之诗经图。

《诗》有图,大约是很早的。战国铜器上面不少的线刻画,其景物多有与《诗》意相合者,比如河

① 南阳市文物考古研究所《河南南阳春秋楚彭射墓发掘简报》,页17,图三〇、三一,《文物》二〇一一年第三期;河南省文物考古研究所等《河南新蔡平夜君成墓的发掘》,页9,图一二,《文物》二〇〇二年第八期。

② 龚廷万等《巴蜀汉代画像集》,图九,文物出版社一九九八年。

南辉县出土战国时期的铜匜①，画面中的“籥舞笙鼓”、“举酬逸逸”，便正如《小雅·宾之初筵》所咏（图三）；山西博物院藏战国采桑图壶②，图中之采桑，又适如《豳风·七月》诗意（图四）。只是图无榜题，我们不便确指其作意。然而就见于文献记载者言，可知两晋南北朝名家于此已颇有经营。张彦远《历代名画记》卷三《述古之秘画珍图》所列有东汉王褒《云汉图》，又佚名《韩诗图》十四件。而据同书卷四所述刘褒事，则褒所绘诗经图除此《大雅·云汉》之外，尚有《邶风》中的《北风》③。绘“北风图”者又有晋卫协。《历代名画记》卷五引顾恺之《论画》云，“毛诗北风图亦协手，巧密于情思”；又“临深履薄，兢战之形，异佳有裁，自七贤以来，并戴手也”。协，即卫协；戴，戴逵也。“临深履薄”，应即《诗·小雅·小旻》“不敢暴虎，不敢冯河。人知其一，莫知其它。战战兢

---

① 《青铜时代：中原夏商周文物展》图录，页77，浙江省博物馆二〇一〇年。

② 《山西博物院珍粹》，页55，山西人民出版社二〇〇五年。

③ 《历代名画记》卷四：“刘褒，汉桓帝时人，曾画《云汉图》，人见之觉热；又画《北风图》，人见之觉凉。”

兢，如临深渊，如履薄冰”诗意，可惜诸作均不传[①]。不过山西大同北魏司马金龙墓出土漆画屏风中有“如履薄冰”一幅（图五），画幅一角绘岸柳垂丝吐绿，点出时令，一子蹈冰逾河，薄冰于是在脚下开裂，惹动周回水波粼粼。对幅简笔勾出崇峰峻岭，一子危立悬崖之畔，虽榜题漫漶，但无疑是“如临深渊”四字。虽非出自名家，却也算得早期诗经图中难得的一幅，即便它本意不是为《诗》而作。

至南宋，诗经图忽如一树花朵被风吹开，据称图成“毛诗三百篇”，此即高宗和孝宗书诗、马和之写画的诗经图。就数量而言，洵可谓“前无古人，后无来者”。

马和之，钱塘（今杭州）人，宋高宗绍兴年间登第。周密《武林旧事》卷六“御前画院”条“马和之”列名第一。元人说他“善画人物、佛像、山水，效吴装，笔法飘逸，务去华藻，自成一家”[②]；“行笔

---

① 《历代名画记》卷五“卫协”条，曰其所作有《诗·黍稷图》，又曰：“彦远以卫协品第在顾生之上，初恐未安，及览顾生集，有《论画》一篇，叹服卫画《北风》、《列女》图，自以为不及，则不妨顾在卫之下。”顾生，即顾恺之。又同书卷六评述刘宋画家，“陆探微”条举其画迹有《诗·新台》图。

② 夏文彦《图绘宝鉴》卷四。按下又云其官至工部侍郎。

飘逸,时人目为‘小吴生’。更能脱去习俗,留意高古,人未易到也”①。吴生,指吴道子,以画圣相拟,当是很高的评价了。马和之多为诗赋作图,似尤擅美于诗经图,传世的画迹今有故宫藏《后赤壁赋》、辽宁省博物馆藏《月色秋声图》等,而以诗经图为多。明清时代,很为藏家所重②,清厉鹗《南宋画院录》卷三“马和之”条下,载录其生平,条列其画迹,辑录诸家评说甚详,从所录诗经图的收藏情况来看,数量亦颇可观。

马和之诗经图的形式是左图右诗,其书,据《图绘宝鉴》云是高宗和孝宗亲笔,即所谓“高、孝两朝,深重其画,每书毛诗三百篇,令和之图写”③,只是审视今日得睹之画作,其书多不似高

---

① 汤垕《画鉴》。

② 明汪砢玉《珊瑚网·古今名画题跋》卷十九举所见马和之《鄘风》四图,曰“闻当时价值百镒”。

③ 《图绘宝鉴》卷四。按更早的记载,见于宋陈善《杭州志》:“高、孝两朝,深重其画,《毛诗》三百篇俱画一图”(《佩文斋书画谱》卷五十一“马和之”条引),不过并未明言二帝自书诗在前。

宗书迹，或曰即诗经图亦未必尽出马氏之手[1]。不过马和之供奉画院，绘事多从君王意旨，自无疑义，则帝书、马图之说，当非全然无据。那么今存这一批画风大率相近的“马和之诗经图”，若视为出自马和之及画院中人的遵命之作，似大抵近实[2]。这些作品今多已收入中国古代书画鉴定组编《中国绘画全集》，又浙江大学中国古代书画研究中心编《宋画全集》。两书中的图版说明对画作的流传以及真伪均有叙述，而作品概以“马和之”冠名，则“马和之”者，或也不妨视为这一批诗经图作者的代号。

这里选取的十四幅，作品今为各家收藏的情况如下：《鄘风·桑中》，广西壮族自治区博物馆

---

① 徐邦达《赵构书马和之画〈毛诗〉新考》，《故宫博物院院刊·建院七十周年纪念特刊》（一九九五年）。文云：“历来已众口同声地说先有皇帝书，后才命马和之补图，那么，书既不是高宗之笔，其画当然也不可能为马和之所作的了。如此只能一概把旧说予以推翻”（页17）。

② 杨仁恺《国宝沉浮录——故宫散佚书画考论》将之多定为“院本”，页530～531，上海人民美术出版社一九九一年。

藏[①];《唐风·绸缪》、《羔裘》,辽宁省博物馆藏[②];《陈风·东门之杨》、《月出》、《泽陂》,辽宁省博物馆藏[③];《豳风·七月》,故宫藏;《豳风·七月》局部,又《豳风·东山》,大都会博物馆藏[④];《小雅·

---

① 《中国绘画全集》第三卷,浙江人民美术出版社、文物出版社一九九九年。按卷中所录诗文,系康熙时张英补书。

② 浙江大学中国古代书画研究中心《宋画全集》第三卷第二册,浙江大学出版社二〇〇九年。此《唐风图》十二段,书法和绘画均无款识。图版说明(戴静影)曰:《唐风图》"传世主要有三卷,分别收藏在辽宁省博物馆、北京故宫博物院、京都国立博物馆,其中以辽宁省博物馆藏本最佳,与传世的各卷毛诗图相比,属上乘之作"。

③ 《宋画全集》第三卷第二册。图版说明(戴静影)曰:《陈风图》共计十幅,传世也有三卷,"一卷在辽宁省博物馆,一卷在上海博物馆,另有一卷藏大英博物馆。此三卷画法内容均极相似,应出自一个范本"(页270)。又《宋画全集》第二卷第一册图版说明(张丙金)云:"传世马和之所作此类作品较多,仅《陈风图》海内外就有数件,且形制、风格相类,皆为左画右书,画风飘逸,书效高宗。"关于辽宁省博物馆所藏之卷的年代,《中国绘画全集》第三卷《毛诗陈风图》图版说明(刘建龙)曰:"画为马和之法,与马氏可靠真迹相比,水平相差甚远。……目前暂定为南宋临本。因本卷后董其昌长跋与大英博物馆藏本相似,明显是临写本,故此本又有明人临本之说,待考。"

④ 《宋画全集》第六卷第四册,浙江大学出版社二〇〇八年。图版说明(熊秀英)曰:《豳风图》有多卷传世,故宫博物院、弗瑞尔美术馆、大都会博物馆所藏是比较可靠的几种。

采薇》、《巷伯》，故宫藏①；《周颂・昊天有成命》，辽宁省博物馆藏②；《周颂・敬之》，上海博物馆藏③。

如果不把《诗经》作为“经”来看，那么诗经图自然也是诗意图之属。宋人的诗意图最讲求巧思，每用于画院试题，藉以程量画工思致之高下。邓椿《画继》卷一曰徽宗时考画工艺能，“所试之题如‘野水无人渡，孤舟尽日横’，自第二人以下，多系空舟岸侧，或拳鹭于舷间，或栖鸦于篷背，独魁则不然：画一舟人，卧于舟尾，横一孤笛，其意以为非无舟人，止无行人耳，且以见舟子之甚闲也”④。又陈善《扪虱新话》卷九：“唐人诗有‘嫩绿枝头红一点，动人春色不须多’之句，闻旧时尝以

---

① 《中国绘画全集》第三卷。图版说明（潘深亮）曰：“此卷无款印，传为马和之画，宋高宗赵构书，但题诗《节南山》原文中有因避高宗讳而故意缺笔的字，说明此题不是宋高宗赵构书。”

② 《宋画全集》第三卷第二册。图版说明（郭丹）曰：辽宁省博物馆藏《周颂・清庙之什》十段，清吴升《大观录》、清《石渠宝笈续编》均作高宗书、马和之画，徐邦达认为应属御书、画院中人所作。

③ 《宋画全集》第二卷第一册。图版说明（钟银兰）曰，“图为马和之画法，但与马和之真迹相比，缺乏飘逸灵动的笔法，故此卷应为南宋院画家、书家的作品”。

④ 又同书卷六曰：“战德淳，本画院人，因试‘蝴蝶梦中家万里’题，画苏武牧羊假寐以见万里意，遂魁。”

此试画工,众工竞于花卉上妆点春色,皆不中选。惟一人于危亭缥渺、绿杨隐映之处,画一美妇人凭栏而立,众工遂服,此可谓善体诗人之意矣。”总之,诗意图之妙,要在画中有诗之眼,而又物象新警,出人意表。据前人品评,马和之诗经图也不乏此类佳构。如明汪砢玉《珊瑚网·古今名画题跋》卷十九“马和之鹑奔图”条下录跋语曰:“不写宣姜妖事,但写鹑奔鹊彊,树石动合程法,览之冲然,由其胸中自有《风》《雅》也。”又“载驱图”条下,曰“许穆夫人本无唁事,故不作驱马悠悠,惟指其忧心焉而已。乃犹作许大夫来告,则是以夫人意中事,故不妨象外描写”。《鄘风·载驱》图,今不见。《鄘风·鹑之奔奔》图,现藏广西壮族自治区博物馆(图六)。所谓“但写鹑奔鹊彊”,实即根据诗的“兴”意来作画。与“载驱图”相比,此幅之运思似有不及。

绘画分科,有山水、屋木、花鸟、人物诸目,马和之诗经图似乎难作归属,却兼有各科。“行笔飘逸,时人目为‘小吴生’”,是他为人称道的出色之处,而所专擅者,便是笔法上的“马蝗描”或曰“兰叶描”,亦即运笔柔顺圆转而尖起收笔,以成富于细瘦变化的线条。诗经图中的人物衣纹,的确多可见出这一特色。不过本书把诗经图作为别一种声音，重点不是欣赏画家的笔情墨韵，而在于用它来传递宋人读《诗》的一种意见，——此中包括了对上古风物人情和典章制度的理解，也包括了场景想象。

两宋是考古学的一个高峰，泽惠后人不浅。三代青铜器中的命名，很多是出自宋人，不少名称至今还在延用。马和之诗经图自是吸收了当代人的考古成果，画出他所认识到的三代制度，即所谓“古人宴飨祭祀之仪，礼乐舆马之制悉备焉”①，只是我们以今天的考古知识审视其作，未免见出种种不确。而以这样一副眼光读图，却别有一番收获。

比如《唐风·羔裘》，诗曰：“羔裘豹祛，自我人居居。岂无他人，维子之故。　羔裘豹褎，自我人究究。岂无他人，维子之好。”诗之本义，历来不得确解，朱熹《诗集传》因老老实实言道：“此诗不知所谓，不敢强解。”不过它的吟咏对象为卿大夫，便是其时之在位者，则无可疑，诗曰“羔裘豹祛”，自见身分。“唐风图”的画意，乃遵诗序，即所谓“晋人刺其在位不恤其民也”，图绘车后二人侧目

① 清孙承泽《庚子消夏记》卷一“宋高宗皇帝御书毛诗马和之补图”条。

而视，其意在焉。上古裘之为衣，是革为里，毛在外，直到汉代，中原地区都是如此。“唐风图”将这一点表现得很准确。诗未言车，但卿大夫行必有车，图因精心绘出表明身分地位的马车，惟马车的系驾方式有误。不过，若不是秦始皇陵铜车马的发现，上古马车的系驾方式至今仍是一个不得确解的疑难问题，自然不能苛求宋人。

《周颂·赉》，周人诵文王之功也。此图例遵诗序，因绘“大封于庙”的场景。画面中，周王坐于重席之上，背后设斧扆，两旁设隐几。所绘三代制度自不误，器具样式则非。扆是背依之屏，《荀子·正论篇》天子“居则设张容，负依而坐”，是也。《礼记·明堂位》“天子负斧依南乡而立”，郑注：“斧依为斧文。”又李谧著《明堂制度论》引郑氏《礼图》说扆制曰：“纵广八尺，画斧文于其上，今之屏风也”[1]。扆之表面装饰斧文以象威仪，斧，又或作黼，便是云雷纹、勾连云纹等几何纹，此已由上海博物馆藏春成侯盉铭得到确证[2]。然而马和之的时代尚不解“斧文”之“斧”究竟为何样物事，

① 《魏书》卷九〇《逸士传》。

② 唐友波《春成侯盉与长子盉综合研究》，页160～162，《上海博物馆集刊》第八期，上海书画出版社二〇〇〇年。

图一：1　铜镈　南阳春秋楚彭射墓出土
　　　2　铜镈　南阳春秋楚彭射墓出土
　　　3　错金银铜镈　河南新蔡平夜君成墓出土

图二　弋射画像砖 成都羊子山出土

图三　铜匜残片 河南辉县出土

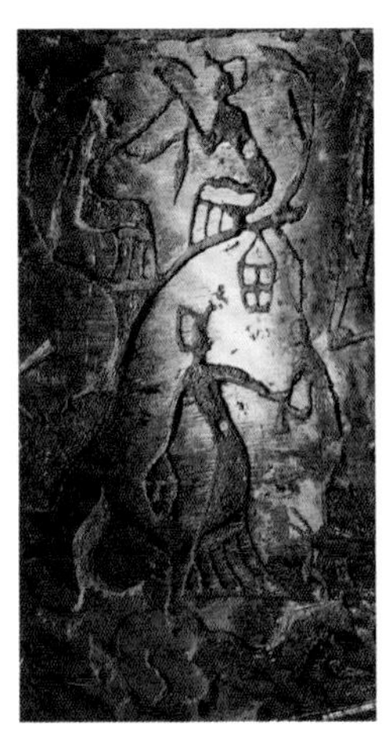

图四：1　采桑人物铜壶 山西博物院藏
　　　2　采桑人物铜壶图案局部

图五　北魏司马金龙墓出土漆屏画

图六　鄘风·鹑之奔奔 广西壮族自治区博物馆藏.

图七　马和之《古木流泉图》局部 台北故宫博物院藏

图八　李安忠《竹鸠图》 台北故宫博物院藏

因依字面意在屏扆上面画出排列成行的斧头。文王身旁的一对隐几,则是宋代式样。

《周颂·昊天有成命》,诗序曰“郊祀天地也”,图即据以形诸缣素。周王的冕服绘出龙纹,坛上击磬者以及坛下众执事头著宋代的“耳不闻帽子”或曰“漆圆顶盖耳帽子”[1],又俎豆之设,庭燎之式,均可教人窥见宋人郊祀之仿佛。《周颂·般》,其图亦依诗序,绘“巡守而祀四岳河海”。导从所持伞盖、牙旗、障扇、幡、旌,也多取自宋代仪卫制度。——正如前面说到的,我们以今天的知识而能够为《诗经》的时代勾勒出一个接近真实的场景,读诗经图,自可见出宋人画笔下所融入的宋人之当代经验,此亦未尝不有陈亢“问一得三”之欣悦(《论语·季氏》)。

从诗意图的角度来看,刻画人物,当以《豳风·东山》、《小雅·巷伯》和《周颂·敬之》几幅为好。

《东山》图依诗意绘出迢遥的归乡之路,远山近树迷蒙雨意间,迤逦而行者十三人,难得个个见出神情,即便侧影亦可窥得其指顾呼应之状。《巷

---

① “耳不闻帽子”,见《西湖老人繁胜录》;“漆圆顶盖耳帽子”,见《梦粱录》卷五。

伯》图中的庭园高树，一带曲栏，是画家想象中的周代宫廷，“寺人孟子”席坐于曲栏之畔，以忧忿的神情传其悲声：“骄人好好，劳人草草。苍天苍天，视彼骄人，矜此劳人。”“寺人孟子，作为此诗。凡百君子，敬而听之。”《敬之》其图却是场景极简，而绘出坐于重席之上的嗣王恭谨自省的姿态，最得风人之旨。

作为一项依附于文字的艺术创造，诗意图实在不容易讨好，它只能舍弃文字之美，惟从兴象与意旨入手发挥诗的韵致。而画思泥于诗意，便往往成为图解。《诗》中的“兴、观、群、怨”翻译为视觉语汇，似惟有“兴”意尚有望臻于“信、达、雅”，至于表现情意者，欲求胜出，诚戛戛乎难哉。比如《唐风·绸缪》“今夕何夕，见此良人”，其中的婉转之意，写作散文，译作白话，都难以忠实表达，形诸丹青当然更教画家踌躇。此图只好从诗之“兴”出发，绘作“绸缪束薪，三星在天”。《陈风·泽陂》之“寤寐无为，辗转伏枕”，《月出》之“月出皎兮，佼人僚兮；舒窈纠兮，劳心悄兮”，写入画幅，亦均成字面之图解。不过无论如何，画作的以景写情，毕竟营造了一个与诗相为依傍的场景，而为读诗者增添了一点想象的空间。

图解之作，其实也别有兴味，《豳风·七月》之幅即颇令人可喜，此在一幅画面里区处空间，布画出一首长诗里所含藏的无数小诗，——“女执懿筐，遵彼微行，爰求柔桑”；“春日迟迟，采蘩祁祁。女心伤悲，殆及公子同归”，诸如此类，在一个画面里，均各成一幅小景。仿佛农桑谱，实非农桑谱，即在于中有诗意之贯穿。四时劳作与岁尾的“朋酒斯飨”，诗所及与未及的细节之刻画，尤耐得细读。

系于马和之名下左图右诗的诗经图之外，尚有另一类马和之为《诗》写意的作品。台北故宫博物院藏《古木流泉图》，是其画作中流传有绪且没有争议的一幅[①]（图七）。画幅一偏为山崖枯木，一隼高飞，一隼梢尖顾望，山崖下方，滚滚波涛漫向天际。构图简约疏秀，写绘衣纹的“马蝗描”用于古木枯枝乃别生意趣，“萧疏小笔，而理趣无涯”之评，是作或可当之[②]。此幅实为《诗·小雅·沔水》写意：“沔彼流水，朝宗于海。鴥彼飞隼，载飞载止。”同地所藏另一幅《清泉鸣鹤图》，与它的风

---

① 《宋代书画册页名品特展》，图二八，（台北）故宫博物院。

② 张丑《清河书画舫》酉集云，他曾于吴宽四世孙处购得马和之白描画一卷，为《〈风〉〈雅〉八图》，原为庄肃所藏，曾经沈周鉴定，称其画虽“萧疏小笔，而理趣无涯”。

格笔法都很一致,是为《小雅·鹤鸣》诗意。

不作诗经图看,宋画可以为《诗》配图的作品也有不少,比如以写绘精妙气韵生动而著名的李安忠《竹鸠图》(图八),所绘其实是伯劳,便是《豳风·七月》中"七月鸣鵙"中的鵙。与一般鸣禽不同,伯劳的嘴尖端钩曲如猛禽,食则以大型昆虫、蛙类、蜥蜴类乃至小型鸟兽为主。每爱独立枝头,游目四方,发现目标,便急飞直下,捕取之后,返回枝梢,把猎物摔打死,穿挂在枝棘上边,再以利喙撕食。大约即因此习性而惹得许多传说傅会其身,后有曹植作《贪恶鸟论》,差不多成了定评。不过上古时代,它仍只是应候之鸟。《左传.昭公十七年》"伯赵氏,司至者也",杜注:"伯赵,伯劳也。以夏至鸣,冬至止。"则所谓"司至",便是报告夏至和冬至的到来。历来以伯劳入画者并不多见,此幅写生为伯劳传神,当是取自它作为"司至者"的古意。将此图与"七月鸣鵙"同看,可谓相得益彰。

宋以前的诗经图,出自两晋南北朝画家者,数量似尚可观,宋代则有归在马和之名下的一大批,殆皆出自画院中人,追求的仍是写实风格,物象描绘多工致细微。此后,整个画坛风气转变,类似的作品便很少见了。台北故宫博物院藏清萧云从

《临马和之陈风图》，为十开一套的册页[1]，构图笔法均仿马和之。不过萧云从长于山水，“陈风图”之刻画人物，比如第二开《东门之枌》，去临仿对象的韵致，真是很远了。

总之，系于马和之名下的诗经图，是诗经图的别一类，也是诗意图以及院体画中的别一类。前人多认为它脱去华藻，以简淡秀逸之风而一洗院画俗习，自是从绘画史的角度立论。乾隆时，曾把当日定为真迹的马和之诗经图数本“都为一笥，别藏于景阳宫后殿，而名之曰‘学诗堂’”[2]。乾隆《学诗堂记》末云“高、孝两朝偏安江介，无恢复之志，其有愧《雅》《颂》大旨多矣，则所为绘图、书经，亦不过以翰墨娱情而已，岂真能学诗者乎”。“以翰墨娱情而已”，原为贬抑之辞，但借取此说反其意而用之，则诗经图的创作，并不负有规谏、劝诫的使命，而只是从容涵咏于《诗》意之间，如此“翰墨娱情”，较之以读《诗》为读“经”，又岂不是宋人读《诗》的优胜之处。以后明人的读《诗》，颇有着力于抉发文心的一派，似即遥承宋人意绪。

---

① 《文学名著与美术特展》，图四，台北故宫博物院二〇〇一年。

② 清高宗《御制文集·二集》卷十一《学诗堂记》。

今天的读《诗》自不必如读“经”，而不妨读文，读史，读“物”，与《诗》交会于追求美善——国与家，婚姻与男女，自然与人——的情感世界，那么有此诗经图在傍，是否又可以添得一重读《诗》者的呼吸呢，其作者的不确定性，也未尝不使得它更有意味。

辛卯中秋

# 引用书目


阮　元校勘　　十三经注疏　中华书局一九八〇年

陆　玑　毛诗草木鸟兽虫鱼疏　中华书局一九八五年

陆德明　经典释文　中华书局一九八三年

欧阳修　诗本义　通志堂刊本

王安石　诗义钩沉　中华书局

苏　辙　诗集传　书目文献出版社一九九〇年影印本

张　耒　诗说　通志堂刊本

李　樗、黄　櫄　毛诗集解　通志堂刊本

范处义　诗补传　通志堂刊本

王　质　诗总闻　武英殿聚珍版

吕祖谦　吕氏家塾读诗记　四部丛刊续编本

朱　熹　诗集传　上海古籍出版社一九八一年

朱　鉴编　诗传遗说　通志堂刊本

辅　广　童子问　日本文化二年刊本

严　粲　诗缉　嘉庆十五年听彝堂重刊本

王应麟　困学纪闻　万历三十一年刊本
谢枋得　诗传注疏
一九二七年姚江昌明印局排印本
陈　骙　文则　人民文学出版社一九九八年
林　岊　毛诗讲义　四库全书珍本初集
罗大经　鹤林玉露　中华书局一九八三年
罗　愿　尔雅翼　黄山书社一九九一年
苏　颂　本草图经
安徽科学技术出版社一九九四年
许　谦　诗集传名物钞
日本山城屋佐兵卫刊本
刘玉汝　诗缵绪　四库全书珍本初集
卢以纬　王克仲集注　助语辞集注
中华书局一九八八年
孙　鼎　新编诗义集说
商务印书馆影印宛委别藏本
梁　寅　诗演义　四库全书珍本初集
季　本　诗说解颐　嘉靖三十九年刊本
何　楷　诗经世本古义　四库全书本
沈守正　诗经说通　万历四十三年刊本
钟　惺　诗经　万历四十八年闵齐伋刻本
戴君恩　读风臆评　同上
焦　竑　焦氏笔乘

上海古籍出版社一九八六年
钟　惺、韦调鼎　诗经备考　崇祯十四年序刊本
孙　鑛　孙月峰先生批评诗经
四库全书存目丛书
齐鲁书社一九九〇年
范王孙　诗志　同上
顾懋樊　桂林诗正　同上
万时华　诗经偶笺　同上
陆化熙　诗通　康熙十七年刊本
王夫之　姜斋诗话　清诗话
上海古籍出版社一九七八年
贺贻孙　诗经触义　咸丰二年敕书楼刊本
贺贻孙　诗筏　清诗话续编
上海古籍出版社一九八三年
吴　乔　围炉诗话　同上
庞　垲　诗义固说　同上
叶矫然　龙性堂诗话初集　同上
乔　亿　剑溪说诗又编　同上
戴　震　毛郑诗考正　清人说诗四种
华中师范大学出版社一九八六年
焦　循　毛诗补疏　同上
段玉裁　诗经小学　同上
段玉裁　说文解字注

上海古籍出版社一九八一年影印本
桂　馥　说文解字义证
齐鲁书社一九八七年影印本
钱澄之　田间诗学　康熙二十年斟雉堂刊本
李光地　诗所　雍正六年序刊本
黄中松　诗疑辨证　四库全书珍本初集
沈青崖　毛诗明辨录　乾隆十四年刊本
傅　恒等　诗义折中　乾隆二十二年刊本
刘始兴　诗益　乾隆八年刊本
范家相　诗渖　乾隆二十八年古趣亭刊本
金圣叹　唱经堂释小雅　金圣叹全集
江苏古籍出版社一九八五年
姚　炳　诗识名解　嘉庆二十二年刊本
姜炳璋　诗序广义　嘉庆二十年尊行堂刊本
阮　元　揅经室集　中华书局一九九三年
胡承珙　毛诗后笺　道光十六年广雅书局刊本
马瑞辰　毛诗传笺通释　中华书局一九八九年
孔广森　经学卮言　指海本
何　焯　义门读书记　中华书局一九八七年
李　塨　诗经传注　道光二十四年静穆堂刊本
吴士模　诗经申义　道光二十七年择古斋刊本
顾广誉　学诗详说　光绪三年平湖顾氏刊本
陈继揆　读风臆补　光绪六年述古堂刊本

郝懿行　诗说　郝氏遗书　光绪八年刊本

郝懿行　尔雅义疏　上海古籍出版社一九八三年

徐玮文　说诗解颐　光绪十年刊本

陈　仅　诗诵　光绪十一年刻本

易佩绅　诗义择从　光绪十四年序刊本

吴　棠　读诗一得　同治三年跋刊本

邓　翔　诗经绎参　同治三年序刊本

牛运震　空山堂诗志
一九三六年武强贺氏刊本

王心敬　丰川诗说　清刻本

方　苞　朱子诗义补正　清刻本

李黼平　毛诗䌷义　皇清经解本

翁方纲　诗附记　畿辅丛书本

徐　璈　诗经广诂　敬跻堂经解本

胡绍勋　四书拾义　同上

张尔岐　蒿菴闲话　齐鲁书社一九九一年

多隆阿　毛诗多识　辽海丛书本

李诒经　诗经蠹简　慎思堂刊本

牟　庭　诗切　齐鲁书社一九八三年影印本

张慎仪　诗经异文补释　薆园丛书本

魏　源　诗古微　岳麓书社一九八五年

陈　奂　诗毛氏传疏
北京市中国书店一九八四年影印本

姚际恒　诗经通论　中华书局一九五八年

方玉润　诗经原始　中华书局一九八六年

王先谦　诗三家义集疏　中华书局一九八七年

袁金铠　诵诗随笔　一九二一年铅印本

李九华　毛诗评注
一九二五年四存学校排印本

马其昶　毛诗学　上海聚珍仿宋印书局刊本

徐绍桢　学寿堂诗说
一九三二年中原书局刊本

焦　琳　诗蠲　一九三五年范华印刷厂刊本

王闿运　湘绮楼诗经评点　抄本

吴其浚　植物名实图考
商务印书馆一九五七年

吴闿生　诗义会通　中华书局一九五九年

罗福颐　汉鲁诗镜考释
文物一九八〇年第六期

杨树达　积微居小学述林
中华书局一九八三年

黄永武　从古镜说“娥眉”
（台北）故宫文物月刊第二卷第十二期
（一九八五年）

曾运乾　毛诗说　岳麓书社　一九九〇年

闻一多　诗经通义乙　闻一多全集

湖北人民出版社一九九三年

朱自清　朱自清古典文学论文集

上海古籍出版社一九八一年

顾颉刚　诗经在春秋战国间的地位

从诗经中整理出歌谣的意见

古史辨(第三册)

上海古籍出版社一九八二年

傅斯年　傅斯年全集

联经出版事业公司(台北)一九八〇年

陆文郁　诗草木今释

天津人民出版社一九五七年

钱锺书　管锥编　中华书局一九七九年

朱东润　诗三百探故

上海古籍出版社一九八一年

俞平伯　论诗词曲杂著

上海古籍出版社一九八三年

齐佩瑢　训诂学通论　中华书局一九八四年

黄展岳　中国古代的人牲和人殉

文物出版社一九九〇年

汪宁生　读《伐檀》偶识　尽心集

中国社会科学出版社一九九六年

张光直　青铜挥麈

上海文艺出版社二〇〇〇年